BASTEI
LÜBBE

Konsalik

Wir Sind Nur Menschen

BASTEI
LÜBBE

BASTEI-LÜBBE-TASCHENBUCH
Band 10056

1.- 2. Auflage 1976
3.- 5. Auflage 1977
6.- 7. Auflage 1978
8.- 9. Auflage 1979
10.-12. Auflage 1980
13.-14. Auflage 1981
15.-16. Auflage 1982
17.-18. Auflage 1983
19. Auflage 1984
20. Auflage 1985
21. Auflage 1986
22. Auflage 1987
23. Auflage 1988
24. Auflage 1990
25. Auflage 1991

Lizenzausgabe mit Genehmigung des Hestia-Verlages, Bayreuth
Herausgeber: Gustav Lübbe Verlag GmbH, Bergisch Gladbach
Printed in Great Britain
Einbandgestaltung: Klaus Blumenberg
Satz: hanseatenSatz-bremen, Bremen
Gesamtherstellung: Cox & Wyman Ltd
ISBN 3-404-10056-5

Der Preis dieses Bandes versteht sich einschließlich
der gesetzlichen Mehrwertsteuer

1

Es war ein warmer, leuchtender Juninachmittag des Jahres 1950, als der Tropenarzt und Toxikologe Dr. Peter Perthes die weiten Anlagen der »Lindenburg« verließ, jener Stadt der Kranken inmitten der Stadt Köln. Einen Augenblick lang blieb er sinnend vor dem kleinen Gittertor stehen und schaute die stille Villenstraße hinunter.

Die Bäume in den Gärten und Parks der Häuser wiegten ihre weitausladenden Kronen im kühlen Wind, der über die Stadt hinwehte und den Rhein hinab zu kommen schien. Es wird ein schöner Abend werden, dachte der Arzt und knöpfte sein helles Jackett auf. Er atmete tief auf und löste den Hemdknopf am Kragen. Hier war es endlich nicht mehr so heiß und drückend wie in seinem Labor, wo er den Tag vor seinen Reagenzgläsern verbracht hatte, wo er giftigen Vipern das Gift abzog und seine Wirkung an treuherzig blickenden, unschuldigen Kaninchen erprobte.

Er war auf der Suche nach einem Tropengift, mit dem Eingeborenenstämme im Innern Brasiliens ihre Pfeile tränkten. So saß er stundenlang vor den großen Fenstern, mit Blick hinaus in den Krankenhausgarten, hinter dem Mikroskop und beobachtete mit Staunen, wie das Blut der infizierten Kaninchen sich auflöste, zu einer hellen, langsam farblos werdenden Flüssigkeit wurde, die den sofortigen, grauenhaften Erstickungstod der Tiere herbeiführte.

Peter Perthes wischte sich über die Augen. Es war, als wolle er damit seine Gedanken an des Tages Arbeit verscheuchen und ihnen eine andere Richtung geben.

Dieser Abendwind tat gut, das Rauschen der hohen

Bäume war eine erholsame Melodie. Er zog eine Schachtel Zigaretten aus der Rocktasche und zündete sich eine an. Dann blieb er von neuem unschlüssig stehen und überlegte, wohin er gehen sollte.

Nach Hause? Nein, dazu war der Abend zu schön. Den ganzen Tag saß man in einer Zelle aus weißen Kacheln und atmete die Dünste von Säuren und Basen ein.

In eine Wirtschaft, ein Café? Er verspürte keinen Appetit – er hatte nur Hunger nach Luft und Weite. Langsam ging er die Straße entlang, bog dann ab und spazierte mit langsamen Schritten dem Kölner Stadtwald zu. Dort war es schattig, kleine Weiher mit grünen Bänken an den Ufern luden zum Verweilen ein.

Er ging die Fürst-Pückler-Straße hinab und wollte auf der Kreuzung zur Dürener Straße in den breiten Waldweg einbiegen, als er von der gegenüberliegenden Seite einen etwa siebenjährigen Jungen auf einem Tretroller kommen sah.

Der Kleine pfiff ein Liedchen vor sich hin, schien voller Freude und glücklich zu sein. Er lutschte aus der einen Hand ein Vanilleeis, während er mit der anderen die Lenkstange seines Rollers umklammert hielt. So bog er keck um die Ecke, fuhr auf die Fahrbahn und wollte gleichfalls in den Stadtwald einbiegen, als um die Kurve ein Personenauto knirschte und, eng an den rechten Bordstein gepreßt, in die Straße einbog.

Einen Augenblick stand Peter Perthes wie versteinert. Dann riß er die Arme hoch, stürzte vorwärts und schrie: »Zurück! Zurück!« Aber der Junge hatte den Wagen schon gesehen, ließ sein Eis auf die Straße fallen und riß den Roller herum. Dabei glitt er mit dem rechten Fuß auf dem Eis aus, stürzte und rollte mit einem kleinen, beinahe piepsenden Schrei vor die Räder des Autos.

Hell kreischten die Bremsen. Der Wagen schleuderte, krachte gegen den Bordstein und stand dann, unter seinen Rädern der Körper des Jungen. In einer Lache von geschmolzenem Eis lag der Roller.

Mit wenigen Sprüngen war Dr. Perthes an der Unglücksstelle und riß den zitternden Chauffeur zurück, der den verunglückten Jungen unter dem Auto hervorziehen wollte. »Nicht doch!« rief der Arzt. »Wenn er einen Bruch hat, ziehen Sie ihm ja die Knochen auseinander!« Er bückte sich und griff als erstes nach dem Handgelenk des Jungen. »Der Puls ist schwach«, sagte er dann. »Haben Sie einen Wagenheber?«

Der Chauffeur stand bebend daneben und wischte sich den kalten Schweiß von der Stirn. Sein Gesicht war totenblaß. »Ich habe keine Schuld!« stammelte er. »Mein Herr, wenn Sie den Unfall gesehen haben . . . Wirklich, der Junge ist in meinen Wagen hineingerollt! So schnell kann man nicht bremsen. Nie! Und jetzt das!«

Und plötzlich schrie er laut auf und rief: »Der Junge blutet ja!«

Da die Villenstraße an diesem Nachmittag nicht sehr belebt war, standen nur wenige Zuschauer um die Unglücksstelle herum. Sie halfen bereitwillig mit, die Vorderräder des Wagens zu heben, während der Arzt auf den Knien lag und den Jungen langsam und sehr vorsichtig hervorzog. Ein dünner, rhythmisch spritzender Blutstrahl sprang aus dem Arm des ohnmächtigen Jungen.

»Einen Strick! Einen Gürtel! Schnell!« rief Dr. Perthes und drückte seinen Daumen tief auf die Schlagader. Ein Spaziergänger schnallte seinen Gürtel von der Hose ab und reichte ihn dem Arzt.

Schnell und sicher band Dr. Perthes die Schlagader ab und erhob sich dann. Sein Hemd, sein Jackett, seine Hose waren mit Blutspritzern übersät. Er achtete nicht darauf, sondern wandte sich an die Umstehenden:

»Der junge hat einen Schlagaderriß, er muß sofort versorgt werden! Wissen Sie, ob hier ein Arzt in der Nähe wohnt? Ich möchte ihn nicht eher in die Klinik bringen, bis die Ader sachgemäß abgebunden ist.«

»Gleich um die Ecke, da wohnt ein Arzt«, stammelte

der Chauffeur und ließ seinen Blick nicht von dem Jungen, der todblaß auf der Straße lag. »Wird er sterben . . .«

»Wenn Sie noch lange herumreden, bestimmt!« Damit hob Dr. Perthes das Kind auf und legte es in den Wagen. »Schnell, fahren Sie uns hin. Worauf warten Sie denn noch?«

»Es ist eine Kinderärztin«, sagte der Chauffeur noch und stieg ein.

»Na, wunderbar! Los, Mann!«

In rasender Fahrt bogen sie um die Ecke und fuhren ein Stück die Dürener Straße entlang. Vor einem neuen Haus hielten sie. Ein weißes Emailleschild leuchtete in der Sonne: »Dr. med. A. Bender, Kinderärztin.«

Während Dr. Perthes den Jungen vorsichtig auf die Arme nahm und aus dem Auto trug, schellte der Chauffeur und riß die Tür auf. Dr. Perthes ging mit seiner Last die paar Stufen hinauf.

Dann stand er vor einer jungen, schlanken schwarzlokkigen Frau, die ihn und das Kind anblickte, und – ohne ein Wort zu reden – vor ihnen her in das Ordinationszimmer eilte. Dort deckte sie eine Gummilage über den Tisch und eilte zu dem Instruinentenschrank in der Ecke des großen Raumes.

»Schlagader?« fragte sie kurz. »Unfall?«

»Ja. Er ist unters Auto gekommen.«

»Ihr Wagen?«

»Nein. Ich ging gerade spazieren und sah den Unfall aus nächster Nähe! Der Junge war leichtsinnig, den Fahrer trifft keine Schuld.«

»Danke.« Der Chauffeur, der in der Tür stand, wischte sich den Schweiß von der Stirn.

»Ach, Sie sind noch da?« Dr. Perthes legte den Jungen auf dem Tisch zurecht und wandte sich dann um: »Geben Sie mir bitte Ihren Namen und für wen Sie den Wagen fahren. Sollte etwas kommen, so will ich gern als Zeuge aussagen. Ich werde auch anrufen, daß Sie keine Schuld trifft. Sie sehen, selbst als alter Hase kann man am Steuer nicht vorsichtig genug sein.«

Er notierte sich die Namen; der Wagenbesitzer war ein Großkaufmann namens Franz Ehrwitte. Dann verabschiedete er den Chauffeur. »Trinken Sie in der nächsten Kneipe einen Cognac«, sagte er zu ihm. »Sie sind jetzt nervös, in dieser Verfassung kann leicht ein neues Unglück geschehen. Aber nur einen . . .«

»Ich danke Ihnen.« Der Fahrer verbeugte sich. Sein Gesicht war noch immer weiß. »Wenn ich morgen früh nach dem Jungen sehen dürfte . . . Wo werden Sie ihn hinbringen?«

»In die Lindenburg. Dort können Sie alles erfahren.«

Unterdessen versorgte die Ärztin stumm und mit flinken Händen die gerissene Schlagader des Jungen und klammerte sie ab. Dann untersuchte sie ihn und schüttelte mehrmals mit dem Kopf. Peter Perthes stand an der Tür und beobachtete sie. Dann zündete er sich eine Zigarette an.

»Gefällt er Ihnen nicht?« fragte er leise.

Die Ärztin blickte hoch. »Gehirnerschütterung«, sagte sie mit einem leichten Tadel in der Stimme. »Außer der Schlagader noch eine leichte Rippenquetschung und ein Muskelriß. Das genügt für so einen Jungen! Er muß sofort in die Klinik.« Sie rollte dabei den Gürtel zusammen, der um den Arm des Jungen geschnürt worden war. »Wer hat eigentlich den Arm abgebunden?« fragte sie dann.

»Warum? War es so schlecht?«

»Nein. Sehr gut sogar. Waren Sie es?«

»Ja.«

Dr. Bender sah ihr Gegenüber kritisch an. »Sie waren wohl im Krieg Sanitäter?«

Dr. Perthes lächelte. »Wie man's nimmt.« Sanitäter! Wenn der arme Junge nicht dort auf dem Tisch liegen würde, könnte das eine ganz charmante Unterhaltung werden, dachte er. »Ich habe ab und zu mal im Lazarett gelegen. Einmal hatte ich neben mir einen Kameraden, dem hatte ein russisches Explosivgeschoß den Arm weggerissen. Nun phantasierte er immer des Nachts und glaubte, der Russe wolle ihn mitnehmen. Dabei schlug er um sich, traf seinen Stumpf, die Naht platzte und die Ader riß. Da habe ich ihn abgebunden, so gut, wie ich dachte. Der Kamerad wurde gerettet.« Er lächelte wieder.

Die Ärztin beugte sich über das Kind. »Rufen Sie bitte den Krankenwagen der Lindenburg«, sagte sie. »Nebenan, auf meinem Schreibtisch, steht das Telefon. Sie kennen die Nummer?«

»Zufällig ja.«

Immer noch lächelnd eilte Dr. Perthes in den Nebenraum. Es war ein kleiner Salon mit Chippendalemöbeln, einem runden Tisch, einem Schreibtisch, einer gemütlichen Couchecke und weichen Sesseln.

Während er den Hörer abnahm, die Nummer wählte und wartete, bis der Apparat der Krankenhausaufnahme frei wurde, las er in einem zufällig auf dem Schreibtisch liegenden Paß die Angaben über die unbekannte Kollegin:

»Dr. med. Angela Bender, geb. 24. 8. 1920 in Würzburg – Haare: schwarz, Augen: braun, Größe: 1,68m, Gewicht: 54 kg. Besondere Kennzeichen: kleine Narbe am linken Oberschenkel durch Bombensplitterverletzung.«

Mit einem zufriedenen Lächeln klappte Dr. Perthes den Paß wieder zu und bestellte dann über die inzwischen frei gewordene Leitung den Krankenwagen.

Als er zurück in das Behandlungszimmer kam, saß Dr. Bender neben dem Jungen und fühlte den Puls.

»Haben Sie eine Ahnung, wie der Junge heißt?« fragte sie.

»Keine Spur! Aber er muß aus dieser Gegend sein; er hatte einen Roller bei sich und ein Eis in der Hand.«

»Das besagt nicht viel.«

»Stimmt! Soll ich die Polizei rufen?«

»Es wäre vielleicht besser.«

Sie schaute zu ihm auf. Ihre Augen trafen sich für einen Augenblick. Er ist ein netter Kerl, dachte sie. Er ist geistesgegenwärtig und weiß sich zu helfen. Sein Anzug, sein neues, helles Jackett ist voller Blut, und er beachtet es gar nicht. Er wird die Flecken nie wieder herausbekommen. Ihre frauliche Seele regte sich.

»Ihr Jackett ist verdorben«, meinte sie. »Nichts geht schwerer aus einem solchen Stoff heraus wie eingetrocknetes Blut.«

»Wie recht hatte da Goethe, als er sagte: ›Blut ist ein ganz besonderer Saft!‹« Dr. Perthes sah an sich hinunter. »Total hinüber«, sagte er dann und blickte die Ärztin schelmisch blinzelnd an. »Wenn sich der Vater des Jungen meldet, müßte er mir als Lebensretter eigentlich einen neuen Anzug kaufen. Was meinen Sie?«

Dr. Angela Bender betrachtete den Jungen. »Zuerst will ich ihn durchbekommen. Lassen Sie Ihre Jacke hier, ich will es heute abend mit Benzin versuchen.«

»Und ich darf so lange warten?« fragte Dr. Perthes erfreut.

»Es wird Ihnen langweilig werden.«

»In Ihrer Gegenwart – nie!«

»Ich werde in der Klinik sein«, verwies sie ihn. »Mein Mädchen wird Ihren Rock säubern.« Angela Bender sah Dr. Perthes wieder mit jenem kritischen Blick an, als stünde er hinter dem Leuchtschirm eines Röntgenapparates. »Sie scheinen sehr viel Zeit zu haben.«

»Glauben Sie?« Dr. Perthes setzte sich neben den Untersuchungstisch und befühlte den Brustkorb des Jungen.

»Lassen Sie das!« Die Ärztin schlug ihm leicht auf die Hand. »Solch eine Unvernunft! Der Junge hat eine Rippenquetschung, und Sie drücken daran herum!« Sie betrachtete seine Hände. »Sie haben Hände, die anscheinend noch nie gearbeitet haben.«

»Weil sie ohne Schwielen sind?« Er massierte den Handrücken, auf den sie geschlagen hatte. »Sie hätten

Lehrerin statt Ärztin werden sollen. Sie haben einen wirklich guten Schlag.«

»Was sind Sie eigentlich?« Angela Bender richtete sich auf und wusch die Hände in einer sterilen Lösung. Es roch stark nach Karbol. »Nicht einmal vorgestellt haben Sie sich!«

»Was ist ein Name?« fragte Dr. Perthes. »Schall und Rauch – wenn kein vollwertiger Mensch dahintersteckt.«

»Da haben Sie recht.« Dr. Bender winkte ab. »Ich bin auf Ihren Namen auch nicht neugierig.«

Auf der Straße vor dem Haus hielt ein Auto. Dr. Perthes schob die Gardine zurück und blickte hinaus. Die Flurglocke schrillte.

»Das Krankenauto der Lindenburg«, sagte er.

»Endlich!«

Sie lief zur Tür und öffnete. Zwei Krankenwärter mit einer Trage traten ein und hoben den Jungen vorsichtig auf die breiten Leinengurte. Die Ärztin deckte den kleinen Patienten mit einem sterilen Tuch zu.

»Ich fahre mit«, sagte sie nur. Dann gab sie Dr. Perthes zögernd die Hand und nickte ihm zu. »Haben Sie vielen Dank für Ihre schnelle Hilfe. Wenn Sie wollen, lassen Sie Ihre Jacke in der Küche bei dem Mädchen. Auch Ihre Adresse. Ich schicke Ihnen das Jackett dann zu.«

»Ist es nicht besser, wenn ich es selbst abhole?« fragte er. Sie zuckte mit den Schultern. »Wie Sie wollen. Also dann – auf Wiedersehen!«

»Auf Wiedersehern . . .« Und als sie aus dem Zimmer war, sagte er noch leise: » . . . Angela . . .«

Er trat ans Fenster und beobachtete durch die Gardine, wie sie hinter der Trage in den Krankenwagen stieg. Langsam fuhr das Auto an und entschwand rasch seinen Blicken.

In seinem blutbespritzten Anzug stand er allein in dem großen Ordinationsraum. Er betrachtete sich sinnend. Dann schoß ihm ein guter Gedanke in den Kopf, und er eilte hinüber in den kleinen Salon.

»Ja, hier spricht Dr. Perthes«, sagte er. »Bitte Herrn Professor Dr. Window.« Er wartete einen Augenblick, dann richtete er sich plötzlich auf.

»Ja, hier Peter. Tag, Erhard! Du, ich habe eine große Bitte. Gleich wird ein Junge eingeliefert. Unfall. Schlagaderriß, Gehirnerschütterung, Rippenquetschung. Ein Fräulein Angela Bender . . . ja, Dr. Bender, begleitet ihn.«

»Kenne ich«, sagte eine schnarrende Stimme im Telefon. »Sie hat bei uns auf der Kinderstation ein paar Betten.«

»Ist ja wunderbar!« Dr. Perthes strahlte. »Sorge doch bitte dafür, daß der Junge nicht in die Kinderabteilung kommt, sondern in die Chirurgische Klinik. Zu Dr. Sacher. Warum? Das erkläre ich dir später. Erfülle meinen Wunsch und wart's ab!«

Er legte den Hörer auf und rieb sich die Hände. Dr. Paul Sacher, der Chef der chirurgischen Abteilung, war sein bester Freund. Man nannte sie in der Lindenburg nur »Peter und Paul«. Wenn Professor Window den Jungen in Pauls Abteilung legte, sah er Angela Bender jeden Tag, denn sein toxikologisches Laboratorium lag im gleichen Gebäudeflügel wie die Chirurgie.

Eine jungenhafte Fröhlichkeit überkam ihn. So kann ein Unglück Glück bringen, dachte er. Da läuft man jahrelang als Tropenarzt und Giftfachmann in der Welt herum, fährt auf See rund um die Erde, mal in Bombay, mal in Bahia, mal auf Celebes und dann in Porto Rico . . . Man hat im Gran Chaco Schlangen gesucht und in Rio de Janeiro Vorträge gehalten . . . Dann kam der Krieg, der Hauptverbandsplatz, das Lazarett . . . Gräßliche Wunden mußte man flicken, sterbenden Soldaten Trost geben und Krüppeln die Lebensaussichten wieder hell und erstrebenswert machen . . . Dann war der Spuk zu Ende, man hungerte sich durch, lebte an der Münchner Klinik von dreimal trocken Brot am Tag und einem spendierten Würstchen vom Kollegen Moll, der ein Verhältnis mit einer Metzgerstochter hatte ... Dann ging es nach Hamburg ans Tropeninstitut, nach Bremen an das Schifferkrankenhaus und schließlich nach Köln, wo er im Auftrag der Universität neue Tropengifte feststellen und unschädlich machen sollte.

Frauen? Sie spielt kaum eine Rolle in seinem Leben. Die Erlebnisse mit ihnen in den Tropen und auf den Schiffsfahrten, sie blieben ohne große Erinnerung. Was Liebe ist, wußte er nicht – man las es am besten in Romanen nach. Dort wurde sie in allen Varianten beschrieben. Die Schriftsteller mußten sie ganz genau kennen, denn sie kamen immer wieder auf sie zurück.

Im täglichen Leben kannte Dr. Perthes nur Reagenzgläser und Kolben; Giftschlangen, die auf Glasplatten bissen und dort ihr Gift abspritzten. Brutöfen und Nährböden mit Giftkulturen, kranke Meerschweinchen oder Kaninchen, die elend zugrunde gingen und denen man, noch halb lebend, das Blut abzapfte.

Wo blieb da die Liebe?

Wo hatte man da noch Zeit, sich unter die streichelnden Hände einer Frau zu begeben? Und wenn man einmal ein Mädchen sah, das so etwas wie Interesse erweckte, dann war bestimmt an dem Abend ein wichtiger Termin oder ein neuer Patient mit Gift im Körper, der einem alle Stimmung für einen romantischen Abend verdarb.

Und da geht man eines Nachmittags spazieren, rettet einem leichtsinnigen Jungen das Leben und lernt dabei eine Kollegin kennen, die einem auf den ersten Blick so etwas wie einen Schleier von der Seele reißt!

Das ist dumm, aber wahr, dachte Peter Perthes. Ausgerechnet eine Kollegin! Wie sagte doch sein Freund Dr. Sacher einmal: »Der Mann, der eine Kollegin heiratet, leidet unter Minderwertigkeitskomplexen!«

Perthes mußte lachen. Er wollte sich eine Zigarette anzünden, als ihn ein Geräusch hinter sich herumfahren ließ. Ein junges Mädchen in einem kurzen Kleid mit einer buntgeblümten Schürze stand hinter ihm im Türrahmen und grüßte ihn freundlich durch Kopfnicken.

»Würden Sie bitte Ihr Jackett ausziehen?« fragte sie.

»Mein Jackett? Ach so – nein, danke.«

Dr. Perthes erhob sich und steckte die nicht angezündete Zigarette wieder ein. »Ich will doch lieber gehen. Ich will dem Fräulein Doktor keine Umstände machen und Ihnen auch nicht, liebes Fräulein. Vielleicht kann man das Jackett doch noch retten. Ich danke Ihnen jedenfalls herzlich.«

Er schaute sich noch einmal in dem gemütlichen Raum um, als wollte er das Bild nicht vergessen; dann nahm er einen Bleistift vom Schreibtisch und schrieb auf den Notizblock:

»Auf Wiedersehen – haben Sie gesagt. Es soll ein wahres Wort werden. Und noch eins: Wenn wir nächste Woche zusammen im Stadion schwimmen gehen, brauchen Sie sich Ihrer Narbe am linken Oberschenkel vor mir nicht zu schämen. P. P.«

Vergnügt pfeifend stieg er die Treppe hinab und winkte auf der Straße einem Taxi.

»Lindenstraße 19«, sagte er und lachte, als ihn der Chauffeur von oben bis unten musterte. »Was, da staunen Sie, nicht wahr? Ich habe eben meine Braut umgebracht, weil sie mich betrogen hat ... Schnell, fahren Sie, ehe die Polizei kommt! «

Laut lachend stieg er ein. »Wenn Sie mich schnell fahren, erzähle ich Ihnen auch, wie ich sie erdolcht habe ...«

Brummend fuhr der Wagen an. Verrückt, dachte der Chauffeur. Wenn der Bursche bloß bezahlt! Man lernt als Taxifahrer doch Typen kennen ...

Noch am selben Abend wußte man, wer der verunglückte Junge war.

Es war ein Zufall, der so oft im Leben geschieht, wenn man die Lage als gänzlich unentwirrbar ansieht.

Eine Viertelstunde nach dem Unfall fuhr der Bankdirektor Wolf von Barthey die Fürst-Pückler-Straße entlang, um zu seiner Villa in der Rudolf-Schmitt-Straße zu kommen. Hinter der Ecke sah er mitten auf der Straße einen Roller liegen, den er an dem bunten Wimpel als denjenigen seines Jungen erkannte. Er hielt erschrocken an und erfuhr von den noch umherstehenden Passanten, daß hier vor einigen Minuten ein Junge überfahren worden sei. Man nehme an, daß er wohl inzwischen tot sein würde, denn die Schlagader sei völlig zerfetzt gewesen. Der Junge war schon halb tot, als der fremde Herr ihn in seinem Auto mitnahm, erklärte ein Mann.

Leichenblaß vernahm Wolf von Barthey die verworrenen und aufgebauschten Berichte. Mein Horst, dachte er nur, mein kleiner Horst! Mein Gott, ich darf es Helene nicht sagen. Sie wird einen Nervenzusammenbruch bekommen. Horst überfahren! Tot! Die Schlagader zerrissen. Er lehnte sich gegen die Tür seines Wagens, um nicht umzusinken. Seine Lippen waren blutleer.

»Wo . . . wo ist der Junge jetzt?« fragte er mühsam.

»Sicher in der Lindenburg«, antwortete einer. »Der Mann war Arzt und hat ihn gleich mitgenommen.«

Die Lindenburg! Wolf von Barthey sprang in seinen Wagen, raste die Straße hinab, brauste hupend um die Ekke und hielt schleudernd vor dem Haupteingang der Klinik. In der Anmeldung erfuhr er, daß tatsächlich ein Junge eingeliefert worden war. Er sei in die Chirurgische Klinik geschafft worden, zu Chefarzt Dr. Sacher.

Man rief dort an und erfuhr, daß der verletzte Junge das Bewußtsein noch nicht wiedererlangt hatte; er bekäme gerade eine Bluttransfusion.

Wolf von Barthey rannte durch die Gänge des Gebäudes, ziellos. In dem großen Garten, in den er gelangte, setzte er sich auf eine weißgestrichene Bank und verbarg das Gesicht in beiden Händen.

Der Bankdirektor weinte.

Zitternd saß er da, ein großer starker Mann, ein Hüne

von Gestalt, grauhaarig schon, elegant, gepflegt, reich, Besitzer einer Villa inmitten eines großen Parks, Chef eines bekannten Bankhauses mit vierzehn Filialen.

Und saß da und weinte. Und hätte alles hingegeben, hätte auf alles verzichtet, was bisher den Inhalt seines Lebens ausmachte, wenn er mit seinen Reichtümern das Leben seines Sohnes hätte erkaufen können.

Eine Schwester in Nonnentracht huschte durch den Garten. »Sind Sie Herr von Barthey?« fragte sie.

»Ja!« Der Bankier schnellte hoch, seine Augen flackerten. »Lebt mein Junge? Ist er tot? Schwester, sagen Sie nicht, daß er tot ist – ich werde wahnsinnig!« Er sank zusammen und schlug wieder die Hände vors Gesicht. »Er ist unser einziges Kind«, stammelte er.

Die Schwester nickte. Sie wirkte hoheitsvoll in ihrer großen, weiten flatternden Haube.

»Ihr Sohn hat gerade das Bewußtsein wiedererlangt.« Sie sprach leise. »Aber er erkennt noch niemand. Wenn Sie ganz leise sind, können Sie ihn kurz sehen.«

Und dann stand Wolf von Barthey neben einer weißen Spannwand und betrachtete das blasse Gesicht seines Sohnes. Die Augen waren groß und gläsern, ohne Erkennen. Der Arm war dick verbunden. Über der schmalen Kinderbrust lag ein elastischer Verband. Kalter Schweiß bedeckte die Stirn des Jungen.

Starr blickte der Vater auf das Bett. Er hielt sich an der weißen Spannwand fest und biß die Lippen aufeinander. Blut tropfte von seinen Lippen, in die sich die Zähne eingruben. Das ist mein Kind, schrie es in ihm. Gezeichnet – ein lebloses Bündel, das mühsam atmet . . .

Er wandte sich ab, schwankte aus dem Zimmer und fiel auf dem Gang in einen Rohrsessel. Dr. Paul Sacher stand jetzt neben ihm und sah ihn voller Mitgefühl an.

»Es sieht schlimmer aus, als es ist«, sagte er leise und tröstend. »Die Gehirnerschütterung und die Quetschung sind von sekundärer Bedeutung. Mir macht vor allem der

Aderriß Sorge. Jeder Kranke mit einer Gehirnerschütterung schläft unruhig. Und der Arm muß jetzt ganz ruhig liegen, sonst platzt die Ader von neuem auf. Wir müssen Tag und Nacht eine Wache zu Ihrem Sohn setzen.«

»Diese Nacht werde ich selbst dasein«, sagte der Bankier und richtete sich auf. In seinen Augen war etwas mehr Mut. »Sagen Sie ehrlich, Herr Doktor, kommt mein Sohn durch?«

»Aber sicher! Es war gut, daß zufällig ein Kollege an der Unfallstelle war und den Arm sofort abgebunden hat. Sonst –«, er stockte, »ich will ehrlich sein – sonst lebte Ihr Sohn bestimmt nicht mehr.«

»Wissen Sie die Adresse dieses Arztes?« Wolf von Barthey sah Dr. Sacher an und zog ein Notizbuch hervor. »Ich möchte diesem Herrn sehr gern meinen Dank aussprechen. Er hat nicht nur das Leben unseres Sohnes gerettet . . .«

»Der Kollege ist vielleicht sogar noch im Haus. Es ist Dr. Peter Perthes vom Tropeninstitut. Ich will versuchen, ihn zu erreichen.«

Eine schmale junge Frau kam den Gang entlang und grüßte. Dr. Sacher winkte sie heran. »Beste Kollegin, darf ich Sie mit dem Vater Ihres jungen Patienten bekannt machen: Herr von Barthey.« Und zu dem Bankier gewandt: »Das ist Dr. Angela Bender, die Ihren Sohn einlieferte und als erste betreute.«

Wolf von Barthey gab Angela Bender die Hand. »Ich stehe immer in Ihrer Schuld«, sagte er leise. »Darf ich Sie und Ihren Kollegen, der meinen Sohn rettete, in den nächsten Tagen als meine Gäste begrüßen?«

»Ein Kollege?« Die Ärztin schaute den Bankier verblüfft an. »Meinen Sie den Herrn, der Ihrem Sohn mit einem Hosengürtel den Arm abband?«

»Ja, ein Dr. Perthes.«

»Wer?«

Der Bankier wurde ein wenig verwirrt und sah sich um, als brauche er die Hilfe des davongegangenen Dr. Sacher.

»Sollten Sie gar nicht wissen, daß der Herr ein Kollege von Ihnen war? Dr. Perthes vom Tropeninstitut, wie mir Dr. Sacher sagte.«

»Ach!« Angela Bender blickte zu Boden. Etwas verlegen spielte sie an den Knöpfen ihres weißen Kittels. Lazarett, dachte sie. Ein Kamerad von ihm hatte einen Armstumpf . . . Hände, die nicht nach Arbeit aussehen . . . Wie habe ich mich da blamiert! Und er hat es ausgekostet, hat mich bei dem Irrtum gelassen und sich noch diebisch darüber gefreut! Dr. Peter Perthes. Sie hatte den Namen schon manchmal in den medizinischen Wochenschriften gelesen, wenn die Rede von toxikologischen Erfahrungen war.

Ohne zu wissen warum, wurde Angela Bender plötzlich rot und wandte sich ab.

»Bleiben Sie noch ein wenig, Herr von Barthey?« fragte sie dann. »Ich will noch einmal nach Ihrem Jungen sehen.«

Sie verschwand in dem Krankenzimmer und setzte sich aufatmend an das Bett des Jungen. Er hatte die Augen wieder geschlossen, aber sein Atem ging jetzt regelmäßiger und tiefer. Er schlief.

Sie beugte sich über ihn und horchte mit dem Stethoskop die Herztöne ab. So überhörte sie, daß hinter ihr die Tür leise ins Schloß gedrückt wurde und jemand den Raum betrat. Erst als sie sich wieder aufrichtete, fühlte sie instinktiv, daß sie nicht mehr allein in dem Krankenzimmer war. Erschreckt fuhr sie herum.

Hinter ihr stand, in einem langen weißen Arztkittel und weißen Klinikhosen, Dr. Peter Perthes.

»Guten Abend, Kollegin«, sagte er. »Herztöne in Ordnung?«

Angela Bender strich sich die Haare aus der Stirn. Die Bewegung ihres Kopfes wirkte kämpferisch.

»Ja«, antwortete sie schroff. »Verstehen Sie neben Giftmischen und Frauen zu ärgern auch noch etwas von internistischer Medizin?«

»Soweit sie sich auf Adernabklammern beschränkt, bestimmt!« Er trat näher und reichte ihr die Hand, die sie übersah. »Böse?«

»Ja.«

»Weil ich nicht gleich sagte, daß wir Kollegen sind?«

»Weil Sie in einem unpassenden Moment ein noch unpassenderes Spiel getrieben haben, jawohl.« Dr. Bender stand von dem Bett auf. »Haben Sie schon mit Herrn von Barthey gesprochen?«

»Ja, eben. Ich habe ihn weggeschickt.«

»Er hat Sie eingeladen?«

»Ja.«

»Das ist ein Grund für mich, seine Einladung nicht anzunehmen.«

»Wie schade! Er hat allerlei mit uns vor. Er sagt zum Beispiel, daß wir sehr gut zusammenpassen.«

Angela Bender winkte ab. Es sollte lässig aussehen, aber ihre Hand zitterte ein wenig dabei, und das war ein Schönheitsfehler dieser Geste.

»Der Mann war durch den Schrecken nicht mehr klar bei Verstand. Das entschuldigt sein Verhalten – aber nicht das Ihre!« Sie wandte sich zur Tür. »Guten Abend, Herr . . . Kollege!«

Die Tür klappte. Erstaunt sah Dr. Perthes ihr nach. Eine kleine Kratzbürste, dachte er. Trägt ihren Stolz wie ein alter Professor, der Angst vor jungen Studenten hat. Leise verließ er das Krankenzimmer. Auf dem Flur traf er seinen Freund Dr. Sacher.

»Hast du Krach mit der Dame Bender?« fragte er und schüttelte den Kopf. »Sie rief mich eben an und meinte, daß sie alles versuchen will, den Jungen Horst aus der Chirurgischen hinüber in die Kinderklinik zu bekommen. Dort könne man besser unliebsame Besucher ausschalten, sagte sie.« Dr. Sacher klopfte dem Freund auf den Rükken. »Du wirst bei Frauen niemals Glück haben.«

»Schon gut.« Dr. Perthes verabschiedete sich und ging

den langen weißen Gang hinunter zu der Glastür, die den Flur vom Treppenhaus trennte. Jungenhaft stieß er mit einem Schwung die Pendeltür auf und ging, leise pfeifend, die Treppe hinab zum Ausgang der Klinik.

Aber dort stand noch immer Wolf von Barthey. Er hielt den Arzt am Ärmel fest.

»Ich kann mich darauf verlassen, Herr Doktor? Sie kommen am Samstagabend zu uns?«

»Bestimmt. Es sei denn, es kommt ein ganz schwerer Fall dazwischen.« Plötzlich fragte er: »Kommt Fräulein Dr. Bender denn auch an diesem Abend?«

»Aber ja!« Der Bankier nickte eifrig. »Vor einer Minute, kurz bevor Sie die Treppe herunterkamen, hat sie zugesagt.«

Da ergriff Dr. Perthes die Hand des Herrn von Barthey und drückte sie fest und voller Freude.

»Ich danke Ihnen«, sagte er laut. »Diesmal danke ich Ihnen ...«

2

Es ergab sich, daß sich Angela Bender und Peter Perthes öfters in diesen Tagen in der Klinik trafen. Diese Treffs waren nicht zufällig, sondern von dem jungen Arzt gewollt. Kurz nach der Einlieferung des jungen von Barthey hatte Dr. Perthes eine Unterredung mit dem Chef der Klinik, Professor Window.

»Ich habe eine große Bitte«, sagte er, als er mit dem Klinikchef nach dem Essen im Ärztekasino saß und einen Mokka trank.

Lauernd betrachtete der Professor Dr. Perthes von der Seite. »Schon wieder hundert Kaninchen oder hundert Meerschweinchen? Du rottest mit deinen Giften noch die gesamte Tierwelt aus!« Er lachte schallend, als er Peter Perthes' Verblüffung sah. »Du treibst den Preis für Meerschweinchen unheimlich in die Höhe!«

Peter zündete sich eine Zigarette an und trank ein wenig hastig seinen Mokka aus. Wie soll ich ihm das nur klarmachen? dachte er. Er wird mich für geistesgestört halten, wenn ich diesen Wunsch ausspreche. Aber es ist die einzige Möglichkeit, diese Angela Bender, diese entzückende Kratzbürste, wiederzusehen.

»Es handelt sich um keine Versuchstiere, sondern um einen Menschen.«

»Du willst aus der Anatomie eine Leiche?« Professor Window schüttelte den Kopf. »Was wir haben, ist bereits für die Uni reserviert. Nichts zu machen, Peter.«

»Um einen lebenden Menschen . . .«

Professor Window stellte die Tasse ab, die er gerade zum Mund führen wollte. Es klirrte ein wenig, weil er sie in seiner Verblüffung zu hart aufsetzte. »Nun willst du auch noch am lebenden Menschen deine neuen Gifte und Antigifte ausprobieren?«

Peter Perthes winkte ab. »Vergiß einmal, daß ich Toxikologe bin. Vor einer Stunde ist in der Ambulanz ein Junge eingeliefert worden, der einen Unfall hatte. Ich war dabei, als er unters Auto kam – reiner Zufall – und habe ihn gleich zu einem Arzt in der Nähe gebracht, oder vielmehr zu einer Ärztin. Dann habe ich ihn in die Lindenburg einweisen lassen. Und nun möchte ich gern, daß der Junge nicht auf die Kinderstation kommt, sondern in die Chirurgie.«

»In die Chirurgische? Das geht Sacher an.«

»Dr. Sacher sagt nicht nein, wenn der Chef ja gesagt hat!«

Der Professor schüttelte abermals den Kopf. »Komische Idee von dir! Was soll der Junge denn bei uns?« Er drückte seinen Zigarrenstummel aus, eine Angewohnheit, die ihm die Verachtung aller wahren Zigarrenraucher eintrug. »Was hat er denn?«

»Gehirnerschütterung, ein paar Quetschungen und einen Schlagaderriß.«

»Alles Dinge, die die Chirurgische wenig angehen.« Window erhob sich. »Warum soll er denn nicht bei Dr. Bender auf der Kinderstation liegen?«

»Eben wegen dieser Dr. Bender, Chef . . .«

Professor Window stutzte, drehte sich zu Dr. Perthes um und sah ihn groß an. »Haben Sie etwas gegen die Kollegin?« fragte er sehr förmlich.

»Durchaus nicht! Die Kollegin ist die Ärztin, bei der ich den Jungen zur Ersten Hilfe einlieferte . . . Und ich hätte gern, daß Dr. Bender ihren kleinen Patienten in der Chirurgischen besucht, weil . . .« Er stockte und sah wie ein großer, sich schämender Junge zu Boden. Sogar rot wurde er und sehr verlegen.

Professor Window sah seinen »Giftmischer« an; dann überzog ein breites Lächeln sein Gesicht, und die blauen Augen unter dem weißen Haarschopf leuchteten.

»Du Lausejunge«, sagte der Professor leise. »Sie soll in die Chirurgische kommen, weil du daneben deine Labors hast! Du bist ja ein ganz ausgekochter Bursche, Peter! Hat es dich endlich doch gepackt?«

»Ich finde sie nett«, wich Perthes aus. Aber er lächelte dabei.

»Nett?« Windows große Hand wischte durch die Luft. Für einen Augenblick blitzte der dicke Siegelring in einem Sonnenstrahl, der vom Fenster her in den Raum fiel. »Nett genügt mir nicht, um einen so schwerwiegenden Eingriff in die heilige Klinikordnung vorzunehmen!«

Peter Perthes trat einen Schritt vor, er stand jetzt dicht vor seinem Chef. »Du bist gemein«, sagte er leise, aber mit freudig glänzenden Augen. »Wenn du's wissen willst . . . ich habe mich in sie verliebt . . .«

Jetzt lachte der Professor laut. Er schlug sich mit der Hand auf den Schenkel und dann Peter auf die breite Schulter. »Unser Giftmischer und die kleine Bender! Himmel, ist das ein Witz! Wenn ich das dem Sacher erzähle, faßt der glatt aus Verwirrung sein Skalpell am falschen Ende an! Die unnahbare Bender! Und du, ausgerechnet du!« Er lachte noch, als er das Kasino verließ und über den langen Gang zu seinem Privatbüro ging.

Einen Augenblick lang blieb Peter Perthes verwirrt zurück, dann eilte er Professor Window nach und hielt ihn kurz vor dem Eintritt in sein Zimmer an.

»Wie ist das nun?« fragte Perthes. »Kommt der Kleine auf die Chirurgische?«

»Ja!« Der Professor lachte noch immer. »Sag's dem Sacher, der frißt dich auf! Er himmelt die Bender ja auch an. Und das in meiner Klinik . . .«

Damit verschwand er in seinem Zimmer und drückte vor Peters Nase die Tür zu.

Ja, hat er gesagt . . . Das war das einzige, was Dr. Perthes in diesem Augenblick beschäftigte. Daß auch Dr. Sacher entdeckt haben sollte, wie entzückend die Kollegin von der Kinderstation war, kam erst an zweiter Stelle. Sacher war sein Freund, und es war überhaupt nicht bewiesen, daß Angela Bender ihm irgendeinen Beweis ihrer Zuneigung gegeben hatte.

Peter Perthes blickte auf seine Armbanduhr. Nun mußte man schnell handeln, denn wenn der kleine Patient erst auf einer Station fest eingewiesen war, gab es immer Ärger, wenn man ihn wieder wegholte.

Mit langen Schritten ging er also durch die weißen, nach Karbol riechenden Gänge hinüber zur. Chirurgie. An einer der Glaspendeltüren traf er auch sehr bald Dr. Sacher, der gerade aus einem Verbandsraum kam und auf dem Flur eine Zigarette rauchte.

»Verkehrsunfall«, sagte er, auf die Tür zeigend, als er Peter Perthes erblickte. »Grauenhafte Sache! Linkes Bein abgequetscht. War wie Mus.«

»Hast du amputiert?«

»War keine andere Lösung möglich. Jetzt bekommt er

drei Transfusionen. Ein Wunder, wenn wir ihn durchbekommen.«

Dr. Perthes stand wie auf heißen Kohlen. Er nahm eine der angebotenen Zigaretten und zündete sie hastig an. »Und wo ist der Junge von vorhin?«

»Der Kleine von Barthey? Bei der Kollegin Bendcr.«

»Schon?«

»Wieso schon? Nach dem Verbinden habe ich ihn an die Kinderstation abgegeben.«

»Ich habe aber vom Chef die Genehmigung, ihn in die Chirurgische zu legen.«

»Wieso – du hast?« Dr. Sacher schüttelte den Kopf. Er setzte sich in einen der Korbsessel, die in einer Nische des Ganges standen, und zuckte verwundert mit den Schultern. »Was willst du denn mit dem Jungen? Der Chef spinnt wohl, was soll ich mit dem Knaben auf meiner Station?«

»Ich will«, erwiderte Peter Perthes leise, »daß Angela öfter hierherkommt.«

Peter und Paul sahen sich eine Weile stumm an.

Dann huschte ein kleines, wehmütiges Lächeln über Dr. Sachers Gesicht. »Auch du, mein Sohn Brutus ...«, sagte er verstehend.

»Ich habe mich in sie verliebt, Paul.«

»Ich auch, Peter.«

»Ich weiß. Window deutete es an.«

»Aber ich bin abgeblitzt, restlos!« Paul Sacher lachte kurz auf, und es klang wie ein Seufzer. »Seit einem Jahr habe ich mich darum bemüht, habe sie eingeladen ... zu einer Tasse Kaffee, zu einem Opernabend, ja selbst zum Medizinerball ... immer nur Körbe! Es waren zwar nette, freundliche Körbe, so mit Girlanden, vielen Blumen und Schleifchen. Und mit einem Spruchband: Du bist leider nicht mein Typ! Und jetzt kommst du ...«

Er sah seinen Freund Peter mit zur Seite geneigtem Kopf an. »Sie hat im übrigen eine Sauwut auf dich!«

»Ich weiß! Und eben deshalb möchte ich, daß der Junge auf die Chirurgische kommt!«

»Das wird ein Drama, Peter. Angela wird mir die Augen auskratzen.«

»Schieb nur alle Schuld auf mich, Paul.« Perthes drückte seine Zigarette aus und klopfte dem noch sitzenden Paul Sacher auf die Schulter. »Ich werde den Knaben jetzt holen lassen.«

»Tu, was du nicht lassen kannst und was du immer bereuen wirst!«

Munter pfeifend verließ Peter Perthes die chirurgische Station.

Kopfschüttelnd sah ihm Dr. Sacher nach. Diese Sicherheit wird ihm nichts helfen, dachte er ein wenig schadenfroh. Auch er wird abblitzen wie alle anderen. Angela Bender ist ein viel zu selbständiger und kluger Mensch, um auf diesen Windhund mit Namen Peter Perthes hereinzufallen.

Sieben Minuten später gab es auf der Kinderstation einen handfesten Krach.

Zwei Krankenpfleger von der Chirurgie erschienen mit einem Rollbett auf der Station. Draußen, auf dem Rasen, stand außerdem ein kleiner Elektrotransportwagen mit einer geheizten Kabine bereit.

Ein Assistenzarzt sah die beiden Pfleger groß an, als sie das Bett über den Gang schoben und freundlich grüßten.

»Wo liegt ein kleiner Patient namens Barthey?« fragte der eine Pfleger.

Der Assistenzarzt gab darauf keine Antwort, sondern öffnete rasch eine Tür und rief: »Frau Dr. Bender, die Chirurgische will den kleinen Horst von Barthey abholen!«

Wie ein Wirbelwind fegte daraufhin Angela Bender aus dem Zimmer und stellte sich den beiden Krankenpflegern in den Weg.

»Wer will hier wen holen?« rief sie empört. »Wer hat das angeordnet?«

»Der Chef«, antwortete der eine Pfleger, und beide grinsten.

»Professor Window? Das glaube ich nicht. Ich werde Dr. Sacher anrufen!«

»Der schickt uns ja, Frau Doktor!«

»Unerhört! Das ist ein klarer Fall für meine Station.«

»Aber der Chef hat's doch angeordnet. Außerdem hat es auch Dr. Perthes gewünscht . . .«

»Dr. Perthes? Ach so!« Angela Bender biß die Lippen zusammen. Dr. Perthes! Also aus dieser Richtung wehte der Wind. Sie besann sich einen Augenblick, dann winkte sie. »Holen Sie also den Jungen! Zimmer neunzehn!«

Schroff wandte sie sich ab und ging schnell in ihr Zimmer zurück. Dort stand sie am Fenster und klopfte erregt mit einem Finger gegen die Scheibe. Sie sah, wie das Rollbett aus der Station gefahren wurde, wie der Junge in den Elektrowagen geschoben wurde, sie erkannte noch, wie Horsts Augen noch einmal über das weiße Gebäude der Kinderstation glitten, fragend, ein wenig ängstlich, verwundert . . .

»Das ist eine glatte Gemeinheit!« sagte Angela Bender laut. »Eine Frechheit! Aber sie sollen mich kennenlernen da drüben, die großen Chirurgen und ihr Anhang, diese Herrgötter der Klinik! Und wenn dieser Dr. Perthes denkt, mich damit kleinzukriegen . . . Ich nehme den Federhandschuh auf! Ich werde kämpfen!«

Unten, vor der Station auf dem Rasen, rollte der Elektrowagen an, fuhr einen eleganten Bogen auf dem grünen Rasenstück und schwenkte dann auf den Kiesweg ein, der zu dem großen Gebäudekomplex der Chirurgischen Klinik führte.

Mit zusammengebissenen Lippen mußte Angela Bender zusehen, wie auf einer der Treppen ein weißer Kittel erschien und dem Wagen entgegensah . . . Es war, sie konnte es deutlich erkennen, die Treppe, die auch zu den toxikologischen Labors führte. Und wer dort stand, ganz Sieger, ganz in froher Erwartung, war kein anderer als dieser Dr. Peter Perthes.

Wütend trat Dr. Bender vorn Fenster zurück und stampfte mit dem Fuß auf. Warte, dachte sie, warte, Freundchen, das sollst du noch bereuen ...

Um elf Uhr war Visite, und um siebzehn Uhr noch einmal. Als die Uhr auf die Zahl 5 vorrückte, rief Dr. Bender ihre Assistenzärzte, ihre Famulos und Schwestern zusammen. Sie hatte sich ein wenig zurechtgemacht, hatte Rouge aufgetragen und auch die Lippen dezent geschminkt. Sie überblickte die Schar der jungen Ärzte und Schwestern, die auf dem Flur stand, und nickte entschlossen.

»Gehen wir«, sagte sie mit fester Stimme. »Man hat uns einen Fall in die Chirurgische weggenommen. Ungerechtfertigt weggenommen! Es kann uns daher kein Mensch verübeln, wenn wir bei diesem Fall, dem jungen Horst von Barthey, auch unsere Visite machen. Gehen wir ...«, wiederholte sie.

Sie gingen über den kurzen Rasen, über den Kiesweg, und betraten die Station Dr. Sachers – zwölf Schwestern und Ärzte, an der Spitze Dr. Angela Bender mit entschlossenem Gesicht und blitzenden, kampfeslustigen Katzenaugen.

Erstaunt und verblüfft kam Dr. Paul Sacher durch den langen Gang gestürmt und überblickte ein wenig ratlos die Schar der weißen Hauben und Mäntel.

»Willkommen, Frau Kollegin!« rief er geistesgegenwärtig. »Ein Staatsbesuch?« Er lachte ein wenig gequält und wünschte sich, Peter Perthes an seiner Seite zu haben.

»Eine Visite, Herr Kollege, zur gewohnten Stunde! Sie haben einen Fall von mir hier liegen, und ich muß ihn mir ja ansehen!«

»Aber natürlich, natürlich ...« Paul Sacher stotterte verlegen und gab den Weg frei. »Zimmer vierunddreißig, Kollegin Bender.«

Er hat recht behalten, dachte er. Dieser Peter kennt sie

schon besser als ich! Sie kommt tatsächlich hierher! Sie nimmt den Kampf auf. Zwei Dickköpfe prallen aufeinander. Himmel, wie soll das enden?

Er sah Angela Bender nach, wie sie mit ihrer Heerschar im Zimmer 34 verschwand. Dann eilte er zum Telefon, um Professor Window anzurufen.

»Chef«, sagte er erregt, »Angela Bender ist tatsächlich hier! Sie macht die Nachmittagsvisite! Ja, mit ihrer ganzen Belegschaft!«

Als er Professor Window schallend lachen hörte, legte er wütend auf und setzte sich auf die Fensterbank.

Von diesem Tag an begann für Paul Sacher eine Woche der Qualen. Angela Bender erschien mit ihrer Heerschar zwei-, drei-, auch viermal am Tag zu einer Extravisite, rauschte durch die stillen Gänge und störte den ganzen Betrieb des so vorzüglich eingespielten Apparates der Chirurgie. Immer, wenn gerade die Gänge geputzt waren, wenn das Linoleum frisch gebohnert war, erschienen die zwölf Menschen von der Kinderstation und brachten Unruhe in das stille Haus.

Paul Sacher war an der Grenze angelangt, wo man die Nerven verliert und sich nicht mehr beherrschen kann.

»Kollegin Bender«, sagte er eines Morgens, als sie wieder mit ihrer Schar zur Visite erschien, »übertreiben Sie nicht ein wenig die Sorge um diesen Jungen? Glauben Sie, wir könnten ihn nicht ordnungsgemäß versorgen?«

Angela Bender zuckte mit den Schultern und sah den Chirurgen mit zur Seite geneigtem Kopf an. In ihren Augen stand Angriff. Wie ein Schock durchfuhr es Dr. Sacher: sie sah wunderschön aus in ihrem Zorn.

»Der Junge ist schließlich mein Patient. Man hat ihn mir aus unbekannten Gründen weggenommen, aber ich fühle mich nach wie vor für ihn verantwortlich. Ich habe das Recht, meine Patienten zu mir angemessen erscheinenden Zeiten zu besuchen! Und wenn es zehnmal am Tag ist! Die

Notwendigkeit muß ich als Ärztin und Chefin der Kinderklinik allein verantworten.«

»Sie halten aber meinen Betrieb auf, Frau Kollegin!« Dr. Sacher wurde wütend. »Sie benutzen meinen Verbandsraum, wenn ich ihn benötige; Sie kommen zu den unmöglichsten Zeiten . . .«

Angela Bender nickte. Ein Lächeln überzog ihr vor Erregung gerötetes Gesicht. »Es bedarf nur der Rückverlegung auf meine Station, und Sie sind von uns erlöst, lieber Herr Kollege Sacher. Dann haben Sie gleich Ihre Ruhe wieder. Aber so . . .« Sie zuckte erneut mit den Schultern, ein wenig maliziös, wie Dr. Sacher feststellte, und wandte sich an ihren Stab. »Kommen Sie, wir müssen weiter!«

Und die Visite rollte ab . . .

An diesem Tag traf Angela Bender auch Dr. Perthes, der im Krankenzimmer des Jungen darauf wartete, daß die Visite von der Kinderstation erschien. Als Dr. Bender hereinkam, erhob er sich sofort und verbeugte sich korrekt.

»Guten Tag, Frau Dr. Bender«, sagte er. »Es ist ja rührend, wie Sie sich um den kleinen Horst kümmern.«

Und um ihre Antwort, die sofort kommen mußte, abzuschneiden, fügte er hinzu: »Ich bin hier, weil wir ja alte Freunde sind, der Horst und ich!«

Der Junge nickte. Sein blasses Gesicht ragte spitz aus den Kissen. »Der Onkel kann so schön erzählen, von wilden Männern und von fremden Ländern . . .« Er lächelte Dr. Bender an. »Und der Onkel ist überall schon gewesen. Im Urwald . . .«

Angela Bender nickte. »Von dort hat er auch die Manieren mitgebracht«, sagte sie leise, daß es nur Peter Perthes hören konnte, der dicht neben ihr stand. Und lauter fügte sie hinzu: »Ich untersuche jetzt, Herr Kollege, wenn Sie erlauben . . .«

Durch das grinsende Spalier von Angela Benders Gefolgschaft verließ Peter Perthes den Raum.

Vergnügt ging er zum Chefzimmer Dr. Sachers und trat

nach kurzem Anklopfen ein. Der Chefarzt war schlechtester Laune und sah dem Freund wütend entgegen.

Dann schlug er auf die Schreibtischplatte. »Beim Zeus!« rief er. »So geht das nicht weiter! Peter, schließe Frieden mit der kleinen Bender, oder ich werfe euch beide aus meiner Chirurgischen raus! Ich lasse mir nicht von euch vorschreiben, wann hier Visiten stattfinden! Ich kann meinen OP nicht mehr benutzen, weil Dr. Bender auf die Idee kommt, dort Verbandswechsel vorzunehmen! Noch drei Tage, Peter, und ich mache dem Chef Meldung!«

Peter Perthes nickte und verließ den Raum des so schlechtgelaunten Freundes. Auf dem Flur stieß er zu allem Unglück mit Angela Bender zusammen, die bei seinem Anblick ein wenig blaß wurde.

»Eine Frage, Herr Kollege« sagte sie, scheinbar ruhig, und ließ die drei Schwestern, die in ihrer unmittelbaren Begleitung waren, vorausgehen. »Woher kennen Sie meine Narbe am linken Oberschenkel?«

»Ach du grüne Neune!« Peter Perthes lachte laut. »Ist das ein Verbrechen?«

»Ich habe keine Veranlassung, stolz darauf zu sein, daß ausgerechnet Sie die Narben an meinem Körper kennen! Also bitte, woher?«

Peter Perthes zuckte mit den Schultern und betrachtete intensiv die weißgetünchte Decke.

»Kennen Sie mich denn nicht?« fragte er harmlos. »Ich bin doch der Mann mit dem Röntgenblick!«

»Affe!«

Sie wandte sich ab und ring mit großen Schritten ihrem Gefolge nach.

Verblüfft sah Peter Perthes ihr nach und fuhr sich über die Augen. Sie hat mich einen Affen genannt, dachte er. Im Ehrenkodex ist das eine eklatante Beleidigung. Man müßte sie fordern . . . Und sie müßte eine grausame Strafe dafür zahlen . . . für jeden Buchstaben einen Kuß! Das wären vier, . . . Sehr wenig für das Wort Affe! Sagen wir: pro

Buchstabe zehn Küsse! Das wären vierzig . . . schon besser! So eine kleine Giftkröte, diese Angela . . .

Er kam nicht mehr dazu, seinen Plan auszuführen. Den ganzen Tag über ließ sich Angela Bender nicht mehr sehen, und am Samstag, der folgte, hatte sie frei.

3

Am Abend des Samstags stand dann Peter Perthes vor seinem Spiegel und band sich die Smokingschleife. Ihn reizte die Einladung bei dem Bankier von Barthey – nicht allein, weil Angela auch kommen würde, sondern auch, weil Wolf von Barthey ihm versprochen hatte, sich für seine Forschungen zu interessieren.

Mit größter Sorgfalt bügelte er, noch im Slip in seiner Stube hin und her gehend, seine Smokinghose, rief noch einmal die Klinik an, um sich nach dem gegenwärtigen Befinden des kleinen Patienten zu erkundigen. Dann zog er sich fertig an, kletterte in seinen kleinen Sportwagen und fuhr hinaus nach Lindenthal zur von Bartheyschen Villa.

Als er in die Straße einbog, sah er schon die schmiedeeisernen Laternen am Eingangstor brennen. Sie warfen einen milden Schein auf den weichen Kies, mit dem der Weg zur Villa bestreut war. Durch Büsche und eine kleine Pappelallee führte er vor die Freitreppe des Hauses.

Als der Wagen knirschend hielt, trat Wolf von Barthey selbst auf die Treppe hinaus und empfing seinen Gast.

»Daß Sie trotz Ihrer Arbeitsüberlastung kommen, finde ich großartig!« sagte er. Er faßte Dr. Perthes unter und schien bester Laune zu sein. »Ihre charmante Kollegin ist auch schon da!«

»Das ist schön.« Peter Perthes hielt vor der großen Flügeltür, die in den eleganten Wohnraum führte, an. »Ich habe eben noch einmal angerufen, es geht Ihrem Horst bestens. Er erholt sich zusehends!«

»Das ist eine Freudenbotschaft, die meiner Frau über viele Sorgen hinweghelfen wird!«

Der Bankier schob seinen Gast in das geräumige Wohnzimmer, wo in der Kaminecke vor einem alten, geschnitzten Tisch in tiefen Gobelinsesseln Angela Bender und Helene von Barthey saßen.

Die Dame des Hauses erhob sich bei dem Eintritt des jungen Arztes und kam auf ihn zu. Sie war eine sehr schöne, hochgewachsene Frau Mitte der Dreißig, mit einem schmalen, nordischen Gesicht und sehr hellen Augen. Sie waren jetzt voller Tränen. Helene von Bartheys schmale Lippen bewegten sich, sie wollte etwas sagen – aber dann schwieg sie, vielleicht aus Angst, daß sie schluchzen müsse.

Stumm drückte sie Peter Perthes die Hand und nickte ihm zu. Sie wissen, was ich sagen will, sollte das wohl heißen.

Und Dr. Perthes wußte es. Er beugte sich über die blasse Hand und küßte sie. Dann ging er zu Dr. Bender, die ihn kaum ansah. Sie trug ein enges, sehr helles Seidenkleid und hatte ihre schwarzen Locken im Nacken zu einem Lockenwirbel mit einem hellroten Samtband zusammengehalten. Ihr Profil wirkte wie ein altitalienisches Gemälde, zart, zerbrechlich, hoheitsvoll, stolz und unnahbar.

Sie nickte Peter ebenfalls zu, gab ihm lässig die Hand und zog sie rasch zurück, als er sie küssen wollte. Sie beschäftigte sich intensiv mit einer Schale voll Konfekt, die auf der dicken Tischplatte stand.

Ein Mädchen erschien und brachte dem Hausherrn eine Karaffe mit bestem französischem Cognac. Der Bankier schenkte ein und ließ Dr. Perthes hochleben. Dann saß man in den tiefen Sesseln und versuchte, eine Unterhaltung in Gang zu bringen.

»Reden wir heute abend nicht von Horst und dem Unfall«, meinte Wolf von Barthey mit einem Blick auf seine Frau, die – bleichen Angesichts – dafür sorgte, daß es ihren Gästen an nichts mangelte. »Erzählen Sie aus Ihrem Leben, lieber Doktor!«

»Das ist uninteressant«, erwiderte Peter Perthes und blickte zur Seite auf Angela Bender. »Es ist außerdem langweilig und eintönig. Die Tretmühle der täglichen Pflichten ist der Motor aller meiner Handlungen, leider. Ein Privatleben kenne ich kaum.« Er machte eine Pause und wiederholte dann: »Leider!«

»Aber, aber!« Wolf von Barthey lachte laut und goß die Cognacschwenker noch einmal voll. »Sie haben doch die ganze Welt gesehen!«

»Die Welt? Nein! Ich habe in der Welt nur die Gifte gesehen! Ich habe Kobras auf Celebes gefangen, Klapperschlangen am Fuße des Kilimandscharo, Brillenschlangen am Kongo, Korallenottern auf Tahiti, nochmals Klapperschlangen in Abessinien und Baumschlangen am Gran Chaco!«

»Und Sie wurden nie gebissen?« Helene von Barthey beugte sich vor. »Der Biß einer dieser Giftschlangen ist doch absolut tödlich?«

»Um der Menschheit diese Furcht zu nehmen, stelle ich ja meine Forschungen an! Ich bin auf der Jagd nach neuen Sera gegen alle Gifte, die die Natur für den Menschen bereithält. Ich habe mich vor zwei Jahren dreimal von einer Kreuzotter beißen lassen, um ein von mir entwickeltes Serum nachzuweisen. Wie Sie sehen – mit Erfolg, denn ich lebe. Aber wir haben in der Serumforschung und gerade in der tropischen Toxikologie nur ein kleines Teilgebiet lichten und erobern können. Noch gibt es Hunderte von Giften, die wir nicht kennen und also auch nicht bekämpfen können. Denken Sie zum Beispiel an Curare, das Lähmungspfeilgift der südamerikanischen Indianer. Wir haben dagegen noch kein Mittel. Die Indianer am oberen Maranon, einem Quellfluß des Amazonenstroms, die Tikuna-

Indianer, haben ein Gift, das wir Ticunas nennen. Es wirkt augenblicklich tödlich. Gegenmittel – keines! In Ostindien kennt man das sogenannte Fürstengift, das Upas Radja. Es erzeugt augenblicklich Starrkrampf. Und als Gegenmittel haben wir bis jetzt nur Chlor, das selten hilft. Denken Sie an die bestialischen Gifte der Südsee, Upas Antier, Pohon Upas und das chinesische Gift Tsau-rou. Das sind pflanzliche Gifte, gegen die unsere Mittel und Drogen fast gar nichts nützen! Die Buschmänner haben ein Gift aus dem Saft der Giftschlangen, das sie mit einem Wurzelextrakt vermischen. Es gibt nicht weniger als tausend Arten von Schlangen! Ein Forschungsgebiet also, so unendlich groß und verantwortungsvoll, und doch ein Gebiet, das die wenigsten Menschen kennen und kaum beachten. Dabei baut gerade die Medizin und die Pharmazie wesentlich auf den Erkenntnissen unserer Toxikologie auf; wir sind gleichsam die Unbekannten im Hintergrund, die die Wege ebnen, auf denen dann ein Siegeszug beginnen kann, dem die Massen zujubeln.«

»Ein schöner Beruf!« Wolf von Barthey brannte sich eine Zigarre an, während Peter Perthes und Angela Bender sich Zigaretten nahmen. »Sie können doch stolz auf Ihre Erfolge sein!«

»Teilerfolge! Um einen vollen Erfolg zu haben, müßte man Geld besitzen. Forschung kostet nun einmal Unsummen, die nur selten wieder durch die Erfolge eingenommen werden.« Peter Perthes lehnte sich in seinem Sessel zurück und rauchte in tiefen Zügen. Dann nahm er aus der Brusttasche seiner Smokingjacke eine Karte. Sie zeigte einen Ausschnitt aus dem Inneren Kolumbiens, hart an der Grenze des Amazonas. Unendliche, unerforschte Wälder, durchzogen von unbekannten Flüssen und Seen, Sümpfen und Bächen zeigte das Kartenbild, das nach einer Luftaufnahme hergestellt worden war.

»Sehen Sie hier – Kolumbien. Ein Staat, der seine Grenze am Amazonas hat, ein Land, das durch abertausend Bäche, Flüsse und Sümpfe eine ideale Brutstätte unbekannter Giftschlangen ist.«

Er legte seinen Zeigefinger auf einen Punkt der Karte und blickte den Bankier, der sich voller Interesse über die Karte beugte, an.

»Hier liegt ein Nest, Zapuare genannt. Es liegt am Rio Guaviare in der Provinz Piapoco. Südöstlich liegt Pajarito, und noch weiter südlich sehen Sie hier den Zipfel von Majabo. Dieses ganze Gebiet wimmelt von Giftschlangen und noch nicht erforschten Indianerstämmen, deren Pfeilgifte sofort töten, die aber, haben wir sie erforscht, vielleicht in der Pharmazeutik eine Revolution herbeiführen wie seinerzeit das Penicillin oder andere Wundermittel. Denn – Gift in der Blutbahn ist tödlich; aber Gift, das gleiche Gift zum Beispiel im Magen, kann heilend sein! Nur – man kann diese Forschungen nicht betreiben, weil der Staat kein Geld besitzt, um eine Expedition nach Kolumbien auszurüsten.«

»Der Staat hat kein Interesse an diesen wunderbaren Forschungen?« fragte Wolf von Barthey erstaunt und ein wenig ungläubig.

»Interesse schon – aber kein Geld! Die privaten Gesellschaften, die Universitäten müssen sich allein helfen. Man rechnet uns – und das vielleicht zu Recht – vor, daß wir in Deutschland noch über eineinhalb Millionen Wohnungen zu bauen haben, daß gegenwärtig noch über siebenhunderttausend Menschen in Bunkern, Baracken und Kellern von Trümmergrundstücken leben, daß die soziale Not so riesengroß ist, daß es den Staat wirklich nicht interessieren kann, ob wir in Südamerika in einem halben Jahr zwei neue Giftschlangen fangen oder nicht. An diesem Natternfang hängt im Augenblick nicht das Leben von Tausenden. Ich sage, im Augenblick, denn wer kann garantieren, daß nicht eine neue Seuche über die Menschheit hereinbricht, unbekannt – wie heute noch der Krebs oder die multiple Sklerose? Und dann gibt es kein Mittel dagegen, das vielleicht gerade aus jenen Giften gewonnen werden könnte, die wir auf Grund von Geldmangel nicht erforschen oder auch nur beschaffen konnten!«

Wolf von Barthey nahm die Karte und studierte sie genau unter der Stehlampe. Sein Gesicht zeigte einen energischen, entschlossenen Ausdruck. Ein Plan schien in seinem Kopf zu reifen, ein Plan, dessen Tragweite seine Gesichtszüge schon ausdrückten . . .

»Was bedeuten die roten Kreise auf der Karte?« fragte er plötzlich in die Stille hinein, die den Worten des jungen Arztes gefolgt war.

»Das sind die einzelnen Stationen einer geplanten, aber fiktiven Expedition. An diesen Stellen, an den Flüssen und Indianersiedlungen, sollen jeweils für Wochen oder, wenn nötig, für Monate Lager aufgeschlagen werden. Dort werden die einzelnen Fänge ausgewertet und an geeigneten Tieren die Gifte der einzelnen Phasen ausprobiert. Von diesen Lagern aus können wir dann Räume erschließen, die heute noch auf den Landkarten weiß sind und die noch kein Europäer betreten hat.«

»Hm.« Wolf von Barthey schaute sich die Karte noch immer an. Er schien aber nicht mit seinen Gedanken bei den geschilderten Plätzen zu sein, sondern er schien vielmehr zu denken. Die Karte betrachtete er nur noch, um Zeit zu gewinnen.

»Wie hoch schätzen Sie die Kosten einer solchen Expedition?« fragte endlich der Bankier.

Dr. Perthes zuckte zusammen. Sein Gesicht war gerötet. In seinen Augen flammte eine wunderbare Hoffnung auf.

»Ich schätze sie auf vierzigtausend Mark für ein Jahr. Es kann sein, daß es etwas weniger wird.«

»Oder mehr . . .«

»Das kommt darauf an, was wir finden. Ist der Zug erfolgreich, brechen wir schneller ab. Haben wir dagegen lange Fahrten zu unternehmen, verteuert sich selbstverständlich das ganze Unternehmen.«

Wolf von Barthey blickte kurz zu seiner Frau hinüber.

Er sah, wie sie ihm leicht zunickte. Auch Angela Bender sah es und wurde plötzlich blaß.

Nur Dr. Peter Perthes starrte weiterhin auf die kolumbianische Karte.

»Es ist gut«, sagte der Bankier und gab die Karte an den Arzt zurück. »Kommen Sie morgen zu mir, Doktor. Wir wollen das alles besprechen. Sie haben meinem Horst das Leben gerettet – das ist mit Geld nicht zu bezahlen. Das Leben meines Kindes ist keine Summe. Aber ich stehe bei Ihnen in einer großen Schuld, von der ich einen winzig kleinen Teil abtragen möchte.« Er blickte Peter Perthes groß an. »Ich gebe Ihnen fünfzigtausend Mark für eine Forschungsreise nach Kolumbien!«

Dr. Perthes schnellte aus seinem Sessel hoch.

»Herr von Barthey – das kann ich nicht annehmen. Das ist unmöglich. Fünfzigtausend Mark! Unmöglich.«

»Aber warum denn? Es ist eine Spende aus meinem privaten Vermögen.« Der Bankier stand auf und trat auf Peter Perthes zu. Er legte ihm die Hand auf die Schulter, und es sah aus, als wollte er ihn umarmen. »Sie haben ein Leben gerettet, das mich angeht. Retten Sie nun durch mich das Leben von Tausenden!« Er zog mit der Hand einen scharfen Strich durch die Luft, als Dr. Perthes antworten wollte. »Schluß! Ich möchte dieses Thema für heute beenden. Kommen Sie morgen zu mir mit einem genauen Zeitplan!«

Er wandte sich ab und schellte dem Mädchen. Eine würzige Ananasbowle wurde hereingebracht, vom Hausherrn eigenhändig angesetzt, wie Frau von Barthey verriet. Während der Bankier plaudernd die Gläser füllte, kümmerte sich die Dame des Hauses um Gebäck und appetitliche Schnitten.

Dr. Perthes hatte sich zu Angela Bender gewandt, die still in ihrem Sessel saß und auf ihre Hände schaute. Sie lagen in ihrem Schoß und waren seltsam ineinander verkrampft.

Ihr Gesicht war blaß, blasser noch in der Beleuchtung und durch ihre zurückgekämmten Locken.

»Ein neues Leben, grollende Kollegin«, sagte Perthes leise. »Sie sollten mich beglückwünschen!«

Sie schnellte mit dem Kopf herum und blickte ihn jetzt aus ihren großen braunen Augen an.

»Ich gratuliere keinem Menschen, der in den sicheren Tod rennt!«

»Sie haben Angst?« Peter Perthes fühlte, wie sein Herz schneller schlug. »Um mich? Es kann Ihnen doch völlig gleichgültig sein, was mit mir in Südamerika geschieht.«

»Nein!« Ihre Stimme klang schroff. »Sie setzen einen sehr hohen Preis für einen noch nicht erwiesenen, sehr zweifelhaften Erfolg ein.«

»Das tun alle Forscher! Nur durch Einsatz kommt man zu einem Gewinn! Das Leben ist nun mal kein Klubsessel, in den man sich setzt, um sechzig oder siebzig Jahre lang sein gemütliches Pfeifchen zu rauchen!«

»Es ist aber auch kein dauerndes Spiel!«

Wolf und Helene von Barthey boten ihre Köstlichkeiten an, und so brachen sie das Gespräch ab. Sie unterhielten sich nun gemeinsam über Theater, Film und Modefragen, wobei sogar Peter Perthes eine ganz gesunde Kritik vorbrachte.

Dann, gegen 23.30 Uhr, verabschiedete man sich auf dem Kiesweg von den Gastgebern, und es ergab sich zwangsläufig, daß Dr. Perthes Angela Bender anbot, in seinem Wagen mitzufahren. Sie war die kurze Strecke zu Fuß gekommen.

Ohne ihn anzublicken, setzte sie sich neben Dr. Perthes in den Wagen und ließ sich in die Lederpolster fallen. Sie winkten noch einmal zurück zu Frau und Herrn von Barthey, die untergefaßt an dem eisernen Tor standen und ihnen nachschauten.

Dann fuhren sie in die stille Fürst-Pückler-Straße hinein, vorbei an den hohen Bäumen des Stadtrandwaldes. Längere Zeit fuhren sie stumm durch die helle Sommernacht. Peter Perthes drehte das Radio an, schaltete es aber sofort wieder aus, als die Spätnachrichten durchgegeben wurden. Plötzlich hielt er den Wagen an und wandte sich an seine Begleiterin:

»Nach Cognac und Bowle dürstet es mich nach frischer Luft! Hätten Sie etwas dagegen, wenn wir noch ein wenig durch den Stadtwald fahren? Die Nacht ist so warm, die Luft ist voller Blütenduft . . .«

Sie nickte, und er lenkte den Wagen über die breiten Sandwege, die in den Wald hineinführen. »Ich vermisse frische Luft immer sehr«, sprach er weiter. »Immer im Labor zwischen stinkenden Flüssigkeiten – da lernt man den reinen Atem der Natur schätzen!«

Sie fuhren langsam auf stillen Wegen, vorbei an einem Weiher, auf dem inmitten einer kleinen Insel ein Schwanenhaus träumte. Die Tische und Stühle des Lokals am Ufer waren zusammengeschoben oder schräggestellt. Es war still und einsam, nur ab und zu bummelte ein verspätetes Liebespaar eng umschlungen durch den Wald und achtete nicht auf den langsam fahrenden Wagen. Die hohen Bäume, Ulmen, Eichen und Buchen, warfen lange Schatten über das Wasser, in dem sich der Mondschein wie Silber spiegelte.

Peter Perthes hielt an, stieg aus dem Wagen und reichte Angela stumm die Hand.

»Ich muß heute noch einmal ein wenig romantisch werden«, meinte er dann, und es kam einer Entschuldigung gleich. »Es ist zu viel, was auf mich einstürmt und worüber ich mir jetzt klar werden muß. Das Geld, das völlig neue Leben, das dann für mich beginnen würde . . . Pläne und Forschungen . . . Träume, die endlich Wirklichkeit werden können, der Sieg über die Gifte, von dem ich jahrelang träumte . . . alles, alles ist vorläufig noch wie ein Druck auf meinem Herzen.«

Er ergriff ihre Hand und zog sie zu einem der Tische,

kippte ihn in die richtige Lage und zog zwei Stühle heran. »Setzen wir uns«, sagte er. »Ich bin so froh, daß Sie gerade jetzt bei mir sind. Das klingt vielleicht dumm, kindisch, pathetisch, so ganz nach Schmalzroman – aber das Leben ist manchmal so, wie man es nicht sehen möchte.« Er ließ ihre Hand los und setzte sich. »Da hat man sein Leben lang geschuftet für ein Ziel – und plötzlich ist es durch einen dummen Zufall erfüllbar! Man hat doch eigentlich in dem Bewußtsein geschuftet, das Ziel nie zu erreichen, weil es zu hoch war. Aber gerade weil es so unerreichbar schien, hatte man einen Ansporn. Jetzt, wo es greifbar nahe gerückt ist, habe ich ein wenig Angst davor.«

»Angst vor dem eignen Mut?« Angela Bender schüttelte den Kopf. »Sie sollten besser Angst um Ihr Leben haben!«

»Das Leben eines Menschen kann nur einem Zweck dienen!« Peter Perthes holte sein Zigarettenetui hervor und bot Angela an. Als die Zigaretten brannten, sprach er weiter. »Wir alle haben doch von Gott mit unserer Geburt eine Aufgabe gestellt bekommen. Der eine eine kleine, der andere eine größere. Wir kennen sie nicht, diese Aufgabe, nur, wenn wir am Ende des Lebens auf unsere vergangenen Jahre zurückblicken, können wir den Weg ahnen. Den Weg, der trotz aller Windungen und Kurven doch zu einem Ziel führte, das wir vorher nie erkannten.« Er blickte Angela groß an. »Sie haben Angst vor dem Tod . . .«

»Ja!« Sie schüttelte ihre Locken. »Ich begegne ihm täglich in der Klinik in vielerlei Gestalt. Es ist grauenhaft!«

»Aber unaufhaltsam! Unser Leben währt nur eine Sekunde im Vergleich zur Ewigkeit nach dem Tod. Und wir haben deshalb die Verpflichtung, diese Sekunde zu nutzen, sie aufzuteilen in die kleinen täglichen Pflichten, aus denen wir allmählich das Mosaik zimmern, nach dem uns Gott einst bewerten wird.« Er blickte auf seine Armbanduhr und zeigte sie dann seiner Begleiterin. »Sehen Sie, wie der Sekundenzeiger springt? Er springt der Ewigkeit entgegen!

Sehen Sie auch, wie der Minutenzeiger schleicht? So schleicht die Zeit dahin, ohne daß wir es merken und wenn wir sie verfolgen wollen, sind wir alt und verbraucht.«

Peter Perthes stand auf und trat an das Eisengitter, mit dem das Ufer des Weihers umrandet war. »Ein Frosch in diesem Teich«, fuhr er versonnen fort, »weiß nicht, daß es außerhalb seines Lebensbereiches, dieses Wassers, eine Stadt Köln gibt. Und Amerika und Indien kennt er gar nicht. Sind wir nicht auch Frösche? Wissen wir, was außerhalb unserer Denksphäre liegt? Sehen Sie, liebe Kollegin, so ist es in meinen Augen des Menschen sittliche Verpflichtung, sein Leben einzuzahlen auf der großen Bank der Schicksale. Wenn man so weit gekommen ist, hat man auch keine Angst vor dem Tod mehr . . .«

Angela Bender trat neben ihn und griff nach seinem Jackenärmel. »Kommen Sie«, sagte sie leise, »bringen Sie mich bitte nach Hause. Ich friere . . .«

Er führte sie zum Wagen zurück, zog seine Smokingjakke aus und hängte sie ihr um und fuhr langsam aus dem dunklen Stadtwald hinaus auf die helle Straße. Sie fuhren über den erleuchteten Asphalt und hielten – er immer noch hemdsärmelig – vor dem Haus mit dem blanken Emailleschild.

»Da sind wir«, sagte er.

Angela Bender erschrak. Sie war mit ihren Gedanken weit weg gewesen, irgendwo im südamerikanischen Urwald, wo ein bärtiger Mann mit Fieberaugen durch einen Sumpf watete und unter einem Baum niedersank, um zu sterben. Seine Stimme riß sie aus diesem Bild zurück in die Wirklichkeit dieser Sommernacht, und sie sah den Mann neben sich sitzen, blond, lächelnd, voller Leben.

Sie stieg aus, trat auf den Gehsteig und hielt die Tür in der Hand. »Kommen Sie noch zu mir herauf«, sagte sie und wandte sich dann ab. »Ich habe noch Appetit auf eine Tasse Tee. Sie auch?«

Sie stiegen die Treppen empor, ohne zu sprechen.

Sie betraten die Wohnung. Es roch noch immer – oder schon wieder – nach Karbol. Dazwischen mischte sich aber der Duft frischer Blumen.

Angela Bender schlüpfte aus dem Jackett und hielt es Peter hin. »Bitte, Ihr Smoking! Ich werde in der Küche den Tee bereiten. Machen Sie es sich schon im Zimmer bequem.« Und, als müsse sie sich entschuldigen, fügte sie hinzu: »Das Mädchen ist nur am Tage da. Bis acht Uhr abends.«

Peter zog sein Jackett wieder an und ging ins Wohnzimmer. Er schaltete die Deckenlampen aus und knipste eine Tischlampe an, dann suchte er im Radio einen Sender mit gemäßigter Tanzmusik. Er ließ sich in einen Sessel sinken, um in den wenigen Zeitungen zu blättern, die auf dem Tisch lagen.

Aus der Küche vernahm er das Summen des Samowars. Tassen und Teller klapperten, eine Schraubbüchse wurde geschlossen. Ob sie wirklich nur eine Tasse Tee mit mir trinken will? dachte er plötzlich. Sie hat Angst vor dem Sterben – vor meinem Sterben –, ist das nicht merkwürdig? Ich kenne sie kaum, sie kennt mich noch weniger, und doch sitze ich hier, als seien wir schon seit Jahren beste Freunde.

Es scheint wohl eines der Geheimnisse unseres Lebens zu sein, dachte Peter Perthes weiter, daß sich zwei Menschen, die sich nie gesehen hatten, gegenüberstehen und plötzlich beide wissen, daß ein weiteres Leben ohne den anderen unmöglich geworden ist. Ist es jener Funke, durch dessen Dasein Menschenfreunde die Seele beweisen wollen? Ist es schon Liebe, wenn in einem fremden Herzen ohne Willen und Erkennen jene geheimnisvolle Sehnsucht nach dem anderen brennt?

Unschlüssig mit sich selbst und verwundert über seine Gedanken, blätterte er in den Zeitungen und stieß auf einen mit Rotstift angestrichenen Artikel. Es war eine kurze, ziemlich volkstümlich geschriebene Abhandlung über Krankheitserreger, die er vor einigen Tagen veröffentlicht hatte. An den Rand der Zeitung war mit Rotstift »Peter – Peter – Peter« geschrieben. Dreimal Peter – sonst nichts.

Er legte die Zeitung mit dem angestrichenen Artikel nach oben auf den Tisch und mußte sich bezwingen, nicht in die Küche zu laufen. Er hörte ihre Schritte, immer noch das gemütliche Summen des Samowars und endlich das leise Klirren eines Tabletts, das sie mit dem Teegeschirr, den Löffeln und dem Samowar belud.

Sie kam herein und setzte, kaum am Tisch, das Tablett mit einem Ruck hin. »Warum haben Sie das getan?« fragte sie.

»Was, liebe Kollegin?«

»Den Artikel nach oben gelegt. Wollen Sie mich beschämen?«

Er schüttelte den Kopf und zog sie an den Händen zu sich heran. »Ich wollte es Ihnen leichter machen . . . Ihnen und mir, Angela!«

Sie riß sich los und stellte die Teemaschine, das Geschirr, eine Schale mit Keksen, eine Zuckerdose und ein Sahnekännchen auf den Tisch. Dann drehte sie das Radio lauter und setzte sich an der anderen Tischseite in einen der tiefen Sessel. »Mögen Sie den Tee gern stark, oder kann ich jetzt schon eingießen?« fragte sie betont laut.

»Bitte, recht stark!« Er beugte sich vor und schob ein Etui über die Tischplatte. »Denken Sie bitte nichts Falsches, Angela«, begann er. »Ich bin keiner jener Männer, die mit solchen an einen Zeitungsrand geschriebenen Wahrheiten ein verfängliches Spiel aufführen. Ich kenne Sie besser, als Sie vielleicht mich! Ich habe oft im Schatten der Büsche gestanden, draußen, im Garten der Lindenburg, wenn Sie heimlich an meinen Laborfenstern vorbeigingen und versuchten, mich von dem Sandkasten aus bei meiner Arbeit zu beobachten. Ich habe nichts davon gesagt, ich habe Sie nicht schockiert . . . Ich habe mich gefreut, ehrlich gefreut auf den heutigen Abend, der einfach in unserer Beziehung zueinander kommen mußte!«

»Er wäre nie gekommen, wenn Ihnen Herr von Barthey

nicht die fünfzigtausend Mark angeboten hätte, mit denen Sie in den Tod fahren. Und ich hätte Sie auch nie zum Tee eingeladen, wenn ich Sie nicht so gut kennen würde. Nun haben Sie diese Einladung angenommen . . .«

Angela saß steif in ihrem Sessel und rührte unentwegt in ihrer Teetasse herum, obgleich sie noch gar keinen Zucker genommen hatte. »Ich möchte Ihnen nur etwas sagen, Dr. Perthes, was Ihnen vielleicht noch niemand gesagt hat: Sie sind mir zu schade für das Abenteuer, das Sie planen!«

»Ich bin Ihnen zu schade?«

»Ja.«

Peter sah dem Rauch seiner Zigarette nach, der sich blau bis zur Decke des Zimmers kräuselte. Wie ein Rauchopfer sieht das aus, dachte er.

»Ich möchte Sie für dieses ›Ja‹ küssen, Angela«, sagte er leise.

»Tun Sie es nicht! Es würde alles verderben. Ich sage Ihnen das alles nicht, um einen Kuß zu bekommen. Was ich will, das ist, Ihnen das Leben für das Leben zu erhalten.« Sie sah ihn von der Seite an und trank einen kleinen Schluck von dem Tee. »Haben Sie denn noch nie eine Frau geliebt, um deretwillen es sich lohnte, etwas Großes aufzugeben?«

»Nein. Ich habe mein Leben immer allein gelebt und war also auch nur mir selbst Rechenschaft schuldig.«

»Und damit waren Sie immer zufrieden?«

»Immer! Weil ich selbstbezogen dachte und handelte. Vielleicht hätte ich durch die Liebe einer Frau gelernt, anders zu denken.«

Dr. Bender setzte die Tasse ab und nahm einen Keks. Das Knabbern ihrer Zähne an dem harten Gebäck klang wie ein leiser Trommelwirbel zu der Radiomusik.

»Fällt es Ihnen nicht auf, daß wir von der Liebe sprechen können, ohne an uns selbst zu denken? Und das in einer Sommernacht um halb eins? Es ist doch, als sei der Begriff Liebe für uns etwas Wesenloses.«

Peter Perthes nickte ihr zu. Dann schob er die Zeitungen beiseite und trank seinen Tee. »Das kommt, weil wir sie rein theoretisch behandeln! Weil Sie und ich Laien sind in diesem Spiel der Herzen! Sie können es ruhig verneinen, aber ich glaube Ihnen kein Liebeserlebnis. Nein, ich glaube es Ihnen nicht!«

Plötzlich stand er auf, so brüsk, daß Angela erschrak, und trat vor sie hin. Seine hohe Gestalt verdeckte die Tischlampe. Der Raum schien dunkel zu sein.

»Wollen wir tanzen?« fragte Peter.

Sie nickte und stand auf. Als sie in seinen Armen lag, war sie klein und zerbrechlich. Zierlich wie eine Puppe, die man nach der Musik hin und her wiegt, schien sie zu schweben; sie berührte den Boden kaum. Die Augen waren geschlossen, ihre langen gebogenen Wimpern waren wie schwarze Striche auf einem weißen Blatt.

»Eine Tasse Tee, dann ein Tanz, dann ein Kuß – und am Morgen ein nüchternes Erwachen ... Ist das Programm so richtig?« fragte sie. Sie zog ihre Lippen bei diesen Worten kraus, sie sollten Spott ausdrücken – aber in Wahrheit zitterten sie.

Er ließ sie mitten im Tanz stehen und drehte schroff das Radio ab. Die plötzliche Stille tat weh. Erschrocken sah Angela Peter Perthes an.

»Ich soll nicht mit Ihnen tanzen –«, sagte er bitter, »Sie wollen nicht geküßt werden ... Mein Gott, wie soll ich Ihnen dann sagen, daß ich Sie liebe ...?«

»Liebe?« Sie sah ihn groß an, dann lehnte sie wie erschöpft den Kopf an seine Schulter und legte den Arm um seinen Hals. »Wie können wir von Liebe sprechen und wissen doch beide nicht, was sie ist ...«

Da küßte er sie. Und sie nahm den Kuß entgegen wie ein Geschenk, nach dem sie sich jahrelang gesehnt hatte. In der Traurigkeit, einen Menschen zu lieben, der ihr wieder entgleiten würde, war sie dennoch glücklich ...

4

Am übernächsten Tag, an dem Angela Bender morgens in ihrer Praxis, nachmittags in der Lindenburg zu tun hatte, besprach Dr. Perthes mit Wolf von Barthey die näheren Dinge der geplanten Expedition. Sie saßen in dem großen, mit schweren Renaissancemöbeln ausgestatteten Herrenzimmer, dem sich ein herrlicher, gläserner Wintergarten mit einem Blick auf den weiten Park anschloß. Hier saß man wie in einem riesigen Gewächshaus, der Garten schien bis an den Schreibtisch zu wachsen und zu blühen.

Wolf von Barthey blätterte in einem Stapel Papiere. »Ich habe schon heute morgen mit meinen Direktoren gesprochen«, sagte er. »Ich bin sehr erfreut, Herr Dr. Perthes, Ihnen mitteilen zu können, daß meine Bank Ihnen ausreichende Mittel für die Forschung zur Verfügung stellen wird. Nur –«, er blickte hoch, und plötzlich hatten seine Augen einen Ausdruck, der ahnen ließ, wie eisern dieser Bankier in geschäftlichen Verhandlungen sein konnte, wie bedacht auf seinen Vorteil, »hätten wir eine kleine Einschränkung in dem – sagen wir – Vertrag, den meine Bank und ich mit Ihnen abschließen wollen.«

»Und das wäre?« Peter Perthes beugte sich vor. Einschränkung? dachte er. Was mag das sein? Was mochte dieser Bankdirektor ihm auferlegen? Ihm, der ja von Finanzierungsdingen keine Ahnung hatte?

»Zunächst eine Frage, Herr Doktor: Sind Sie frei?«

»Wie meinen Sie das, Herr von Barthey?« Er mußte sofort an Angela Bender denken, und eine unbekannte Angst stieg in ihm auf.

»Ich meine das so: Sind Sie vertraglich an irgendein Institut, an eine pharmazeutische Gesellschaft, an eine Fabrik oder einen Konzern gebunden?«

»Ja und nein.« Dr. Perthes lehnte sich aufatmend zurück. »Ich betreibe meine Forschungen an der Lindenburg im Auftrag der toxikologischen Abteilung der Universität Köln. Außerdem stehe ich als Tropenarzt der Klinik in besonderen Fällen beratend und ordinierend zur Seite.«

»Aber Sie haben keine Verpflichtung unterschrieben, die Ihre Forschungen in die Hand einer bestimmten Konzerngruppe überleitet?«

»Nein. Solange ich im Rahmen der Universität arbeite, gehört auch mein Ergebnis ihr. Trete ich aus dem Verband aus, bin ich frei.« Er lachte. »Dann liege ich gewissermaßen auf der Straße.«

»Das wäre wie immer, denn auch das Geld liegt bekanntlich auf der Straße! Man muß es nur aufheben.« Wolf von Barthey ging auf den leichten Ton ein. »Gut, daß ich verstehe, es aufzusammeln, lieber Doktor Perthes.«

Er klappte einen Aktendeckel auf und entnahm ihm mehrere, eng mit Maschine beschriebene Bogen aus feinem, handgeschöpftem Büttenpapier. Doch bevor er die Blätter dem jungen Arzt hinüberreichte, legte er beide Hände auf die Papiere.

»Dies hier, lieber Doktor, ist ein Vertrag«, erklärte der Bankier mit einer leicht nach Feierlichkeit klingenden Stimme. »Ein Vertrag zwischen Ihnen und mir als Vertreter meiner Bank. Darf ich Ihnen, bevor ich Ihnen den Text überreiche, kurz den Inhalt des Vertrages erklären.« Er blickte auf seine Hände. Ein großer goldener Siegelring mit einer schweren Onyxplatte schillerte im Sonnenlicht, das, durch die Zweige gebrochen, in den weiten Raum flutete. »Wir stellen Ihnen alle Mittel zur Verfügung, um eine Expedition nach Kolumbien zur Erforschung unbekannter Gifte auszurüsten. Die Höhe der Kosten spielt keine entscheidende Rolle. Veranschlagt sind fünfzigtausend Mark; werden es mehr, sind wir auch einverstanden. Sie, Herr Dr. Perthes, als Leiter und Auswerter der Expedition, verpflichten sich als Gegenleistung, Ihre sämtlichen sich aus dieser Expedition ergebenden Forschungen und Resultate, wie neue Gifte, Gegengifte, pharmazeutische Neuerungen, neue Medizinen und dergleichen, allein und ausschließlich einer Gruppe von Leuten zu übergeben, die wir Ihnen namentlich in diesem Vertrag nennen. Sie stammen alle aus der chemischen Branche. Mit anderen Worten gesagt: Wir beabsichtigen, Ihre Forschungsergebnisse fabrikationsmäßig und kommerziell auszuwerten und mit den Mitteln unserer Bank einen Herstellungsbetrieb Ihrer neuen Serien zu gründen. An dem Reingewinn dieses Unternehmens sollen Sie später mit zehn Prozent beteiligt werden, und zwar in der Form einer jährlichen Abrechnung durch einen vereidigten Buchprüfer.«

Wolf von Barthey blickte auf und sah in das leuchtende Gesicht von Dr. Perthes. »Wollen Sie einen solchen Vertrag unterzeichnen, Herr Dr. Perthes?«

»Ich bin im Augenblick wie betäubt.« Peter Perthes wischte, sich über die Augen. »Dieser Vertrag bedeutet ja, daß ich das große Ziel meines Lebens erreicht habe! Herr von Barthey . . . Verzeihen Sie mir, aber ich kann es immer noch nicht ganz fassen . . .«

»Überlegen Sie gut, lieber Doktor.« Der Bankier erhob sich und holte aus einer in die getäfelte Wand eingebauten Hausbar eine Flasche Cognac. »Bedenken Sie auch, daß Sie sich mit diesem Vertrag ganz in meine Hand geben!«

»Ich vertraue Ihnen vollauf und blindlings!«

»Dann sind wir uns ja einig.« Er goß in zwei Cognacschwenker ein und schob einen Peter Perthes zu. »Stoßen wir an – auf den Kampf gegen das Gift!« Er hob das Glas. »Ich bin sehr glücklich, Ihnen damit einen Teil von der großen Schuld, in der ich bei Ihnen wegen unseres Jungen stehe, abzugelten.«

»Aber Herr von Barthey . . .«

»Kein Wort mehr darüber!« Er faßte Peter Perthes unterm Arm und ging mit ihm in den großen Wintergarten, wo sie sich in bequemen Liegestühlen aus Peddigrohr niederließen. Ein Syphon mit eiskaltem Wasser, eine Whiskyflasche, Gläser und ein Kistchen bester Importzigarren standen auf einem schmalen Tisch inmitten weitausladender Palmen in runden, grünen Holzkübeln.

»Nehmen Sie es mir übel, wenn ich nun noch privat zu Ihnen spreche?« fragte Herr von Barthey und schnitt sich umständlich die Spitze einer Zigarre ab.

»Aber ganz und gar nicht, Herr von Barthey!«

»Es handelt sich um Ihre charmante Kollegin, Herr Dr. Perthes.«

»Um Dr. Angela Bender?« Perthes beugte sich vor. »Da bin ich ehrlich gespannt.«

»Um es kurz zu machen – die Dame liebt Sie.«

Peter Perthes wurde ein wenig rot. Er fühlte, wie ihm das Blut im Halse klopfte, und das ärgerte ihn. Eine Unsicherheit überfiel ihn, von der er nicht wußte, wie er sie wieder loswerden konnte.

»Wie kommen Sie zu dieser Annahme?« fragte er. Es sollte eine matte Abwehr sein, aber Wolf von Barthey lächelte weise.

»Sie macht sich Sorgen um Sie, wegen Kolumbien. Sie will Sie nicht verlieren. Wie jede liebende Frau wird sie zu einer Egoistin, wenn es um ihr Glück geht. Ich habe Ihr Gespräch vorgestern abend gehört, auch wenn ich so tat, als hörte ich es nicht. Die junge Dame will Sie davon abhalten, in die Tropen zu fahren.«

»Ja, das stimmt.«

»Und wie stellen Sie sich dazu?«

»Ich werde selbstverständlich trotzdem gehen!«

»So selbstverständlich ist das nicht. Die Liebe stellt eine der stärksten Bande dar, junger Freund. Es gibt kein Stahlseil, das stärker wäre! Wenn Könige ganze Völker einer Frau wegen aufgaben, so ist es leicht, eine Fahrt über den Teich nicht zu wagen.«

Wolf von Barthey sah den Arzt mit kalt gewordenen Augen scharf an. »Sie lieben doch Fräulein Dr. Bender auch?«

»Ja.« Peter Perthes spielte mit einem fiederigen Palmenblatt. »Ich hätte es zwar bei meiner angeborenen Nüchternheit nicht für möglich gehalten, aber es ist so etwas wie ein Elementarereignis, gegen das es keinen Widerstand gibt.«

Er ließ das Palmenblatt los, stand auf und trat an die Glasbrüstung. Er schaute hinaus in den sonnendurchfluteten Park mit den geschnittenen Taxushecken und dem wunderbaren, tiefgrünen englischen Rasen, auf dem sich Rasensprenger drehten. »Nur – ich lasse mich durch diese Liebe nicht von meinem Weg abbringen, den ich ja nicht nur für mich, sondern für Tausende, vielleicht für Millionen Menschen gehe!«

»Bravo!« Wolf von Barthey klatschte in die Hände. »Und darauf trinken wir noch zusammen einen Whisky!« Dann schob er den mitgenommenen Vertrag vor Peter Perthes hin und machte eine leichte Verbeugung. »Bitte – die Vertragsformulare! Lesen Sie die Bedingungen zu Hause in Ruhe durch.« Er ergriff des jungen Doktors Hand und drückte sie in herzlicher Freude.

»Lassen Sie mich Ihnen als erster gratulieren!« rief er. »Ich wünsche Ihnen einen Weg, der steil emporführt bis zu jener olympischen Höhe, auf der Sie dereinst in Stockholm den Nobelpreis erhalten!«

Sie lachten beide über diese Aussicht, die jetzt, in diesem Raum gesprochen, eine Utopie war. Doch dann wurden sie wieder ernst, denn aus dem Scherz schälte sich die Wahrheit: Drüben, in Kolumbien, auf den noch weißen Flächen der Landkarte, den riesigen Urwald- und Sumpfgebieten, die noch kein Mensch betreten hatte, lebten die Vipern und Giftspinnen, lauerte der vielfältige Tod durch Giftpfeile und winzige Tierbisse. Dort lag die Realität aller Pläne und Hoffnungen, dort würde sich in absehbarer Zeit ein Forscherschicksal vollenden, würde sich das Leben eines Mannes runden, der allein, unbeachtet von der übrigen Welt, durch verseuchtes Land zog, um der Menschheit zu dienen.

»Ich bewundere Sie«, sagte Wolf von Barthey leise, als sich Dr. Perthes verabschiedete. »Sie haben Mut; und das ist etwas, was man heute so selten findet. Mut vor den Konsequenzen, die einmal kommen werden. Ich sehe erst heute, welch ein gleichförmiges, ruhiges, ich möchte fast sagen, beschämend gleichförmiges Leben ich dagegen führe . . .«

Er blickte Peter Perthes nach, während dessen Wagen durch den Stadtwald davonrollte. Dann ging er ins Haus zurück und setzte sich still zu seiner Frau ins Musikzimmer.

»Ich glaube, Helene«, sagte er nach einer Weile des Schweigens, das auch Frau von Barthey nicht unterbrach, »ich glaube, wir stehen heute am Anfang einer neuen großen Entdeckung. Wir haben ein Genie entdeckt . . .«

In der Klinik war es jetzt ein offenes Geheimnis, daß die nette Kinderärztin Dr. Bender und der große, immer so stille Tropenarzt zusammengehörten und demnächst wohl heiraten würden. Man hatte beobachtet, wie sie gemeinsam Wäsche kauften, sich Möbel ansahen, einen Teppich aussuchten und mehr als einmal vor den großen Reisebüros standen, um anscheinend Pläne für eine Hochzeitsreise zu schmieden.

In der Stille aber, wenn Peter Perthes in seinem Labor arbeitete und Angela Bender ihre Kinderpraxis zu versorgen hatte, schwirrten Telefongespräche durch den Äther, wurden hinter verschlossenen Türen Verhandlungen geführt, saßen Professor Window und Chefarzt Dr. Sacher bei Dr. Perthes und stellten gemeinsam eine wissenschaftliche Ausrüstung für die Expedition zusammen.

In Hamburg, im Tropeninstitut, wo man sich noch sehr gut an Dr. Perthes erinnerte, wurden die feinen Apparate bestellt, ein Ausrüstungshaus stellte eine Liste der notwendigen Geräte auf und lieferte alles, vom einfachen Klappzelt bis zum schlangenbißsicheren Schnürschuh. Von den

Arzneifabriken wurden Proben aller bisher in den Handel gebrachten oder noch in der Fertigung befindlichen Medikamente gegen alle tropischen Gifte angefordert; und so wuchs von Tag zu Tag, ohne Wissen Dr. Benders, der Plan der Expedition mehr in die Wirklichkeit hinein.

Eines Tages forderte man das Gutachten eines Forschers an, der vor drei Wochen nach Bogota, der Hauptstadt Kolumbiens, zurückgekehrt war. Er hatte in den Gebieten an der brasilianisch-venezuelischen Grenze Jagd auf botanische Seltenheiten gemacht. Seine Auskunft, in einer dikken Luftpostsendung enthalten, war niederschmetternd.

In den Gebieten der Orinokoquellen, des Rio Negro, in den unerforschten Urwäldern von Tariano, Tucano, Yapua, Macu, in der Mesa de Yambi und in dem Gebiet von Desana sollten Stämme leben, die, trotz der riesigen Entfernungen, miteinander in Verbindung standen und unter Führung der Taràpas, eines völlig wilden, im Urzustand der Menschheit lebenden Indianerstammes und Kopfjägervolkes, ein strenges Regiment aufgezogen hatten. Sie würden jeden Versuch von Weißen, diese Urwälder zu durchdringen, unmöglich machen, und ihren Giftpfeilen hätten selbst die Abenteurer, die als Orchideenjäger oder Schatzsucher alles auf eine Karte zu setzen gewöhnt waren, nicht widerstehen können.

Der Häuptling der Taràpas, ein gewisser Sapolàna, ein riesenhafter Mensch, den bisher noch kein Weißer zu Gesicht bekommen hatte, dessen Macht aber in den Dörfern und Siedlungen rund um dieses Gebiet gefürchtet wurde, hatte einen furchtbaren Haß auf alle Fremden. Dieses Haßgefühl entstamme, so erzählte man sich, der Zeit, da es einem spanischen Abenteurer gelungen war, bis zu seiner mitten im unzugänglichsten Urwald gelegenen Siedlung vorzudringen. Dort habe, durch Handel mit bunten Glasperlen, dieser Spanier erhebliche Unruhe unter das Volk Sapolànas gebracht.

Damals seien Kriegstruppen der Taràpas sogar bis nach Caparro am Rio Ipanunari vorgedrungen, bis zu einer Siedlung, deren Bewohner friedlich Ebenholz und Orchideensamen sammelten und an die nächste Stadt weitergaben. Die Toten, die man fand, seien alle durch Giftpfeile getötet worden – sie lagen in einer seltsam verkrampften Haltung auf dem Boden, mit roten Augäpfeln und gelbem Schaum vor dem Mund. Eine Sektion im Regierungskrankenhaus ergab die Vergiftung durch ein vollkommen unbekanntes Gift, das neben Starrkrampf und Lähmung der Brustmuskeln auch eine geradezu unheimliche Strukturveränderung des Blutes herbeiführte.

»Toll!« sagte Professor Window und schob den Bericht weg. »Und in diese ungemütliche Gegend willst du ziehen?« Er sah Dr. Perthes zweifelnd an. »Laß die Finger davon, mein Knabe! Verzichte auf den Mammon und bleib bei uns. Hier kannst du sieden und kochen, spalten und abzapfen, laborieren nach Herzenslust – und kein Taràpas brennt dir einen Pfeil auf den Pelz! Die Menschheit dankt es dir doch nicht, wenn du irgendwo am Rio Chamusiqueni unter einer Orchidee liegst oder als Schrumpfkopf am Gürtel des netten Häuptlings Sapolàna eine zweifelhafte Unsterblichkeit erhältst!«

»Aber einer muß es doch wagen!« rief Dr. Perthes, und in seiner Stimme war eine Entschlossenheit, die man mit Worten nicht mehr entkräften konnte. »Einer muß doch den Mut haben, diese Gifte zu entdecken und ihnen entgegenzuwirken!«

»Aber dieser eine mußt nicht gerade du sein!« Auch Dr. Paul Sacher schüttelte den Kopf. »Siehst du denn nicht, Peter, daß diese Fahrt zu den Taràpas dein sicherer Tod ist? Oder glaubst du, dieser kolumbianische Forscher übertreibt in seinem Bericht? Er war dort, er hat die Erfahrung – alles, was dir noch fehlt! Ich würde bestimmt nicht fahren.«

»Du nicht, das glaube ich!« Peter Perthes ging erregt im

Zimmer des Klinikchefs auf und ab. »Ihr seid Ärzte, gute Ärzte sogar, bestimmt. Aber ihr wagt nichts! Ihr habt eure Schulmedizin, eure klinische Erfahrung, und wenn ihr dreihundertsiebzigmal den Bauch aufgeschnitten habt, dann klappt es auch beim dreihunderteinundsiebzigstenmal! Ob es auch anders geht, das kümmert euch nicht. Nur wenn dann einer kommt, der es wagt, einmal etwas anderes zu machen, und wenn dieser Mann euch beweist, daß es auch so geht, dann hört ihr zu, nicht verständig, versucht es an dreißig Leichen und führt die neue Technik ein, als hätte es sie schon lange gegeben! Was würdet ihr tun, wenn dieser eine Mann nicht gekommen wäre? Wenn nie ein Mann aufgetaucht wäre, der etwas wagte? Ihr würdet heute noch wie weiland Dr. Eisenbart Rizinus verschreiben und gegen Bandwürmer mit Essig gurgeln!« Er blieb stehen. »Was würdet ihr sagen, wenn es mir gelänge, aus dem Gift der Taràpas ein Serum zu entwickeln, das – sagen wir – den Krebs heilt? Wenn es ein Mittel wäre, das die multiple Sklerose bekämpft oder die spinale Kinderlähmung aussterben läßt?«

»Das wäre einfach wunderbar!« antwortete Professor Window.

»Aha! Das wäre wunderbar! Aber bloß kein Einsatz, um dieses Wunder, wenn nötig, zu erzwingen! Es soll von selbst kommen, über Nacht ... Eben ein richtiges Wunder!« Er schlug mit der Faust auf den Schreibtisch. »Aber es gibt keine Wunder mehr, meine Herren! Es gibt nur noch Einsatz und Gewinn!«

»Warte doch, bis wir nähere Auskunft über die Gebiete haben, die du dir ausgesucht hast. Vielleicht kannst du mit einer militärischen Begleitung in den Dschungel fahren. Vielleicht sollte man zuerst mit der kolumbianischen Regierung verhandeln«, riet Dr. Sacher vorsichtig.

»Truppen! Womöglich Panzer, Flammenwerfer, Raupenschlepper und mit Flugzeugunterstützung ... gegen Wilde, die mit Bambusblasrohren aus dem Hinterhalt gegen die Eindringlinge in ihr Gebiet kämpfen! Ich will zu den Taràpas als Freund, nicht als Eroberer kommen!«

»Du bist ein Phantast!« sagte Window laut.

»Alle Männer, die hinauszogen, wurden so genannt. Alle, die etwas wagten, Koch, Pasteur, Semmelweis, Pettenkofer ... sie suchten Neues und waren deshalb Phantasten! Verrückte! Jetzt setzt man ihnen Denkmäler und nennt sie Retter der Menschheit!« Peter Perthes winkte ab und lehnte sich mit dem Rücken gegen die Glaswand des großen Bücherschrankes.

Professor Window steckte beide Hände in die Tasche. Es sah aus, als wolle er die Fäuste verbergen, die er ballte. »Und du willst ohne jede Sicherungsmaßnahme gehen?«

»Ja!«

»Dann werde ich beim Auswärtigen Amt in Bonn veranlassen, deine Ausreise zu verbieten!«

»Das wirst du nicht tun!«

»Doch! Ich werde erklären, daß der Plan, mit dem du an eine wirklich große Aufgabe herangehen willst, dir den Blick für gegebene Wirklichkeiten trübt! Willst du etwa allein in die Urwälder?«

Dr. Perthes antwortete nicht gleich. Es sah aus, als wolle er sagen: Was versteht ihr schon davon? Ihr wart noch nie in den Tropen, ihr diskutiert nur hier am runden Tisch. Aber ich habe schon andere Abenteuer erlebt, damals, auf Celebes. Da stand ich allein, ohne Gewehr, nur mit einer kleinen Pistole im Gürtel, im Dschungeldickicht einem ausgewachsenen Orang-Utan gegenüber. Der riesige Menschenaffe bleckte mit den Zähnen, und seine Arme mit den Muskeln, die wie unter die Haut geschobene Brote aussahen, trommelten wütend auf der breiten Brust. Meine Träger waren davongelaufen! Sie hatten die Lasten weggeworfen und waren in den sumpfigen Wald geflüchtet. Und ich? Ich lebe noch immer, denn der Menschenaffe sah mich kleinen Menschen an, der still dastand und ihm unverwandt in die Augen blickte. Und dann redete ich, gütig, zärtlich, der Ton meiner Stimme war ganz mild ... Und da wurde der Affe ruhig, trommelte nicht mehr, drehte sich plötzlich um und trottete, die Zweige unter sich zerstampfend, in den Dschungel zurück.

»Ich werde mir Träger mieten«, antwortete Perthes endlich. »Eingeborene, die die Gegend kennen. Vielleicht kommt auch noch ein kolumbianischer Arzt mit, man kann das alles hier noch nicht wissen. Es wird sich in Bogota alles ergeben.«

»Und was soll aus Angela werden? Sie ahnt doch nichts von alledem?« Das hatte Paul Sacher gefragt.

Peter Perthes schüttelte verbissen den Kopf. »Wir haben seit jenem Abend bei von Bartheys nie wieder dieses Thema berührt. Ich glaube, sie ahnt nicht einmal, wie weit die Vorbereitungen gediehen sind und daß ich in zwei Wochen startklar sein kann.«

»Du willst sie allein zurücklassen?«

»Mitnehmen kann ich sie auf keinen Fall!«

»Wenn du Angela Bender jetzt verläßt, wäre sie vollkommen kompromittiert! Sie wäre doch in der Klinik unmöglich ... Hast du dir das gar nicht überlegt?«

Peter Perthes nickte, dann sagte er leise: »Ich werde Angela vor meiner Abreise heiraten.«

»Und die Hochzeitsreise machst du allein – und zwar in den sicheren Tod!« Dr. Sacher lachte schrill. »Mein lieber Peter, dafür ist mir unsere Angela zu schade! Ich habe sie immer verehrt, das weißt du, und ich bin zurückgetreten, weil ich sah, daß sie nur dich liebte. Aber jetzt werde ich mich dazwischenstellen und Angelas Rechte verteidigen!«

Auch Professor Window schüttelte den Kopf. Dann nahm er noch einmal den Bericht aus Kolumbien in die Hand.

»Wir können so viel reden, wie wir wollen, es bleibt doch immer die Tatsache bestehen, daß diese Expedition äußerst gefährlich ist. Sie ist mit Sicherheit gefährlicher als das Experiment Professor Piccards, in einer Kugel in die Tiefsee zu tauchen. Wir müssen dich ernsthaft fragen, Peter: Lohnt das ungewisse Ergebnis diesen ungeheuren Einsatz?«

»Wenn ich einen Erfolg habe – ja!«

»Wenn ...«

»So darf man nicht denken.« Dr. Perthes entfaltete einen Papierbogen, den er aus der Tasche zog. »Hier ist mein Konzept. Von Bogota aus werde ich mich zunächst nach Zapuare begeben, von dort nach Pajarito. In dem Gebiet von Guaipu Navo sollen die ersten Fänge stattfinden, die ich in Pajarito auswerte. – Ich will also von einem festen Platz aus sternförmig in den Dschungel vorstoßen und jeweils immer wieder in das Lager zurückkehren. Die einzelnen Fangreisen lege ich auf etwa acht bis zehn Tage fest. Ich werde vor allem in einem Kanu die einzelnen Flüsse hinauffahren und an geeigneten Lagerstellen seitlich in den Urwald eindringen. Gelingt es mir, die Freundschaft der Taràpas zu erringen, habe ich vier Fünftel meines Zieles erreicht! Dann steht mir der gesamte Urwald vom Orinoko bis zum Rio Negro offen!«

»Und wenn du sie nicht bekommst, diese Freundschaft?« fragte Paul Sacher.

»Wenn! Wenn! Ihr mit euren ewigen Wenns!« Dr. Perthes faltete seine Skizze zusammen und schob sie in die Tasche zurück. Dieser Widerspruch regte ihn auf. Mit nichts als der Angst, es könne etwas anders laufen, war er begründet. Wenn man das Leben in eine Skala von »Wenns« aufteilen würde, bliebe nichts mehr übrig, was man wagen oder tun dürfte. Man kann über die Straße gehen – aber »wenn« ein Auto kommt, bei dem die Bremsen versagen, geschieht ein Unglück. Oder »wenn« ein Dachziegel von einem Haus herunterfällt ... Es kann ja auch sein, daß ein Erdbeben kommt. Man dürfte auch nicht mehr schlafen, denn »wenn« das Haus brennen würde, merkte man es nicht. Selbst Mahlzeiten einzunehmen wäre gefährlich, denn »wenn« Bakterien in dem Essen wären, könnte man an einem Kotelett sterben ...

»So geht es nicht«, schloß Peter Perthes seine Rede. »Der Prozentsatz zwischen Erfolg und Mißerfolg der Expedition liegt etwa bei fünfzig zu fünfzig! Eine reelle Chance für mich.«

Professor Dr. Window hob verzweifelt beide Arme und ließ sie dann resignierend wieder fallen. »Sacher, hören Sie auf, vernünftig zu sprechen – wir überzeugen ihn doch nicht. Lassen wir ihn also ziehen.« Und mit Sarkasmus, hinter dem aber bitterer Ernst stand, meinte er: »Suchen Sie schon einmal eine Kranzschleife aus mit der Aufschrift: ›Dem lieben Kollegen von seinen Kollegen!‹« Und zu Peter gewandt: »Bevorzugst du Rosen, oder hättest du lieber bunte Astern?«

»Je nach der Jahreszeit!« Perthes ging zur Tür. »Ist nun alles klar? Ich will gleich in Hamburg anrufen, daß man auf der ›Argentinia‹ einen Platz für mich bucht. Das Schiff läuft in sieben Wochen von Bremerhaven aus.«

»Tu, was du nicht lassen kannst«, entgegnete der Professor. »Mir ist nun alles egal.«

An diesem Tag setzte Dr. Perthes den Termin seiner Abreise fest. Er besorgte sich die Pässe und Visen. Wegen der Devisen schaltete sich Direktor von Barthey ein. Durch einen seiner Direktoren schuf er eine Verbindung zur Bank Deutscher Länder, er fuhr selbst nach Bonn und verhandelte mit dem Finanzministerium, um die Freigabe von 50 000 DM in kolumbianischen Devisen auf dem Verrechnungsweg mit Export und Import zu erwirken, er gab schließlich die Anweisung an die Staatsbank in Bogota telegrafisch durch. Peter Perthes konferierte unterdessen mit dem Chefredakteur einer großen Illustrierten wegen der Alleinrechte seiner Berichte, die nicht nur streng wissenschaftlich, sondern ein wenig sensationell und publikumswirksam aufgemacht werden sollten.

Das alles geschah in der Stille; Angela Bender merkte

nichts davon. Sie versorgte weiterhin in der Lindenburg ihre Kinderstation, sie hielt die Sprechstunde in ihrer Praxis ab, ging des Abends mit Peter spazieren oder bereitete für sie beide einen Mokka in einer Mokkamaschine, die Peter ihr vor einigen Tagen geschenkt hatte. Sie lebten glücklich zusammen in der Erwartung, in wenigen Wochen ein Ehepaar zu sein, sie schmiedeten Zukunftspläne und saßen stundenlang über Zeichnungen, die Angela angefertigt hatte und die die Einrichtung ihrer neuen Wohnung zeigten. Sie wollten sich in Köln-Lindenthal – vielleicht durch von Bartheys Vermittlung – eine hübsche Wohnung ausbauen lassen. Ein großer Balkon oder ein Dachgarten schwebte ihnen vor, mit einem großen Mittelzimmer, das Arbeitszimmer, Diele und Speiseraum in einem war.

Manchmal kam sich Peter Perthes elend und schlecht vor, wenn er mit Angela auf der Couch lag und Pläne studierte, hier und da etwas verbesserte und sich lustig mit ihr darüber stritt, wo und welche Bilder man aufhängen wollte. Er wußte ja genau, daß dieser ganze Traum in wenigen Wochen verflogen sein würde, daß Angela Bender zwar seine Frau wurde, daß aber aus dem Plan der gemeinsamen Wohnung zumindest für ein Jahr nichts werden würde. Während sie schon in Gedanken durch die neuen Räume schritt, die sie an ihren Abenden auf den Skizzen einrichteten, fuhr er bereits im Geist auf einem Rindenboot den Rio Inirida hinauf und suchte in den unheimlichen Wäldern von Puin Ave neue Arten von Giftschlangen . . .

Wenn ihn diese Vorstellungen überfielen, wagte er es nicht, Angela anzusehen. Er gestand sich zum wiederholten Male, daß es pure Feigheit sei, der Wahrheit auszuweichen und Angela nicht zu gestehen, wie weit die Vorbereitungen für die Expedition in der Stille gediehen waren. Er war dann besonders zärtlich zu ihr, kaufte ihr große Blumensträuße oder Schachteln erlesener Pralinen. Er führte sie ins Theater und versuchte, durch eine verkrampfte Lustigkeit in exklusiven Nachtlokalen seine Bedenken zu unterdrücken.

Es war an einem schönen, warmen Sommerabend, als Angela von sich aus, ohne eine Einleitung oder Begründung, das Gespräch auf die Expedition brachte. Sie saßen sich am runden Tisch gegenüber und tranken eine Flasche Moselwein, als Angela plötzlich ihr Glas abstellte und Peter groß ansah.

»Wann fährst du?«

Sie fragte es mit einem Beben in der Stimme. Erschrokken blickte Peter hoch und starrte Angela an.

»Wie ... wie meinst du das?« fragte er stockend. Paul Sacher hat es ihr gesagt, durchfuhr es ihn während seiner Frage. Er hat sein Wort nicht gehalten. Das ist gemein, das ist hundsgemein!

»Ich meine es so, wie ich dich fragte«, antwortete Angela. »Nach Südamerika.«

»Wir haben nie mehr davon gesprochen ...«

»Eben! Ich wollte es nicht. Aber jetzt ... jetzt ...« Plötzlich waren ihre Augen von Tränen verschleiert. Sie beugte sich vor, legte den Kopf auf die Arme und sah Peter mit einem Blick an, der ihn an ein gehetztes Tier erinnerte, ein Tier, das man gefangen hat.

»Peter! Ich ahne etwas ... du sagst mir nicht die Wahrheit ... Ich fühle das! Sag mir ... wann fährst du?«

»Aber Angela ...« Er war aufgestanden, wollte sie streicheln ... Die Locken, fielen ihr über das schmale blasse Gesicht. Sie zuckte zurück, als habe er Gift an den Händen.

»Nein, weiche mir jetzt nicht aus. Ich habe plötzlich so große Angst, daß ich dich verliere ... dich nie wiedersehe! Ich habe gestern nacht etwas Schreckliches geträumt ... Du warst irgendwo in einem großen wilden Wald. Du warst müde ... todmüde. Du schlepptest dich förmlich durch den Wald, stolpertest über jede Wurzel und bliebst schließlich unter einem Baum liegen. Dort schliefst du ein.

Aber der Baum war giftig, seine Blüten hatten einen herben, aber tödlichen Geruch ... so schliefst du ein ... wachtest nicht mehr auf ... ich sah dich zerfallen, vor meinen Augen wurdest du zu einem Skelett! Da schrie ich laut auf und erwachte ...« Sie bedeckte die Augen mit beiden Händen, als sähe sie das grauenhafte Traumbild wieder vor sich. »Sag mir die Wahrheit, Peter«, stammelte sie. »Fährst du wirklich?«

Er sah stumm zu Boden. Auch er war blaß geworden. Sein Atem ging stoßweise. »Ja«, sagte er endlich leise.

»Und wann?« In ihrer Stimme war ein schwacher Aufschrei.

»Genau ... heute in sechs Wochen.«

Sie sank zusammen, fiel nach hinten in den Sessel und schloß die Augen. »Warum hast du die ganze Zeit über geschwiegen?« fragte sie. Es war nur noch ein Hauch, der zu Peter drang.

»Ich wollte dich nicht ängstigen!« Er kniete nieder, nahm sie in die Arme und vergrub seinen Kopf in ihren Schoß. »Nein, nein!« rief er dann verzweifelt. »Ich belüge dich ja schon wieder! Ich hatte Angst, gemeine Angst, es dir zu sagen. Ich wollte fahren, ohne vorher mit dir darüber zu sprechen. Eines Morgens wäre ich fort gewesen, auf See, in Richtung Südamerika. So feige war ich ... so gemein feige ...«

Sie richtete sich auf. In ihrem Gesicht bewegte sich nichts. Es war wie eine Maske. Er geht ... weiter konnte sie nichts denken. Er liebt mich, aber er will mich verlassen ...

Sie stand auf und sagte mit leiser, zögernder Stimme: »Ich liebe dich ... aber du fährst! Ich weine um dich, aber du fährst. lch möchte dir zu Füßen fallen und dich anflehen ... aber was nützt es? Du wirst trotzdem fahren. Wozu also noch Worte;« Sie blickte sich um. »Eine neue Wohnung, mit Dachgarten, mit einem breiten Balkon. Neue Möbel, neue Bilder, Teppiche ... eine Reise in den Süden ... und das

Glück der Zweisamkeit, ein wirkliches Glück . . . und dann wird ein Kind kommen, es wird dir ähnlich sehen, immer mehr Züge werde ich an ihm entdecken, die von dir stammen . . . träumten wir einmal davon? Haben wir einmal hier auf der Couch gelegen und auf einem Blatt Papier geübt, wie anders meine Unterschrift aussehen würde: Dr. Angela Perthes. ›Du mußt den Abstrichbogen von dem a hinüberziehen zu dem großen P‹ sagtest du. Ich tat es, und wir lachten darüber, wie komisch das aussah!«

Angela lachte schrill auf und bog sich nach hinten. »Das waren alles nur Einbildungen, das haben wir alles nicht gesagt, das ist alles vergessen! Nun warten die Wilden mit Curare an den Pfeilen, es warten die Schlangen und Spinnen mit ihren Giftzähnen und Stacheln! Und es wartet der Ruhm des Jahrhunderts, Herr Dr. Peter Perthes, der zweite Robert Koch. Dr. Perthes bekommt den Nobelpreis, Dr. Perthes fährt im Triumphzug durch New York – Dr. Perthes, der Retter der Menschheit. Hörst du nicht schon die Zeitungsjungen die Schlagzeilen ausrufen? Siehst du nicht schon die rot unterstrichenen, zentimeterdicken Überschriften? Dr. Perthes! Überall Dr. Perthes . . . Dr. Perthes . . . Dr. Perthes!« Sie schrie es fast: »Ich kann diesen Namen nicht mehr hören! Geh! Bitte geh!«

Sie wandte sich ab. Peter stand im Zimmer, die Haare hingen ihm ins Gesicht. Mit einer müden Bewegung nahm er sein Jackett auf, zog es über und verließ stumm das Zimmer.

Als die Tür der Wohnung hinter ihm ins Schloß fiel, verspürte Angela den rasenden Wunsch, ihn zurückzurufen. Aber sie klammerte sich an der Sessellehne fest, biß die Lippen aufeinander, bis sie bluteten und sank dann auf die Erde, wo sie wie eine heruntergestürzte Porzellanpuppe auf dem roten Teppich lag, weiß, starr, zerbrechlich . . .

Sie erwachte erst tief in der Nacht und stellte mit grenzenlosem Erstaunen fest, daß sie in den letzten Stunden ein anderer Mensch geworden war.

5

Zwei Wochen lang sahen sich Angela und Peter nicht. In dieser Zeit schloß er seine Vorbereitungen für die Expedition ab. Die Transportlisten für die Schiffslasten waren geschrieben, die empfindlichen Instrumente und Medikamente, die mit dem Flugzeug nach Bogota vorausgeschickt wurden, überprüfte er zum letztenmal zusammen mit Dr. Sacher. Es fehlte nichts. Bis ins kleinste durchdacht waren alle Pläne, selbst die Waffen fehlten nicht, die Peter mit in den unbekannten Urwald nehmen wollte: eine gute englische Büchse, zwei Pistolen, zwei Schrotgewehre, einen Drilling und eine Kiste mit Munition. »Ich hoffe, die Büchsen nie zu brauchen«, sagte Perthes zu Dr. Sacher, während er die Waffen auf den Listen abhakte, »ich will kommen, um den Menschen zu helfen, nicht, um sie zu töten.«

»Sie werden dich danach nicht fragen!« Paul Sacher klappte den Schnellhefter zu und legte die Listen beiseite. »Es genügt, daß du ein Weißer bist, ein Weißer, der in ihr Land eindringt! Du bist ein Feind, schon deiner Hautfarbe wegen.«

»Jetzt redest du wie Angela.« Dr. Perthes wischte mit der Hand durch die Luft. »Als ob die Menschheit nur aus Mördern bestände!«

Paul Sacher setzte sich und schlug die Beine übereinander. Als er sprach, vermied er es, den Freund anzusehen.

»Was macht denn Angela?«

»Ich weiß es nicht.«

»Findest du, daß du dich ihr gegenüber richtig verhältst?«

»War es vielleicht richtig von ihr, mich einen Narren zu nennen und zu schreien: ›Ich kann den Namen Dr. Perthes nicht mehr hören!‹?«

Paul Sacher schüttelte den Kopf. »Peter, du bist doch Arzt und kein Kind! Du weißt wie ich, wie lieb sie dich hat und daß ihr an jenem Abend einfach die Nerven durchgingen . . . aus Liebe zu dir! Aus Sorge, wenn du so willst, aus purer, nackter Angst, dich zu verlieren. In ihren Augen bist du eben ein Narr, weil du ein wildes, gefahrvolles Leben dem Glück an ihrer Seite vorziehst. In meinen Augen übrigens bist du das auch!«

»Danke!« Es klang hart, dieses Wort, und Dr. Sacher gab es auf, weiter darüber mit dem Freund zu sprechen. Er hatte eingesehen, daß es für Peter kein Zurück mehr gab, auch wenn er es jetzt noch plötzlich gewollt hätte. Die Schiffskarten, die Ausrüstung, die Flugkarten, die Behörden – alles war organisiert. Direktor von Barthey zählte die Tage bis zur Abfahrt, man suchte schon ein Gelände am Kölner Stadtrand, wo einmal die Fabrikationswerkstätte stehen sollte, 50 000 DM waren mit höchster Genehmigung in Devisen umgewechselt worden, die kolumbianische Ärzteschaft erwartete ihn – es gab freilich kein Zurück mehr. Dr. Perthes hatte dem Schicksal die Hand gereicht, und es hatte den ganzen Menschen genommen . . .

Drei Tage später fuhr Peter Perthes nach Hamburg. Im Tropeninstitut ließ er sich untersuchen, obwohl er wußte, daß er tropentauglich war. Sein Herz war gut, die Lungen ohne Befund, Magen, Galle, Leber, die Zähne – alles war gesund. Er ließ sich gegen Cholera, Fleckfieber, Typhus und Malaria impfen; in kleinen Tropenpackungen nahm er die wertvollen Impfstoffe gegen Pocken, Pest und Lepra mit und versprach dem Chef des Tropeninstituts, einige neue Sera auszuprobieren. Er nahm aus den einzelnen Labors die Erprobungspräparate mit, hatte Konferenzen mit den verschiedensten Forschern und kehrte nach Köln zurück mit einem großen Koffer und einer noch größeren Tropenkiste aus Aluminium, voller Ampullen, Salben, Tropfen und Suppositorien, müde, abgespannt, aber vollgestopft mit Aufträgen und ehrenden Worten.

Von alledem erfuhr Angela Bender nichts. Sie hörte wohl hier und da im Gespräch mit Kollegen, daß Dr. Perthes in Hamburg sei, sie verließ aber sofort die Runde, wenn Näheres über Peter gesprochen wurde. Sie wollte nichts wissen, wollte nichts hören – nichts von dem, was ihr nachts den Schlaf raubte und was sie innerlich ausbrannte wie durch ein unlöschbares Feuer. Er fährt, dachte sie immer wieder, er fährt in die schrecklichen, tödlichen Wälder, und ich werde ihn nie, nie mehr wiedersehen . . .

Der einzige Trost war ihre Arbeit. An ihr riß sie sich empor, in ihr fand sie die Kraft, so zu sein, als wäre nichts in ihrem Leben auseinandergebrochen.

Dr. Bender verrichtete ihren ärztlichen Dienst in der Kinderstation der Lindenburg, äußerlich wie früher, freundlich, hübsch, eine nette Kollegin und eine gute Ärztin.

An den großen Laborfenstern ging sie nicht mehr vorbei. Paul Sacher besuchte sie nur, wenn Peter aus dem Hause war, aber wenn der Chirurg auch etwas ahnte, sie schwieg über das Vorgefallene und unterhielt sich mit ihm über dienstliche Fragen. Sie nahm sogar einen Teil ihres Jahresurlaubs und fuhr für vierzehn Tage an die Ostsee.

Peter Perthes litt sehr unter dieser Trennung, wenn er sich äußerlich auch nichts anmerken ließ und wie immer den frohen, geselligen Kollegen spielte. Es fiel zwar auf, daß er jetzt am Abend wieder genug Zeit hatte, den Ärzteskat zu besuchen – was er früher nie tat, mit der Ausrede, er müsse noch ins Labor und eine Versuchsreihe vollenden. Man merkte auch, daß er jetzt häufig mit Dr. Sacher und dem Chef zusammen war, man war aber so gut erzogen, nicht zu fragen; und auch selbst dann, als es sich nicht vermeiden ließ und sich Angela und Peter auf dem Flur der Chirurgischen Abteilung trafen und mit einem genickten Gruß aneinander vorbeigingen, übersah man dies schicklich und entschuldigte es mit einer jener Auseinandersetzungen, wie sie wohl in jeder Braut- und Ehezeit einmal vorkommen.

Die zwei Wochen, in denen Angela Bender im weißen

Seesand von Grömitz lag und sich bräunen ließ, sogar im Kurhaus tanzte und sich alle Mühe auferlegte, das Erlebnis mit Peter Perthes zu vergessen, verbrachte er damit, seine Nährböden und Gifte tropenfest zu verpacken, einen Spezialkocher zu konstruieren, mit dem er Bakterien in kürzester Zeit vermehren konnte, und eine Destillationsanlage zu erfinden, die es ihm ermöglichte, Gifte in Sekundenschnelle in bestimmte Substanzen zu zerlegen. So war alles auf das beste und bis ins kleinste geordnet, als der Tag der Abreise immer näher rückte.

Angela Bender kam nach zehn Tagen schon aus Grömitz zurück.

Es hielt sie nicht mehr unter lauter fröhlichen, unbeschwerten Menschen. Jeden Abend, wenn sie den Kalender betrachtete und die Wochen zählte bis zu jenem roten Strich, der den Tag der Abreise Peters bezeichnete, stürzten ihr die Tränen aus den Augen, und sie weinte, bis sie vor Erschöpfung einschlief. Morgens lag sie dann wieder am Strand, baute sich eine kleine Sandburg, schwamm in die See hinaus und spielte Augenblicke lang mit dem wahnwitzigen Gedanken, sich einfach absinken zu lassen, unterzugehen in den schäumenden Wellen, und damit alles zu vergessen, was das Leben so schwer machte . . .

Aber dann riß sie sich empor, ließ sich mit der Brandung ans flache Ufer tragen und lag wieder in der Sonne, braun, schmal und schön – eine Frau, die das Leben liebte, weil sie trotz allem noch einen Funken Hoffnung hatte, daß einmal alles gut werden könnte . . .

Aber irgendeine Empfindung, ein Gedanke in ihr verstand, was ihre Liebe nicht begreifen wollte oder konnte. Sie fuhr nach Lübeck und kaufte sich alle Bücher über Toxikologie, deren sie habhaft werden konnte, sie schrieb an das Tropeninstitut und ließ sich eine Literaturaufstellung schicken, nach der sie bei Fachverlagen die Werke bestellte. Plötzlich war ein unbändiges Interesse in ihr erwacht, in diese geheimnisvolle Welt der Gifte einzudringen, der sich

Peter verschrieben hatte und für die er sein persönliches Glück zu opfern bereit war.

So las sie in den warmen Grömitzer Nächten viel über die Zauberwelt der Kristalle und Alkaloide, der chemischen Gifte und der Toxika der Natur. Sie studierte mit heißen Wangen die Berichte der Forscher aus allen Gegenden der Welt, wo das Gift im Kampf gegen den Feind noch eine Rolle spielte ... aus Südamerika, aus Borneo, aus Sumatra, aus dem Kongobecken, aus Birma und Thailand. Und Angela Bender empfand zum erstenmal, welch ein großes Vorhaben Peter hinaus in die Welt und fort von ihrer Liebe trieb.

Mit diesen Gedanken und Empfindungen fuhr sie nach Köln zurück, ein wenig nach innen gekehrt, ein wenig reuevoll. Nur der Haß gegenüber dem Schicksal überlagerte ihre einsichtigen Gedanken, der Haß, der ihr kurzes Glück zerstören wollte.

Niemand wußte von ihrer Rückkehr. Sie verbarg sich in ihrer Wohnung, ging nur des Abends kurz aus und öffnete ihre Praxis erst nach vierzehn Tagen. In den vier einsamen Nächten in der stillen Wohnung – auch das Mädchen hatte Urlaub bekommen – überfiel sie das Bewußtsein der Verlassenheit mit doppelter Deutlichkeit.

Sie fühlte, daß sie etwas Grundlegendes falsch gemacht hatte, als sie Peter aus der Wohnung wies, daß sie anders hätte handeln müssen, um ihn zu halten. Sie versuchte an den langen einsamen Abenden selbstquälerisch, allein unter der Tischlampe sitzend, lesend oder in eine dunkle Ecke starrend, Verständnis für Peters Lage zu gewinnen.

Er ist ein Mann, der eine große Tat vor sich hat, sagte sie sich. Er hat ein Ziel, das größer ist als ich, der kleine Mensch an seiner Seite. Er gehört allen – und ich wollte ihn für mich allein haben. Ich war eine Egoistin ... aber welche liebende Frau wäre das nicht? Ich hätte zu ihm sagen sollen: Ja, Peter, es ist gut, daß du fährst. Du willst hinaus in die Gefahr, gut, ich gehöre zu dir, also nimm mich mit! Ich will mit in den Urwald, oder ich will in Bogota auf dich warten, aber ich will dabeisein, bei dir sein, in der Nähe sein, wenn du mich brauchen solltest ...

Sie stand auf und wanderte erregt im Zimmer auf und ab. Das wäre ein Weg, grübelte sie. Ich müßte mit ihm fahren – und wenn er nicht will, heimlich!

Sie warf die Locken aus der Stirn und ging zum Telefon. Herr von Barthey war nicht wenig erstaunt, als Angela Bender ihn anrief. Ihr Verlangen aber brachte ihn völlig aus seiner Ruhe.

»Unmöglich«, sagte er dann fest. »Ganz abgesehen davon, daß das Wahnsinn wäre, Sie in diese Fieberhölle zu schicken. Es geht auch technisch nicht. Sie brauchen einen Paß, Sie brauchen Visa, was mindestens vier bis sechs Wochen dauert! Dann eine Tropentauglichkeitsuntersuchung, Impfungen, Ausreiseerlaubnisse, Einreiseerlaubnisse, Devisengenehmigungen ... beste Frau Doktor, es ist ganz aussichtslos!«

Sie legte den Hörer wort- und grußlos auf und sank in ihren Sessel zurück.

Soll ich zu ihm gehen und ihn um Verzeihung bitten? überlegte sie. Aber was nützt das alles! Er wird mir verzeihen, wir werden einen schönen Abend verleben – und er wird doch fahren! Dort im Kalender ist der rote Strich, der Strich, der mein Leben vernichtet. An diesem Tag wird in Bremerhaven eine Schiffssirene heulen, eine Bordkapelle wird »Muß i denn ...« oder »In der Heimat, da gibt's ein Wiedersehn« spielen, und dann wird der Schiffskiel durch das Wasser rauschen – die Glocken werden läuten – volle Fahrt voraus – nach Südamerika! Hinweg aus meinem Leben, mein lieber, lieber Peter ...

Ich muß es ertragen, das war ihr einziger Entschluß nach allen Überlegungen. Fänden wir jetzt, kurz vor dem Abschied, wieder zusammen, dann würde die Trennung noch schwerer sein. So haben wir beide die Bitterkeit des Streites noch in uns und können leichter vergessen ...

Vergessen? Gab es das überhaupt? Kann eine Liebe vergessen werden? Kann man einen Menschen einfach aus seinem Gedächtnis streichen, einen Menschen, der einmal dieses Gedächtnis mit seinem Ich so vollkommen ausfüllte, daß es nichts außer ihm gab?

Sie ging zu Bett – vier Nächte lang – und fand keinen Ausweg. Sie zermarterte sich, sie rang mit ihrem Stolz und ihrem Gefühl, mit ihrer Vernunft und ihrer Pflicht . . .

Als sie nach zwei Wochen, äußerlich erholt, erfrischt und braungebrannt, wieder in der Lindenburg erschien und Dr. Sacher begrüßte, war alles so, wie es vor der Reise an die Ostsee gewesen war. Sie ging Peter Perthes immer noch aus dem Weg, er arbeitete in seinem Labor oder saß des Abends bei Professor Window und spielte Schach, bis er vor Müdigkeit den Bauern mit dem Springer verwechselte.

Am 7. August 1950, es war ein Montag, bekam Peter Perthes seine Schiffskarten aus Hamburg. Die Ausreise war auf Mittwoch, den 16. August, morgens um 5.30 Uhr, festgesetzt. Die Würfel waren gefallen. Es gab kein Zurück mehr.

Herr von Barthey verständigte telegrafisch seine Geschäftsfreunde in Bogota, damit sie Dr. Perthes nach seiner Fahrt durch den Panamakanal in dem Hafen von Buenaventura erwarteten, dem einzigen Hafen in Kolumbien, von dem eine Eisenbahn quer durch die Cordillera zur Hauptstadt Bogota führt.

Professor Window reiste nach Bonn und besprach dort einen staatlichen Auftrag für Dr. Perthes, vom Kaiser-Wilhelm-Institut lief eine Anfrage ein, das Tropenkrankenhaus in Hamburg schickte eine Liste von Tropengiftfällen, die man zur Zeit noch nicht klären konnte. Eine kurze Pressenotiz unterrichtete die Welt darüber, daß ein Dr. Perthes aus Köln zur Erforschung neuer medizinischer Wege in die Urwälder Kolumbiens führe. Dic Meldung ging im politischen Geschehen unter, man las sie kaum oder vergaß sie sofort.

In diesen Tagen erlebte Angela Bender eine neue Beschämung. Dr. Perthes schickte seinen Labordiener zu ihr und bat um Herausgabe seiner Wäsche, seiner Anzüge. Er schickte keine Zeile mit, nicht einen Gruß, nichts. Er ließ seinen Wunsch mündlich bestellen, als wolle er damit ausdrücken, daß das Band nun endgültig gerissen und nie mehr zu flicken sei.

Mit unbewegter Miene packte Frau Dr. Bender Peters Sachen ein. Auch sie legte keinen Gruß bei. Nicht einen Wunsch für die Fahrt, nicht die Bitte: Komm gesund wieder, gesund und erfolgreich . . .

Als der Labordiener mit dem Paket für Peter Perthes wegging, wußte sie, daß sie eine Zukunft begraben und verloren hatte. Und es war nichts in ihr als Bitterkeit, als Traurigkeit über die eigene Feigheit und den dummen Stolz, einen Mann nicht um Verzeihung bitten zu können.

In der Frühe des 16. August 1950 lief die »Argentinia« aus Bremerhaven aus. Die kleinen Schlepper ließen zum Abschied ihre grellen Sirenen ertönen, die »Argentinia« antwortete dumpf, am Pier standen Menschen und winkten dem scheidenden Ozeanriesen nach. Die weißen Tücher flatterten, und es sah aus der Ferne aus, als schneie es dicke Flocken auf den Hafenkai. Die großen Schrauben des Dampfers wühlten das brackige Hafenwasser auf und schoben den Eisenkoloß ins freie Meer hinaus. Unermüdlich spielte die Bordkapelle, schwitzend, laut und ab und zu falsch.

An der Reling stand Dr. Peter Perthes und blickte zurück auf die langsam im Frühsonnenglast versinkende Heimat. Die hohen Kräne des Hafens wurden zu Spielzeugen, die Trockendocks zu schwimmenden Seifenschalen, die Kais versanken in einem Flimmern der Luft, durch die nur noch das Flattern der Taschentücher wie irrende Punkte herüberleuchtete.

Im freien Wasser verließ dann der Lotse den Dampfer

und stieg über auf einen der kleinen Schlepper. Die Stahltrossen wurden gehievt, noch einmal tönte das Sirenenkonzert über das rauschende Meer – dann zog die »Argentinia« ihren schlanken weißen Leib durch das in der Sonne leuchtende Meer, dem Süden entgegen.

Dr. Perthes lehnte noch immer an der Reling und blickte auf die versinkende Küste Deutschlands. Auf einmal kam er sich verlassen und ausgestoßen vor, einsam wie ein Flüchtender, der eine schlechte Tat begangen hat und die Heimat zurückläßt. Ich komme wieder, dachte er dann, und stand immer noch an der Reling, bis der allerletzte helle, kaum noch wahrnehmbare Streifen der Küste am Horizont versank. Ich komme bestimmt zurück und löse mein Wort ein, dachte er immer wieder.

Kreischende Möwen umgaukelten das Schiff und hofften auf zugeworfenes Futter. Über die Küchenabfälle, die am Heck ins Meer geschüttet wurden, fielen sie mit Gekreische her und rissen sich gegenseitig die Beute aus den Schnäbeln.

Langsam wandte sich Dr. Perthes ab und ging im Schaukelgang zu seiner Kabine. Ein Steward, der ihm mit einem Tablett entgegeneilte, bot hohe Gläser mit Orangensaft an. Er nahm ein Glas und setzte sich in einen der herumstehenden Liegestühle. Ein kühler Wind wehte jetzt von der offenen See her. Die Schraube des Ozeanriesen wühlte die Wellen zu weißer Gischt auf, die hoch am Heck emporgeiferte. Aus den Gesellschaftsräumen drang leises Stimmengewirr.

Kurs Südwest! Dort hinten, zwei Monate entfernt, lag Südamerika. Kolumbien! Die Urwälder von Azaneni.

Peter Perthes schloß die Augen. Er lauschte hingegeben auf das Rauschen des Meeres, das am stählernen Leib des Schiffes emporsprang . . .

An diesem Tag, am 16. August 1950, dem Tag der Abfahrt des Dr. Peter Perthes, meldete sich Dr. Angela Bender krank. Die Kinderstation übernahm eine ältere, etwas mufflige Kollegin aus einer bergischen Kleinstadt. An Professor Window schrieb sie, daß er sie bis auf weiteres von ihren Verpflichtungen in der Lindenburg entbinden möchte, selbstredend ohne Gehaltsansprüche. Sie fühle sich unwohl und wolle zu Freunden nach Bayern fahren.

Es wurde das Ende von Angela Benders Kölner Praxis, denn sie kam nicht mehr zurück. Die Kollegin übernahm auch die Privatpraxis, die Wohnung, das Mädchen ... es wurde alles brieflich geregelt.

Sosehr sich auch Dr. Paul Sacher um sie bemühte, sie in Hof in Bayern besuchte, ihr sogar den ersten Kartengruß Peters in die Hand spielte – eine Ansicht des Hafens von Las Palmas bei einem Landgang auf den Kanarischen Inseln: »Versuche auch, Angela von mir zu grüßen« –, sie blieb bei ihrem festen Entschluß, nicht mehr an den Ort zurückzukehren, an dem sie einmal glücklich gewesen war. Alles – ob in der Lindenburg, in der Praxis am Stadtwald, in den Lokalen oder Theatern – erinnerte sie an Peter – es wäre ein ewiges Erinnern gewesen, ein beständiger Schmerz, dem sie sich nicht gewachsen fühlte. So zog sie sich zurück, weit weg von den ragenden Domtürmen am Rhein, und versuchte, sich ein Leben aufzubauen, in dem es keinen Dr. Perthes gab.

Natürlich blieb ein kleiner Stachel in ihrem Herzen zurück. Über ihn kam sie nicht hinweg, denn sie fühlte wohl, daß sie damals in ihrer Erregung einen großen Fehler gemacht hatte.

Als Peter von Bremerhaven abfuhr, fand sie in ihrer Wohnung, vom Labordiener gebracht, einen Brief vor. Sie erkannte auf dem Umschlag Peters steile Handschrift. Sie nahm den Brief von ihrem Schreibtisch auf, als sei er etwas, was man kaum anfassen dürfe. Sie ging damit in die Küche, zündete den Gasherd an und ließ den Brief ungelesen aufflammen. Dann legte sie das brennende Papier auf die Emailplatte des Herdes und beobachtete, wie das

Schreiben zu einem Häuflein grauweißer Asche verbrannte. Diese kehrte sie säuberlich zusammen und warf sie in den Aschenkasten, mit einer Geste, die ein Abschluß war.

Heute, in der Stille des bayerischen Landhauses, auf dem Holzbalkon sitzend und auf die Wiesen hinabblikkend, hätte sie gern gewußt, was seine letzten Worte waren. Ob sie Verzeihen suchten? Ob sie um Verständnis warben oder bloß eine Höflichkeit darstellten, an der man bei einem solchen Abschied nicht vorbeikommt? Ihre übereilte Handlung kam ihr jetzt dumm und kindisch vor. Aber sie war nun einmal geschehen, das Band, von dem sie glaubte, es sei aus Gold und könne nie im Sturm des Lebens zerschleißen, war gerissen. Immer aber, trotz der aufbrausenden Enttäuschung, fand sie an den Abenden zurück zu ihren Büchern, die sie aus Lübeck mitgebracht hatte. Dann saß sie unter der kleinen Tischlampe und studierte Toxikologie, stellte Formelgleichungen an und entwickelte theoretisch nach einem Handbuch Antitoxika, die schon vorhanden waren. Regelrechte Übungen waren das, Studien bekannter Gifte, ein Vertiefen in die Rätsel der winzigen Kristalle, die einen Menschen in kürzester Zeit zu Boden werfen können.

Schaudernd hatte sie oft die Wirkung der Gifte erlebt. Sie konnte es oft nicht verstehen, daß so etwas möglich war, sie rang um ihr Verstehen, wie klein der Mensch doch ist, wenn er durch mikroskopisch große Kristalle das Leben lassen muß. Und sie fand den Weg, den sie im Innern suchte, aber den der äußere Frauenstolz verdeckt hatte: Sie erkannte nun die Größe dieser Forschung und die Notwendigkeit, ihr Opfer zu bringen.

Sie lebte gerade einen Monat lang in Hof, als sie die Gewißheit bekam, daß sie Peter Perthes nie verlieren konnte, daß ein Vergessen unmöglich wurde. Der alte Landarzt, der Angela gründlich und väterlich untersuchte, klopfte ihr danach begütigend auf die Schulter und sah sie über die Brillengläser an. Dann stellte er seine Diagnose.

»Sie werden nicht die letzte sein, die vor einer solch schweren Prüfung steht«, sagte er leise. »Die Liebe kommt von Gott. Und der Kollege Dr. Perthes wird einmal stolz sein, wenn er nach Hause zurückkehrt und den Sinn seines Lebens vermehrt sieht.« Er schob die Brille hoch. »Nur, beste Frau Kollegin, Sie müssen es ihm schreiben ...«

Angela Bender schüttelte den Kopf. Jetzt gerade nicht, dachte sie und erschrak zugleich innerlich über diesen Trotz. Jetzt werde ich beweisen, daß die Liebe einer Frau größer, reiner und duldender ist als die eines Mannes. Ich werde mein Kind großziehen, ich werde aus ihm einen ganzen Menschen machen, ich ganz allein ... Und ich werde ihm die Unrast seines Vaters nehmen, vom ersten Lallen an werde ich ihm den Haß auf die Fremde lehren. Es wird mein Kind sein.

Sie schloß die Augen. Der alte Landarzt schien zu ahnen, was in der jungen Frau vorging, und schwieg. Er schrieb weiter auf seiner Karteikarte und vermied es, die Kollegin anzusehen oder gar anzusprechen.

Als Dr. Bender aufstand und sich verabschiedete, drückte er ihr fest die Hand. »Wenn Sie Hilfe brauchen – ich bin immer für Sie da.« Und als er spürte, daß sie zögerte, meinte er noch: »Bei jedem Menschen kommt einmal die Stunde, wo er glaubt, er könne eine Last nicht mehr weiter ertragen. Dann ist die Stunde gekommen, wo er einen anderen Menschen braucht, der ihn zurück auf den rechten Weg führt, der ihn stützt und leitet.«

Er sah ihr nach, wie sie über die Wiese, die vor seinem Haus lag, ging. Federnd, leicht, schmal und ein wenig nach vorn gebeugt. Sie überquerte den Feldweg und wandte sich dem Wald zu, der gleich einer dunklen Wand die Felder begrenzte. Die Sonne sank.

Ich werde nach Köln schreiben, dachte der alte Arzt und schüttelte den Kopf, als könne er die heutige Jugend nicht mehr verstehen. Dort wird man wissen, was man zu tun hat ...

Um die gleiche Zeit fuhr Dr. Peter Perthes in den Hafen von New York ein. Ein Sirenen- und Pfeifkonzert begrüßte die weiße »Argentinia«. Das schmutzige Hafenwasser schäumte fettig. Drüben, von Brooklyn und Manhattan, grüßten die Steinriesen herüber. Die Spitzen der Wolkenkratzer schienen in den blauen Himmel zu stoßen, es sah aus, als trügen sie das Himmelsgewölbe.

Unter dem ausgestreckten Arm der Freiheitsstatue zog das weiße Schiff in den Hafen. Gewaltig reckte sich die steinerne Fackel der Sonne entgegen. Freiheit!

Dr. Perthes stand an der Reling und sah den großen Piers entgegen. Eine neue Welt eröffnete sich ihm, Station eines anderen Lebens. Der Schatten der Freiheitsstatue fiel über sein Gesicht. Er lächelte glücklich.

6

Wenn man die Kordilleren bei Bogota hinter sich läßt und hinabsteigt in die Niederungen von Meta, die Savannen und Wälder zu beiden Seiten des mächtigen Rio Guaviare, wenn man den breiten Fluß hinunterfährt und die Höhenzüge des Mesa de Maripàn rechts vor sich liegen sieht, wird man nach Zapuare kommen, einem kleinen Ort aus Blockhütten und Palmenhäusern im Fiebergebiet von Piapoco. Hier leben seltsame Gestalten, finstere Gesellen, Trinker und Glückssucher, die in den unerforschten Urwäldern von Guaipu Navo bis hinunter zum Rio Negro Orchideen sammeln, wertvolle Hölzer schlagen, Tiere mit seltenen Pelzen jagen und in dem Traum leben, einmal inmitten des dumpfen, faulenden Urwaldes die geheimnisvolle Stadt eines versunkenen Stammes zu finden, Schätze, Gold und Edelsteine, wie sie die Tempel der Mayas auf Yukatan und die Höhlen der Azteken bargen.

Die Menschen in dieser aus dem Wald geschlagenen Siedlung, an einem Fluß, in dem es von Alligatoren und Mörderfischen wimmelt, leben in einem steten Wechsel von Trübsinn und überschäumender Lust. Wenn sie in den »Bars«, den großen Blockhütten, hocken und widerlich scharfen, süßen Schnaps in sich hineinschütten, ist das Ganze ein Irrenhaus von bärtigen, entwurzelten Existenzen, denen das Leben in den Tropen keine andere Wahl mehr ließ, als auf diese menschenunwürdige Weise zugrunde zu gehen.

Ab und zu kommt von Villavicencio, der Kreisstadt, ein Inspektor der Staatspolizei nach Zapuare, um nach dem Rechten zu sehen. Dann gibt es zur Abwechslung eine kleine Schießerei, und die Leute von Zapuare erfahren zu ihrem Erstaunen, daß der gute Jim und der trinkfeste Johnny, die immer so nett zu allen waren, zwei von sechs Staaten der USA gesuchte Schwerverbrecher sind.

Das Klima ist heiß, feucht und schwül. Das Hemd klebt einem auf dem schwitzenden Körper fest, das Atmen ist Schwerarbeit, und jede weitere Anstrengung legt sich wie eine Eisenfaust auf die Brust.

Am Stadtrand von Zapuare, inmitten eines Gartens aus Gummibäumen und wilden Bananen, liegt ein Holzhaus mit einem Bootssteg hinunter zum Rio Guaviare. Unter den Gummibäumen stehen runde, weiße Zelte, einige Klapptische und verschiedene große Kartentafeln, die in Einzeldarstellungen die Gebiete von Piapoco bis Macueni und Guahibo an der bolivianischen Grenze zeigen. An einem Fahnenmast aus weißgestrichenem Holz hängt schlaff die Fahne der Bundesrepublik. An dem Holztor ist ein kleines Schild befestigt: »Expedition Dr. Perthes«.

In dem Innern des Holzhauses, das nur einen großen Raum und an Möbeln zwei Feldbetten mit großen Moskitonetzen, einen Berg Kisten, drei aneinandergeschobene Klapptische mit Mikroskopen, Retorten, Spirituskochern und Reagenzglasständern, sowie einen Brutschrank für

Nährböden und kleine, unterteilte Käfige mit Meerschweinchen und widerlich großen Ratten aufweist, saß Peter Perthes auf einer der Kisten. Ihm gegenüber, gleichfalls auf einer Kiste, saß ein stämmiger, braungebrannter Mann mit schwarzen Locken. Sie tranken aus flachen Tassen Mate, das Nationalgetränk der Südamerikaner. Ein Boy wirtschaftete in einer Ecke, die durch den Speiseschrank den Anschein einer Küche erhielt.

Der Mann bei Dr. Perthes war Dr. Fernando Cartogeno, ein kolumbianischer Arzt. Sie hatten sich auf merkwürdige Art kennengelernt. Pünktlich war Peter Perthes in Buenaventura angekommen und wurde dort von den Herren des Direktor von Barthey in Empfang genommen. Auf einer schrecklich langweiligen Bahnfahrt durch die Kordilleren brachte man ihn nach Bogota und begann in der Hauptstadt, die Expedition aufzubauen. Dr. Perthes besuchte den kolumbianischen Gesundheitsminister, der bei seinem Plan den Kopf schüttelte und meinte: »Um das Gift zu bekämpfen, müßten Sie ganz Südamerika in Flammen aufgehen lassen«, aber ihm wohlwollend jegliche Unterstützung seitens der Regierung, Nachschub mit Hubschraubern, falls Perthes auf einer Exkursion in den Urwald festhing und nicht mehr zurückkonnte, versprach.

Dann besichtigte Peter Perthes die staatlichen Krankenhäuser, moderne Bauten nach amerikanischem Vorbild, weit, hell, luftig – aber mit dem großen Nachteil behaftet, von Ärzten geleitet zu werden, die nicht im entferntesten an die medizinischen Kenntnisse ihrer europäischen Kollegen heranreichten. Sie waren sämtlich auf Tropenmedizin spezialisiert und standen allen Krankheiten, die über diese Kenntnisse hinausgingen, ziemlich hilflos gegenüber. Im Garten einer der Kliniken traf Peter Perthes dann auf diesen Dr. Cartogeno. Er hielt den Deutschen an, stellte sich vor und sagte.:

»Ich höre, daß Sie in die Wälder an der bolivianischen

Grenze wollen, um toxikologische Forschungen zu betreiben. Ich halte das für verrückt.«

»Ihre Meinung ehrt mich«, antwortete Dr. Perthes schlagfertig. »Aber es muß auf der Welt auch Verrückte geben, sonst wäre sie zu langweilig.«

So kam man ins Gespräch, in dessen Verlauf sich Dr. Cartogeno als noch verrückter erwies, denn er bat Peter Perthes, ihn begleiten zu dürfen.

»Ich möchte weiterkommen«, hatte Dr. Cartogeno gesagt. »Was ich hier vollbringe, ist eine rein mechanische Arbeit. Ich verbinde, ich schneide, ich setze Spritzen. Und alles auf Anordnung, denn wir Assistenten sind in der Klinik Nullen, und der Chef ist ein Halbgott. Hier kann man nichts lernen, weil jeder Angst hat, der eine könnte mehr wissen als der andere und ihm den Posten des Oberarztes wegschnappen, der jedes vierte Jahr neu besetzt wird.« Er holte ein langes Zigarillo aus seiner Tasche und steckte das schwarze Kraut in Brand. »Ich weiß, daß Ihre Expedition in die völlig unbekannten Gebiete ein Irrsinn ist. Ihr erster Schritt auf den weißen Flecken der Landkarte wird Ihr Todesurteil sein. Aber es reizt mich, einmal eine Tat zu tun, die nicht jeder unternehmen würde.« Er blickte Peter aus seinen fast schwarzen Augen an. »Wissen Sie, daß an den Quellseen des Rio Ameira der gefürchtetste Mann des ganzen Urwaldes sitzt?«

»Sapolàna?«

»Der König der Taràpas. Richtig! Man will sein Lager vor zwei Monaten zwischen dem Ameira und dem Rio Tomo gesehen haben. Heute ist es vielleicht ganz in unserer Nähe, am Cuno Mataveni.«

»Von mir aus kann der gute Häuptling im Nebenzimmer schlafen. Er stört mich nicht.«

»Aber Sie ihn! Das ist ein großer Unterschied. Wir haben von Bogota aus vier Expeditionen nach Amorua geschickt. Sie kamen nicht wieder aus den Wäldern heraus. Ein amerikanischer Suchtrupp in die völlig unbekannten

Wälder des Rio Muco verscholl. Es gelang uns nicht, die weißen Flecken auf den Landkarten zu beseitigen. Nur Luftbilder geben uns einen gewissen Anhalt – über den Urwaldboden ist noch kein Schritt eines Weißen gegangen.«

»Dann werden wir die ersten sein.« Dr. Perthes blickte auf seine Armbanduhr. »Ich muß zurück. In vier Tagen breche ich auf. Wenn Sie sich anschließen wollen – was Sie zur Ausrüstung benötigen, wissen Sie ja –, dann seien Sie in vier Tagen in Càqueza. Ich bekomme dort meine Träger bis Zapuare.«

Damit ließ er Dr. Cartogeno stehen und verließ den Klinikgarten.

Am Morgen, als die Expedition von Cäqueza aufbrach, stand Dr. Cartogeno am Ortsausgang neben seinem alten Ford. Die beiden Ärzte drückten sich wortlos die Hand, als würden sie sich schon seit Jahren kennen, dann reihte sich Dr. Cartogeno in seinem Wagen in die Kolonne ein. Sie klapperten über die ausgefahrene, staubige Höhenstraße, die sich von Bogota ziemlich steil durch die Kordilleren windet, um dann zu der Kreisstadt Villavicencio hin abzufallen und sich in den Weiten der Llanos de San Martin zu verlieren.

Man hielt in Villavicencio zwei Tage, um einen Dolmetscher zu suchen, der die Dialekte der Eingeborenenstämme beherrschte. Es meldete sich ein begabter Indianer, der auf einer Missionsstation in Barabaca erzogen worden war, fast alle Idiome der Urwaldvölker im weiten Umkreis kannte und verstand.

Von der Kreisstadt aus wurde der Weg beschwerlicher. Bald wurden die Lastwagen entladen, und auf leichteren Karren fuhr die Expedition nach Pto. España. Dort kauften sie ein ganzes Geschwader von Baum- und Rindenbooten und fuhren den Rio Ariari hinab – hinein in den mächtigen Rio Guaviare. Nach fünftägiger Bootsfahrt legten die 49 Kähne in Zapuare an. Sie hatten insgesamt 105 Flußwindungen und -schleifen durchfahren.

Am Ufer standen die Einwohner, johlten und schwenkten bunte Tücher. Jedoch sie wurden enttäuscht. Nicht neue Abenteurer und Saufkumpane stiegen an Land, sondern zwei Männer in weißen Tropenanzügen und eine Kompanie von Trägern, Halbindianern, Mischlingen, Kreolen, Mulatten – ein Wirrwarr von Rassen.

Es begann umgehend ein großes Ausladen, die Boote wurden am Ufer vertäut, ein abseits liegendes Haus in ein Befehlslabor verwandelt. Als erstes ließ Dr. Cartogeno, der seine Umgebung kannte, in den »Bars« verkünden: »Wer sich dem Haus nähert, die Boote anfaßt und sonst etwas stiehlt, wird ohne Warnung erschossen!«

Die Eingeborenen krochen zusammen, mieden das Haus am Waldrand und sahen den beiden Ärzten scheel nach, wenn sie in ihren weißen Anzügen, sauber und gepflegt inmitten des Schmutzes ringsum, auf leichten Kanus den Rio Uva oder den Rio Maneciare hinaufruderten, um das Gelände an den Ufern zu erkunden.

Das ganze Gebiet schwirrte von den sagenhaften Taten des Taràpashäuptling Sapolàna. Man erzählte sich, daß er sich in das Fell eines Leoparden kleide und seinen Feinden mit Krallen das Fleisch vom lebenden Körper reiße. Am Oberlauf des Rio Padavida habe man einen Priester gefunden, dem die Kutte und das Käppi mit giftigen Dornen ins Fleisch und in die Kopfhaut gespießt worden waren. Indianer, die einem der freundlicheren Stämme angehörten, berichteten, daß Sapolàna durch den ganzen Urwald eine Botschaft geschickt habe: Kampf den weißen Eindringlingen! In Zapuare waren alle sehr froh, daß die Haupthandelszeit vorüber war und sie sich ein paar Monate lang erholen konnten, ehe die Jagd nach Orchideensamen und wertvollen Hölzern die Menschen ohne Moral wieder in die Wirrnisse der Lianen und Sümpfe trieb.

Peter Perthes und Dr. Cartogeno saßen auf zwei Kisten

beieinander und tranken Mate. Der kolumbianische Arzt wischte sich den Schweiß von der Stirn. »Eine blöde Hitze!« stöhnte er. »Sie haben sich mit dem November den dümmsten Monat ausgesucht, Kollege Perthes. Bei Ihnen in Deutschland fällt jetzt schon Schnee. Ich habe es in den Illustrierten gesehen. In den Alpen, meldete man, eineinhalb Meter Schnee! Und während Ihre Landsleute in dikken Pelzen herumlaufen, beginnt bei uns die Treibhaushitze. Prost!«

Er stand von seiner Kiste auf und ging zu dem Mikroskop, das am Fenster stand. Ein feinmaschiges Netz schützte in der Fensteröffnung vor Moskitos und Fliegen. »Das ist also Ihre Kanone – und mit der wollen Sie die Menschheit retten?«

Peter Perthes lachte und trat an die Seite des Gefährten. Er drehte ein wenig an dem Okular des Mikroskops und nickte dann Fernando Cartogeno zu. »Blicken Sie einmal hinein! Ich habe gestern am Rio Maneciare einen toten Tapir seziert.«

»Erinnern Sie mich nicht daran!« Dr. Cartogeno verzog den Mund vor Ekel. »Das Vieh stank drei Kilometer gegen den Wind! War mindestens schon sechs Tage tot. Ich bewundere Ihre Nerven, an diesem Aas herumzuschnippeln!«

»Es lohnt sich, verehrter Herr Kollege.« Perthes deutete noch einmal auf das Mikroskop. »Sehen Sie hindurch! Sie erkennen genau in einer hellen Flüssigkeit, dem zersetzten Tapirblut, eine Ansammlung von kleinen, sternförmigen Kristallen.«

Dr. Cartogeno nickte, als er sich über das Okular gebeugt hatte, und war nun auch interessiert. »Diese Kristalle«, erklärte er eifrig, »stammen aus einem Pfeilgift, das uns noch unbekannt ist. Der Tapir wurde von dem Giftpfeil eines Indianers aus einem Blasrohr getroffen, aber aus irgendeinem Grund wurde der Indianer daran gehindert, seine Beute in den Wald zu ziehen. Daß die Indianer Tiere mit Pfeilgift erlegen, beweist uns, daß . . .«

Peter Perthes winkte ab. »... daß das Gift im Magen unschädlich ist oder durch Erhitzung seine Wirksamkeit verliert, das meinten Sie doch? Es ist nur tödlich in der Blutbahn. Das ist eine alte Weisheit und eine Eigenschaft, die auch das Curare hat.«

»Curare kennen wir, aber dieses Gift ist ein unbekanntes. Es ist ein Alkaloid von geradezu verblüffender Bestimmbarkeit im Blut. – Der erste Erfolg, Herr Kollege!«

Dr. Cartogeno schob das Mikroskop zur Seite und setzte sich an den Klapptisch. »Aber – was haben wir davon? Wir sehen das Gift, und wir kennen seine Wirkung nicht.«

»Ich werde mit dem infizierten Blut meine Ratten impfen.«

»Und das Gegenmittel?«

»Um das zu finden, sind wir hier!« Dr. Perthes schob einen Nährboden mit dem Tapirblut in den Blutschrank. »Ich habe vor, morgen unsere erste Reise in das Innere zu starten.«

»Prost Mahlzeit!« Dr. Cartogeno sprang auf. »Ich besitze als einzige Verwandte zwar nur eine alte Tante, aber dann möchte ich doch heute abend noch mein Testament machen.«

Peter Perthes lachte und nahm seinen Gürtel mit der Pistole von einem Wandhaken. Er schnallte ihn um und griff nach dem weißen Tropenhelm. »Kommen Sie mit?« fragte er. »Ich will mir aus unserer Flottille drei schöne, schnelle und stabile Boote aussuchen. Beim Morgengrauen brechen wir auf. Wir fahren zuerst, dachte ich mir, den Rio Guaviare hinab bis Sitio, dann hinein in den Rio Inirida bis zum Höhenzug von Raudal Alto, und dann querab den Cuno Nacuri hinauf. Dort machen wir Station ...«

»... und suchen uns unsere Gräber aus.« Dr. Cartogeno schüttelte den Kopf. »Ich habe es mir in den wenigen Wochen des Zusammenseins mit Ihnen abgewöhnt, mich über Sie zu wundern. Erst dachte ich, Sie seien ein Phantast, dann hielt ich Sie für ungeheuer mutig. Jetzt weiß ich, daß Sie einfach nicht wissen, was Sie tun. Dort, wo Sie jetzt hinwollen, ist die Hölle los!«

Peter winkte ab, stieß die Tür auf und trat ins Freie. Eine Hitzewelle und feuchte, nach Verfaultem riechende Luft schlug ihm entgegen. »Sie sind ein Hasenfuß, Kollege«, sagte er über die Schulter. »Kommen Sie, lassen Sie uns die Boote auswählen.«

Am Flußufer waren die Blätterhütten der Träger und Führer aufgerichtet worden. Die Männer bewachten die Boote, verpflegten sich durch Jagd und Fischfang, saßen, der Raubtiere wegen, an offenen Feuern, und hatten im Umkreis Warner aufgestellt, die vor allem die Schlangen beim Eintritt in den Lagerkreis töteten. Es waren in diesen Tagen nur zwei Riesenschlangen, eine Boa und eine besonders schwere Anakonda, die durch den Feuerschein aus dem Wasser gelockt wurden. Die Träger erschlugen sie, zogen die wunderbar gefärbte, geschuppte Haut ab und brieten das saftige Fleisch über dem Feuer

Die beiden Ärzte wählten aus der Masse der Boote zwei besonders lange, breite und doch wendige Baumkanus aus, die als Packboote gedacht waren. Für sich selbst und den Dolmetscher nahmen sie ein kleineres, schmales und wieselflinkes Rindenboot, das über etwaige Stromschnellen oder Wasserfälle leicht zu tragen sein würde.

Beim Morgengrauen weckte Dr. Cartogeno den Gefährten. »Auf, Sie Idealist!« rief er und stieß Peter Perthes in die Seite. »Unsere Karawane ist bereits auf dem Wasser und harrt ihres Herrn!«

Eine halbe Stunde später stießen sie auf den Fluß hinaus und ließen sich von der Strömung treiben. Die Bewohner von Zapuare, die von dem Vorhaben der beiden Ärzte gehört hatten, standen am Flußufer und blickten den drei Booten stumm nach. Sie waren sicher, diese Karawane und die Ärzte nicht wiederzusehen. Als die drei Boote um eine Biegung des Flusses den Blicken entschwunden waren, standen die Bewohner von Zapuare noch lange am Ufer zusammen und beredeten das Ereignis.

»Sie kommen nicht weiter als bis zum Managuare«, prophezeite ein alter Orchideenjäger. »Dann hat Sapolàna sie verspeist!«

Die drei Boote schossen durch den Strom. An schwimmenden Inseln vorbei, gebildet aus vermorschten Baumstämmen, die in den Fluß stürzten, sich mit Lianen verfilzten und mit der Zeit zu Inseln wurden, vorbei an Kolonien von Alligatoren und auseinanderstiebenden Rudeln von Wasserschweinen trieben sie an einer grünen, undurchdringlichen Wand aus Bäumen, Schlingpflanzen und großdornigen Büschen entlang. Der Fluß wurde breiter, und Schwärme von schillernden Fischen begleiteten die Boote. Es roch über den Strom hinweg nach Verwesung, vermischt mit dem starken Duft großblütiger Blumen, die am Uferrand üppig wucherten und die schwarze, feindliche Baumwand etwas belebten. Drückende Hitze lag über dem Fluß. Der Urwald schien jeden Luftzug zu ersticken. Feucht und flimmernd bewegte sich die Luft auf und nieder, als brodele sie wie kochendes Wasser.

Peter Perthes saß am Bug des schnellen Rindenbootes und hatte sein Gewehr über die Knie gelegt. In der Bootsmitte hockte Dr. Cartogeno, einen Blätterfächer in der Hand. Er fächelte sich stöhnend Luft zu. Hinten, am Steuer, saß der indianische Dolmetscher, der durch schrille Zurufe die beiden großen Packboote dirigierte. Sie folgten in Kiellinie und waren neben den Lasten mit je drei Trägern besetzt.

»Wie lange rechnen Sie für unseren Ausflug in die Hölle?« fragte Dr. Cartogeno sarkastisch und brannte sich eine seiner langen, widerlich riechenden Zigarillos an, von denen Dr. Perthes behauptete, er lege sie zur Fermentierung in frischen Kuhmist.

»Drei Wochen!« rief Peter Perthes zurück und schoß auf einen Alligator, der auf das Rindenboot zugeschnellt kam.

Getroffen drehte das Tier ab und hinterließ im Wasser einen roten Streifen. Dann wurde es in einen Wirbel von peitschenden Schwänzen und hornigen Panzern gezogen, die bis zu einem Meter hoch aus den Flußwellen stießen. Mit Schrecken sah Perthes, wie der angeschossene Alligator von seinen Artgenossen in Stücke zerrissen wurde. Nach einigen Sekunden trieb nur noch ein blutiger Rükkenpanzer auf dem trüben Fluß.

»Bravo!« rief Dr. Cartogeno vergnügt. »Sie sorgen ja gut für die netten Viecher! Wenn sie erst Blut gerochen haben, kennen sie kein Erbarmen.«

Nach stundenlangem Abwärtstreiben steuerten sie gegen Mittag eine Sandbank im Strom an und schoben die Kiele der drei Boote auf den Sand. Die Träger säuberten den Boden von Spinnen und Wassernattern, die mit schillerndem Leib ins Wasser sprangen und pfeilschnell in schwimmenden Lianen verschwanden.

Als Dr. Cartogeno an den Strand watete, trat er auf einen Käfer, der sich sofort im Leder der Stiefel festbiß.

»Sieh einer dieses freche Biest an!« rief der Arzt, nahm sein langes Buschmesser und löste das Insekt ab. »Hier scheint jeder Wurm in kriegerischer Stimmung zu sein!« Er zertrat den Käfer und half mit, einen Pflock in den Sand zu schlagen, um die Boote daran zu vertäuen. Der indianische Dolmetscher saß unterdessen an einem Busch in der Mitte der Sandbank und zerlegte einen Stapel Fische, die die Träger in den Lastbooten während der Fahrt mit dünnen Schleppangeln gefangen hatten. Über einem offenen Feuer wurden sie an kleinen Holzspießen gebraten. Die Leute verzehrten sie heiß mit allen Eingeweiden.

Peter Perthes und Fernando Cartogeno aßen aus einer Büchse Kekse und kaltes Schweinefleisch und tranken bitteren, kalten Mate dazu. Die Sonne brannte unbarmherzig. An die heraufgezogenen Boote klatschten die Schuppenschwänze der Alligatoren. Von der fast greifbar nahen

Baummauer des Urwaldes herüber zog eine satte, übelriechende Schwüle.

Einer der Träger, der Führer des zweiten Packbootes, erhob sich. Er ging hinunter zu seinem Boot und holte aus einer Blechbüchse einige dunkle Zigarillos. Da warf er plötzlich die Arme in die Luft, stieß einen grellen Schrei aus und sank nach vorn in die Knie. Noch einmal schlug er mit den Armen um sich, dann blieb er im Sand liegen und rollte stumm an die Bootswand.

Schon beim Aufschrei waren die beiden Ärzte aufgesprungen. Sie hielten ihre Pistolen schußbereit in den Händen. Jetzt stürzten sie an den Rand der Sandbank und sahen die .glasigen Augen des Trägers. Vor seinen Lippen stand Schaum. In seiner Brust, knapp unterhalb des Herzens, federte ein langer, dünner Pfeil. Ein Pfeil, mit roter Farbe bestrichen.

Der Dolmetscher, der als erster nach den Ärzten bei dem Toten erschien, stieß beim Anblick des roten Pfeils einen hellen, kurzen Schrei aus und warf sich zu Boden. Er kroch: hinter die Bootswand des am nächsten liegenden Kahnes und blieb dort, an allen Gliedern zitternd, liegen.

»Sapolàna«, stammelte er, als Perthes zu ihm trat. »Der Pfeil . . . der rote Pfeil . . . er wird uns alle töten.«

Die Pistole in der Hand, blickte Peter Perthes um sich. Starr, undurchdringlich, feindlich standen zu beiden Seiten des Flusses die Urwaldriesen. Nirgends zeigte sich eine Stelle, von der aus ein Schütze gezielt haben konnte. Der Mörder mußte in einer der mächtigen, weit über den Fluß ragenden Baumkronen sitzen. Dr. Cartogeno suchte bereits mit einem Fernglas die dichten Wipfel ab.

»Was bedeutet der rote Pfeil?« fragte Dr. Perthes den Eingeborenen. Er blickte hinüber zu dem Toten, der sich schon verfärbte und wächsern wurde. Der Pfeil hat Gift, durchzuckte ihn die Erkenntnis.

»Er wird uns alle töten«, rief der Indianer wieder und blieb hinter dem Boot liegen. »Keiner, der den roten Pfeil sah, kommt lebend aus den Wäldern zurück! Das weiß das ganze Land. Herr . . . oh, wir sind verloren . . .« Er sank mit dem Kopf in den Sand und begann, ein Vaterunser nach dem anderen zu beten. Dazwischen stammelte er indianische Brocken, die Gebete zu seinen alten Göttern, den Götzen, sein mochten.

Dr. Perthes blickte sich um. »Hier können wir nicht bleiben, Dr. Cartogeno«, sagte er. »Wir präsentieren uns hier wie auf dem Schießplatz als Zielscheibe. Nirgendwo ein Schutz! Sie können uns abknallen, ohne daß wir uns wehren können.« Und den Trägern rief er zu: »Alle Boote sofort wieder in den Fluß! Wir müssen das Ufer erreichen!«

Sie rannten zu dem Lagerfeuer zurück, während Dr. Cartogeno mit zwei Pistolen den Aufbruch sicherte. Die wenigen abgeladenen Gegenstände wurden rasch in die Boote zurückgeworfen. Dann stießen die Träger und der immer um sich blickende Dolmetscher die Kanus in den Strom und steuerten in die Flußmitte. Dort erst steckte der kolumbianische Arzt seine Pistolen ein, während Dr. Perthes von neuem am Bug hockte und sein Gewehr geladen und entsichert auf den Knien wiegte.

»Mich wundert es eigentlich, daß Sapolàna uns nicht alle auf der Sandbank weggeblasen hat«, meinte Dr. Cartogeno. »Eine solche Freundlichkeit ist nicht sein alltäglicher Charakterzug.« Er hatte den toten Träger vor sich liegen und schnitt mit einem Skalpell den tief in den Brustkorb eingedrungenen Pfeil aus dem Körper. »Er ist tatsächlich vergiftet«, rief er und zeigte Dr. Perthes die Spitze mit den drei Widerhaken aus Tierknochen. »Ihr zweiter Erfolg, Herr Kollege! Allerdings teuer erkauft . . .«

Sie glitten in schneller Fahrt den Fluß hinab, vorbei an Orchideengärten und Bäumen mit den sonderbarsten Blüten. Auf einem flachen Uferstreifen lag ein ganzes Rudel Alligatoren in der Sonne und schlief. Etwas weiter unterhalb brach flüchtend ein Tapir in den Urwald zurück, als er die Boote kommen sah. Er hatte vorher am Ufer gestanden und mit äußerster Vorsicht blitzschnell getrunken. Die kleinen Mörderfische mit ihren messerscharfen Zähnen bissen sich leicht in seiner Schnauze fest . . .

Schweigsam saßen die Männer in den Kanus. Dr. Perthes schoß hin und wieder auf gepanzerte Rücken, Dr. Cartogeno beobachtete das Ufer und begann, trotz der Unruhe im Boot, des Schaukelns und Hüpfens, seelenruhig, wie in der Anatomie einer Universität, den toten Träger zu sezieren. Er schnitt kunstgerecht Gewebestücke aus den vergifteten Stellen, entnahm Teile des geronnenen Blutes und war mit seiner Arbeit gerade fertig, als die Urwaldsiedlung San Juan im großen Bogen des Rio Guaviare zwischen der Baumwand auftauchte.

Hier hielten die Boote an, und die Träger begruben ihren toten Kameraden am Rande des Urwalds.

Am Abend noch, beim Schein von drei Petroleumlampen und einer starken Akkubirne, saß Peter Perthes in seinem Hauszelt hinter dem Mikroskop und beobachtete die Wirkung des Pfeilgiftes bei Zusätzen bestimmter Säuren.

»Es ist eine Art Urari«, sagte er, nachdem er bis tief in die Nacht seine Versuchsreihen probiert hatte, zu Dr. Cartogeno. »Aber seine Wirkung ist anders! Der Tod tritt nicht durch Lähmung, sondern durch plötzliche, unheimliche Blutstrukturveränderung ein. Es ist das gleiche Gift wie bei dem Tapir, das wir in Zapuare fanden.« Er stand von seinem Stuhl auf und reckte sich, die Arme weit ausbreitend. »Kollege Cartogeno, unsere Aufgabe beginnt interessant zu werden . . .«

In diesem Augenblick stürzte der Dolmetscher ins Zelt. Sein Gesicht war mit kaltem Schweiß bedeckt.

»Hören Sie es?« schrie er. »Hören Sie es nicht? Baumtrommeln . . .«

Auch die beiden Ärzte hörten jetzt weit entfernt einen dunklen, rhythmischen Trommelton, der anschwoll und wieder abklang. Er wirkte unheimlich in der stillen Nacht. Der Dolmetscher bekreuzigte sich.

»Sapolàna gibt uns Nachricht«, stammelte er. »Seine Trommeln sagen: Kehrt um! Oder Ihr kommt nie zurück!«

Dr. Cartogeno sah Dr. Perthes groß an und nickte. »Wirklich interessant«, sagte er in seinem sarkastischen Tonfall. »Wir werden über Mangel an Gift nicht zu klagen haben.«

7

Angela Bender war, nachdem sie Gewißheit über ihr ferneres Schicksal erlangt hatte, von Hof weggezogen und hatte eine verwaiste Praxis in Augsburg übernommen. Ein Onkel, der Medizinalrat war, hatte ihr diese Praxis und die Zulassung zu allen Kassen besorgt, und Dr. Bender übte ihren Beruf so lange aus, bis man ihren Zustand bemerkte und sich das Kommende nicht länger verbergen ließ.

Wenn jede andere junge Frau mit dem Schicksal gehadert hätte, sie biß die Zähne zusammen und nahm sich vor, nie über die Schwere ihres Lebens zu klagen. So verpachtete sie die Augsburger Praxis und verkroch sich in den bayerischen Bergen. Dort, in Schöllang bei Oberstdorf, im Anblick des Nebelhorns, lebte sie auf einer Alp und erwartete ihre große Stunde.

Aber sie war auch hier nicht untätig und legte die Hände nicht in den gesegneten Schoß, nein, sie arbeitete weiter am Studium der Toxikologie. Wozu es gut war, das wußte sie selbst noch nicht. Was es für einen Sinn hatte, sich in monatelangen nächtlichen Versuchen und Berechnungen, im Studieren und Auswendiglernen, mit einer der schwersten Wissenschaften auseinanderzusetzen, darüber dachte sie nicht nach. Peter ist in Südamerika, dachte sie nur. Er hat diese Wissenschaft zum Mittelpunkt seines Lebens gemacht. Und ich trage ein Kind von ihm, ich bin seine Frau geworden. Muß ich nicht wissen, was Peters großer Antrieb ist?

Es war keine Neugier in diesem Studium – oder doch? War es ein Aufgehen in einer fremden Welt, aus der sie sich durch ihren Zorn auf den Zerstörer ihrer Hoffnungen selbst ausgeschlossen hatte? War es doch eine Buße? Sie wußte es nicht. Sie verschloß sich auch vor den Gedanken, die einen Sinn in dem Ganzen suchten.

So saß sie die langen Nächte hindurch, las über Curare und Urari, über Alkaloide und Strychnos toxifera. In die Materie der Pfeilgifte versenkte sie sich vor allem und verbrachte lange Wochen mit dem Studium der bisher bekannten Gegengifte; so lernte sie die schrecklichen Mordwaffen Upas Radja, den Milchsaft des Baumes Antiaris toxicaria und den fürchterlichen chinesischen Wurzclsaft Tsaurou kennen. Und je weiter sie kam, je klarer ihr das Bild der toxikologischen Wissenschaft wurde, um so ruhiger wurde sie in ihrem Inneren, um so größer wurde ihr Interesse und um so weniger schwer lastete auf ihrer Seele der Druck, so weit von Peter entfernt zu sein ...

Es war eine wunderbare Ruhe um sie und in ihr. Sie lebte mit sich selbst in Frieden, sie hatte die große Prüfung ihres Lebens überstanden. Was jetzt kommen würde, war ein großes Glück, das ihr keiner nehmen konnte. Einmal nur war sie wieder nahe an der Grenze einer Unruhe, die ihr inneres Gleichgewicht zu zerstören drohte.

Das war, als eines Tages der Landbriefträger einen Brief auf ihre Alp brachte. Er kam die Woche einmal in diese einsame Gegend und ruhte sich dann immer bei einem Glas kuhwarmer Milch und einem dicken Faustkäse von der beschwerlichen Kletterei aus. Heute winkte er Angela, die auf der Wiese stand und die letzten Herbstblumen sammelte, schon von weitem zu. Er schwenkte ein blaues Kuvert in der Hand und hatte vor Aufregung ein hochrotes Gesicht.

»Nachgeschickt haben sie's, das Schreiben!« rief er schon von weitem. »Von Köln nach Augsburg, dann nach Schöllang! Und a Marken is aufi, dös wär was für mei Bua!« Er gab den Brief Angela Bender, die über einem Blick auf die bunte, große Briefmarke erstarrte. Columbia stand auf der Marke. Sie zeigte einen Urwaldabschnitt mit einem schnellen Kanu auf einem Fluß. Kreuz und quer über die Adresse waren die Nachsendeanschriften geschrieben. Und der Absender wir Dr. Peter Perthes, Bogota, Kolumbien, Südamerika, Casa del Aquino.

»Es ist gut«, sagte sie schwach und steckte den Brief in die Schürzentasche.

Der Briefträger sah sie erstaunt an. »So a schöne Marken! Dös wär was für mei Bua, für mei Franzel«, wiederholte er zur deutlichen Einprägung. Angela Bender nickte zerstreut.

»Ich hebe sie Ihnen auf. Wenn Sie das nächstemal kommen, können Sie sie haben.«

Sie wandte sich ab und eilte ins Haus. Der Brief muß sie gar mächtig mitnehmen, dachte der Briefträger und ging kopfschüttelnd zu dem langgestreckten Wirtschaftsgebäude, um sich sein obligates Glas Milch und den Handkäse zu holen.

Den ganzen Abend saß Angela vor Peters Brief und wagte nicht, ihn zu öffnen. Ich habe endlich meine Ruhe gefunden, dachte sie, und jetzt soll dieses gehetzte Leben weitergehen? Dieses Warten? Vorwürfe, Gewissensbisse und Unschlüssigkeit . . . Nein! Ich habe mit der Vergangenheit gebrochen, um eine neue Zukunft zu erringen. Und es gibt in der Welt, die ich verließ, nichts mehr, was mich zurückholen könnte, auch ein Dr. Peter Perthes nicht. Und auch wenn er der Vater des Kindes ist, das im nächsten Jahr in diese Welt blinzeln und schreien wird — er hat kein Recht mehr, mir von neuem meinen inneren Frieden zu rauben.

Sie ergriff den Brief, löste unter einem dünnen Wasserstrahl aus der Wasserleitung, die durch eine Motorpumpe betrieben wurde, die bunte Briefmarke vom Umschlag und ging dann zum Ofen, der mit seinen großen, gemauerten Steinen eine ganze Ecke des Zimmers einnahm. Dicke Buchenscheite prasselten in den Flammen.

Ob er krank ist? durchzuckte es sie. Vielleicht schreibt er, daß er mit Fieber in Bogota liegt und bald zurückkommt? Vielleicht geht es ihm schlecht in der Fremde? Sie zögerte und sah den Brief wieder an. Soll ich ihn doch öffnen? Nur dieses einzige Mal?

Sie biß die Zähne aufeinander. Nein! Peters Worte kamen ihr in den Sinn, als sie am Anfang ihrer Bekanntschaft über die geplante Forschungsreise sprachen und Angela ihn bat, diesen Plan aufzugeben. »Es gibt im Leben nur zwei Worte für mich: Ja oder nein! Alle Kompromisse, alles Ausweichen ist nur Feigheit vor den Konsequenzen. Ein Mensch, der im rechten Augenblick mit Ja oder Nein antworten kann, wird immer der Bevorzugte sein.« Und sie hatte geantwortet: »Durch ein schroffes Ja oder Nein ist schon vieles zerbrochen worden. Nichts ist härter für eine Frau, als in ein logisches System gepreßt zu werden, das ein ganzes Leben beherrschen soll. Gerade Frauen gegenüber muß man ein wenig kompromißbereit sein.« Und Peter hatte lachend seinen Kopf geschüttelt. Er sah wie ein großer Junge aus, wenn er lachte, und er antwortete: »Beste Kollegin, ich kannte in Mexiko einen Rancher, der zu mir sagte: ›Wer ein Wildpferd bändigen will, muß einen festen Schenkeldruck haben. Wer aber eine Frau bändigen will, der muß zwei Hände, zwei Augen und fünf Prozent mehr Elektrizität im Gehirn als ein normaler Mensch haben!‹« Da hatte sie geschwiegen, bewußt die Grollende spielend. Schließlich hatte er, der große Theoretiker, nachgegeben und sie versöhnt, indem er mit ihr ein gemütliches Weinlokal besuchte.

Angela Bender trat an den Ofen und riß die Klappe auf. Die Glut schlug ihr entgegen. Prasselnd warf das Holz

Funken auf den Steinboden vor dem Herd. Ohne zu zögern warf sie den Brief ungeöffnet in die Flammen und schloß dann schnell die Klappe, als habe sie Angst, der Brief könne aus der Glut zurückspringen ...

Dann ging sie ruhig an den Tisch und suchte aus einem Korb Strickwolle und Nadeln hervor. Es sollte ein Jäckchen für den kommenden kleinen Erdenbürger werden. Ein Jäckchen mit Kapuze und einer Troddel daran. Die Stricknadeln klapperten leise, metallisch.

Habe ich wieder etwas falsch gemacht? dachte Angela. Ob Peter in Kolumbien wirklich in Gefahr ist?

In dieser Nacht fiel der erste Schnee. Das Tal wurde weiß und sah märchenhaft aus. Die Holzhäuser bekamen hohe weiße Hauben, in den Öfen krachten die Buchenscheite noch lauter; der Einkauf im Dorf mußte mit Schlitten oder auf Skiern unternommen werden. Gleich waren auch die ersten Wintersportler da, die den Neuschnee in den Allgäuer Alpen als erste genießen wollten. Ihre Bretter zogen tiefe Furchen durch die jungfräuliche Schneedekke. Wie Staub wirbelte es hinter ihnen her, wenn sie sich die Hänge hinabschwangen.

Angela saß, in einen dicken Wollschal vermummt, in diesen Tagen viel auf dem Balkon und genoß die reine, sonnendurchflutete Luft. Ihre blasse Gesichtsfarbe verlor sich, ein wenig Braun zeigte sich auf ihrer Haut. Ab und zu kam aus Köln ein Brief von Paul Sacher, der sich eingehend nach ihrem Wohlbefinden erkundigte und versprach, seinen Urlaub nach Weihnachten in den bayerischen Bergen am Nebelhorn zu verleben. Er erwähnte in seinen Briefen nichts von Peter Perthes, der ihm allerdings schon dreimal geschrieben hatte, zuletzt aus Zapuare, vor seinem Aufbruch in den Urwald. Dr. Sacher hielt auch das Versprechen, das er Angela gegeben hatte: Peter nichts von dem Kind zu schreiben. Es fiel ihm schwer genug, die Fragen seines Freundes nach Angela mit allgemeinen Phrasen zu beantworten.

Langsam rückte das Weihnachtsfest näher. Die Zeit schlich in Angelas Augen dahin, als würde sie auf dem Rücken einer Schnecke getragen. Der Unfall auf der Fürst-Pückler-Straße, der kleine Horst von Barthey, die Erste Hilfe in ihrer Kölner Praxis, die Tage danach in der Klinik, die Einladung im Hause von Barthey . . . Peters erster Kuß an jenem Abend, an dem sie fühlte, daß Liebe etwas Unaufhaltsames ist . . . Das alles lag schon zu weit zurück, als daß es stiller Stunden bedurft hätte, um sich daran zu erinnern. Diese plötzliche Erkenntnis erschreckte sie doch sehr. Hatte ihr Peter Perthes so wenig bedeutet, daß sie schon jetzt, nach wenigen Monaten, das Leben hinter sich wie einen Film betrachten konnte, zu dem sie kaum noch eine innere Verbindung hatte? Das konnte doch nicht möglich sein . . . Oder hatte sich ihr Herz durch den Willen, vergessen zu wollen, so verhärtet, daß dieses Vergessen nun Wirklichkeit geworden war? Sie stand etwas entsetzt vor diesen Erkenntnissen, vor der starken Wirkung ihres Willens.

Am ersten Advent fuhr sie mit ihrer Bauernfamilie in die Kirche nach Schöllang. Der Bauer selbst lenkte den Schlitten zwei Pferde mit lustigem Schellengeläute zogen den Schlitten in leichtern Trab durch das Illertal.

Der verharschte Schnee knirschte unter den breiten Stahlkufen. Trotz der strahlenden Sonne war es kalt. Sie zogen dicke Schafspelze an und nahmen flauschige Wolldecken mit.

Als sie vor der Kirche aus dem Schlitten stiegen, stutzte ein Herr in einem eleganten Gehpelz und trat neben das Kirchenportal, um besser sehen zu können. Dann schüttelte er den Kopf, folgte Angela Bender, dem Bauern, der Bäuerin und dem Großknecht in die Kirche und stellte sich hinten unter der Orgelbühne so lange in eine Ecke, bis die Messe zu Ende war. Dann eilte er als erster aus der Kirche und stellte sich neben den Pferdeschlitten.

Einen Augenblick lang erschrak Angela, als ein großer

Herr den Hut zog und sie fragte: »Ich bitte sehr um Verzeihung – aber sehe ich recht? Frau Dr. Bender?«

Sie schaute zu ihm empor, sah ein von Kälte gerötetes Gesicht mit einem kleinen, eisgrauen Spitzbart, einer großen Goldbrille, unter langen weißen Haaren eine hohe Stirn. Ein freudiger Schreck durchfuhr sie.

»Herr Professor Purr?« Sie streckte ihm beide Arme hin. »Sie – in Schöllang?«

»Ich muß zurückfragen: Sie?« Er schaute sie prüfend an.

Angela trat mit dem Professor zur Seite, während der Bauer mit seiner Familie zum nächsten Gasthaus fuhr, um dort zu warten und einen heißen Grog zu trinken.

»Wie lange haben wir uns nicht gesehen?« fragte Professor Purr. »Warten Sie einmal: Sie famulierten damals in Erlangen bei mir. Dann machten Sie Ihr Staatsexamen und Ihre Promotion mit einer Arbeit über die spinale Kinderlähmung. Wirklich eine ausgezeichnete Arbeit! Ich habe es damals sehr bedauert, daß Sie uns verließen und diese Assistenz in Köln annahmen.«

Dr. Bender zuckte mit den Schultern. »Was sollte ich tun, Herr Professor? Ich hatte mein Studium beendet, nun mußte ich Geld verdienen. Die Sorge aller jungen Ärzte! Bei Ihnen konnte ich nicht bleiben, die Universitätsklinik zahlte zu schlecht . . .«

»Sie waren eine meiner liebsten Schülerinnen«, unterbrach er sie wohlwollend. Er blickte an ihr herunter und bemerkte trotz des Pelzes ihren Zustand. »Ist Ihr Gatte ein Kollege?« fragte er.

»Nein.« Angela sah ihm frei in die Augen. »Ich bin nicht verheiratet.«

»Oh, Verzeihung!« Professor Purr biß sich auf die Lippen. »Hm – sind Sie zur Erholung hier?« Er wartete ihre Antwort gar nicht ab, sondern plauderte weiter: »Ich habe mir mal eine Woche Pause gegönnt. Auch ein Ordinarius für Medizin muß mal ausspannen. Ich fahre nächsten Freitag nach Erlangen zurück. Kann ich irgend etwas für Sie tun?«

Angela Bender schüttelte den Kopf. »Sehr nett von Ihnen, Herr Professor. Ich habe alles, was ich brauche.«

»Wirklich alles?« Er sah sie groß an.

»Ja, Herr Professor.«

»Dann ist es gut.« Er wechselte das Thema. »Praktizieren Sie noch in Köln?«

»Jetzt nicht mehr. Ich werde ein Jahr aussetzen müssen.«

»Und dann?«

»Das weiß ich noch nicht. Wenn man mich wieder zuläßt ...« Sie hob die Arme. »Irgendwo wird sich schon eine Praxis finden. Oder eine Kinderklinik.«

Professor Dr. Purr wischte mit der Rechten durch die Luft. »Nichts da! Jetzt habe ich Sie! Sie wissen also nicht, was wird. – Wenn Sie wieder anfangen wollen, kommen Sie zu mir. Ich werde Ihnen in Erlangen eine Praxis besorgen und dazu ein paar Betten in der Universitätsklinik. Und um manches zu vergessen –«, er stockte, »ich darf doch als väterlicher Freund so zu Ihnen sprechen? – werden wir beide uns auf die spinale Kinderlähmung stürzen und unseren alten Feind aufs neue bekämpfen. Wir haben da übrigens schon einige neue Wege entdeckt, aufbauend auf Radioaktivität und Atomenergie.« Er reichte Angela die Hand. »Dr. Bender, versprechen Sie mir in die Hand: Sie werden zu mir nach Erlangen kommen!«

Einen Augenblick lang zögerte Angela, dann schlug sie ein und drückte herzlich die Hand ihres alten Lehrers. »Ich werde kommen«, sagte sie leise. »Nur wann – das weiß ich noch nicht. Es könnte länger dauern, als Sie hoffen.«

»Einmal werden Sie aber auf jeden Fall kommen. Und das ist für mich ein Zeichen, daß Ihre Seele gesund geworden – oder geblieben ist!«

Professor Purr begleitete Angela bis zu dem Wirtshaus,

wo der Schlitten wartete. Die Pferde dampften in der kühlen Luft und fuhren mit schnaubenden Nüstern in den Pulverschnee, der auf einer Treppenbrüstung lag. Beim Abschied versprach Dr. Purr, Angela vor seiner Abreise auf der Alp zu besuchen, am Freitag. Dann sah sie ihn, hinter einer Gardine am Fenster des Gasthofes stehend, zu seinem Auto gehen, das auf dem Marktplatz stand.

Nach Erlangen, dachte sie froh. An die Klinik von Professor Dr. Purr. Das war eine Ehre für eine so junge Ärztin, eine große Auszeichnung! Wo internationale Größen der Medizin die Klinik mit ihren fortschrittlichsten Einrichtungen besuchten, durfte sie arbeiten, unter den Augen eines der besten Kinderärzte Europas. Sie fühlte ihr Herz schlagen. O Peter, dachte sie, wenn du das jetzt hören könntest. Und sie erschrak wieder, weil sie doch immer wieder an Peter Perthes denken mußte . . .

In der Kölner Lindenburg saßen Professor Window und Dr. Sacher über einem Brief, der amtlicherseits aus Villavicencio gekommen war. In nüchternen, knappen Worten wurde mitgeteilt, daß dem Bezirksamt Meta, der Provinz, zu der Zapuare gehörte, von dort gemeldet worden sei, daß die Expedition des Dr. Perthes aus Köln in das Quellgebiet des Cuno Nacuri seit vier Wochen überfällig wäre. Mit Dr. Perthes würden vermißt: Dr. Fernando Cartogeno aus Bogota, ein indianischer Dolmetscher und fünf eingeborene Lastenträger mit insgesamt drei Booten.

Da Dr. Perthes das Bezirksamt im Falle eines Unglücks gebeten habe, dieser Adresse in Köln Nachricht zu geben, frage das Amt jetzt an, was mit den zurückgebliebenen Kisten und Geräten unternommen werden solle. Dann folgte noch eine Schilderung des Anfangs der Expedition, aus der zu entnehmen war, daß Dr. Perthes und seine Männer drei Wochen lang in San Juan geblieben waren, nachdem vorher ein Träger durch einen Giftpfeil aus dem Hinterhalt getötet worden war. Wie die Bewohner von San Juan aussagten, habe viele Wochen hindurch des Abends ein Konzert von Baumtrommeln stattgefunden, das unter den kultivierteren Indianern eine Art Panik auslöste. Es sei jedoch nicht zu erfahren gewesen, was dieses Trommeln, das weit im Umkreis aus dem Urwald zu hören war, bedeute. Die Indios schwiegen verstockt, sie schienen Angst zu haben. Nach drei Wochen sei dann die Expedition Dr. Perthes' trotz zahlreicher Warnungen aufgebrochen und den Rio Guaviare hinabgefahren bis Sitio, wo die Boote alsdann in den Rio Inirida einbogen. Bei Cardonocoa habe man zum letztenmal gesehen, wie die drei Boote in schneller Fahrt gegen den Strom gerudert wurden, mitten im Fluß, an der Spitze Dr. Perthes in seinem weißen Tropenanzug. Von da an fehle jede Spur. Eine Suchaktion von Sitio aus den Rio Inirida hinauf sei ohne Erfolg verlaufen und abgebrochen worden.

Dr. Paul Sacher stand von seinem Stuhl auf und lief wortlos im Zimmer hin und her. Seine Hände auf dem Rücken waren ineinander verkrampft.

Professor Window nickte schwer und lehnte sich zurück. »Ich habe ihn oft genug gewarnt, Paul. Er wollte nicht auf uns hören. Angela Bender hat ihn angefleht, aber er setzte sich über sie und seine Liebe hinweg. Wie eine Verblendung war es doch über ihn gekommen, wie ein Rausch, ein Wahn! Jetzt ist das eingetroffen, was wir immer befürchteten: Der Urwald hat ihn behalten.«

»Du denkst immer das Schlimmste.« Dr. Sacher wollte es noch nicht wahrhaben, was er selbst fürchtete. »Er kann einen anderen Weg genommen haben. Wenn du dir die Karte ansiehst: Es gibt vom Rio Inirida siebenundzwanzig größere Nebenflüsse und drei Seen! Es ist wie ein Netz, das den Urwald durchzieht. Vielleicht hat es sich Peter anders überlegt, er ist weitergefahren, oder er durchforscht einen anderen Seitenarm des Flusses!«

Professor Window winkte müde ab. »Du kennst doch unseren Peter! Er hat seinen Plan, und den führt er durch mit einer Hartnäckigkeit, die an Sturheit grenzt. Wenn er angegeben hat: Cuno Nacuri, dann ist er auch dorthin gefahren. Findet man ihn dort nicht, dann ist etwas geschehen! Und das ist hier der Fall!«

Er erhob sich gleichfalls und steckte den Brief in den Umschlag zurück. »Das einzige, was wir im Augenblick tun können, ist, mit Herrn von Barthey Verbindung aufzunehmen, denn ihm gehören schließlich die Ausrüstungsgegenstände. Dann müßten wir die kolumbianische Regierung ersuchen, die Expedition durch das Militär suchen zu lassen.«

»Ich werde selbst hinüberfliegen«, verkündete Dr. Sacher laut.

»Verrückt!« Professor Window winkte ab. »Was Peter nicht gelang, ist für dich undurchführbar! Man müßte Peter in einem Waldgebiet suchen, das größer ist als das gesamte Nordrhein-Westfalen! Wälder, die nie eines Menschen Fuß betreten hat!« Er wischte sich resignierend über die Augen. »So weh mir das tut – ich habe keine Hoffnung mehr.«

Paul Sacher rannte wie ein gefangenes Tier im Zimmer herum und rauchte in hastigen Zügen. »Da sitzen wir, Tausende von Kilometern weit weg, und drüben, in der Hölle der Tropen, verreckt unser bester Freund.« Er hieb auf den Tisch. »Professor, das ist doch eine glatte Schweinerei!«

»Er hat das Schicksal herausgefordert, Paul. Er wußte, was ihn erwartete . . .«

»Er wollte der Menschheit helfen, das ist alles. Er opferte sich.« Dr. Sacher lehnte sich gegen das Fenster und wurde ruhiger. »Ich schäme mich, daß ich hier im weichen Sessel sitzen kann, zweimal am Tag Visite mache mit einem Rattenschwanz von Assistenten und Schwestern, während Peter irgendwo in den Urwaldsümpfen liegt und elendiglich an Pfeilgift zugrunde geht. Er ist ein Held – wir sind armselige Handwerker unseres Berufes – ohne Ehrgeiz – ohne Mut!«

Der Professor schwieg. Er teilte die Meinung Dr. Sachers nicht, aber er fühlte wie er, daß ihn die Erschütterung über den Inhalt dieses Briefes sichtlich ergriff. Er dachte auch an Angela Bender, die in den bayerischen Bergen ihrer schweren Stunde entgegensah und vielleicht in tiefster Seele noch insgeheim hoffte, daß Peter zu ihr und seinem Kind zurückkehrte ...

»Ich werde zu Herrn von Barthey gehen«, sagte er leise. »Schick ein Kabel nach Bogota, man soll versuchen, ein Suchflugzeug von Zapuare aus loszuschicken, falls man das noch nicht getan hat.« Er stockte. »Willst du Angela benachrichtigen?«

Paul Sacher schüttelte schwach den Kopf. »Nein, sie darf es jetzt noch nicht erfahren. Es könnte ihr sehr schaden. Wenn alles vorbei ist ... nächstes Jahr ... dann will ich es ihr sagen.« Er ging vom Fenster weg und ballte die Fäuste. »Ist es nicht eine Schande, wie schnell man einen Menschen auslöschen kann?« fragte er bitter. »Da ist doch ein Fehler in der göttlichen Vorsehung, nicht?«

Am nächsten Tag gingen viele Telegramme und Telefonate zwischen Bogota und Köln hin und her. Wolf von Barthey, den die Hiobsbotschaft beinahe aus der Fassung brachte, telegrafierte mit der halben Welt, um Kräfte, die Peter Perthes noch helfen könnten, zu mobilisieren.

Er erreichte, daß von der kolumbianischen Regierung aus Truppen in Motorbooten die Flüsse und Seen absuchten, drei Hubschrauber flogen, dicht über den Baumwipfeln schwebend, die riesigen Urwaldgebiete nach Rauchzeichen oder Bootstrümmern ab, von Zapuare und Pajarito aus drangen Hilfsexpeditionen mit Raupenschleppern, Räumschleppern und Flammenwerferpanzern in den Urwald ein, eine breite Schneise in die grüne Hölle fressend.

Die zurückgebliebenen Boote und die Ausrüstung in Zapuare wurden vorläufig von der Regierung beschlagnahmt, das gesamte bisher gesammelte wissenschaftliche

Material von zwei Tropenärzten aus Bogota untersucht und zusammengestellt. Es ergab sich, daß Dr. Perthes einem neuen Gift auf der Spur war, das er bereits in winzigen Kristallen vorliegen hatte und das bei Ratten und Meerschweinchen, demnach auch beim Menschen, schon in den kleinsten Mengen von 0,008g sofort tödlich wirkte.

Nach vier Tagen gab als erste die Hubschraubergruppe die Suchaktion auf. Sie hatte das in Frage kommende Urwaldgebiet systematisch nach Planquadraten abgesucht, ohne auch nur auf die geringste Spur zu stoßen. Zum Teil waren die Urwaldflüsse so verfilzt oder so stark mit Bäumen überhangen, daß eine einwandfreie Sicht gar nicht möglich war. Auch die Motorboote der Regierungstruppen kehrten nach einer Woche mit dem Ergebnis zurück, daß es oberhalb des Cuno Ato unmöglich wurde, den Fluß zu befahren, weil Sandbänke, Stromschnellen, Untiefen und Riffe es unmöglich machten.

Die motorisierte Kolonne wurde daraufhin zurückgerufen, es war sinnlos, einen Urwald von mehreren hundert Quadratkilometern umzupflügen, man würde Jahre dazu brauchen . . .

Zum erstenmal tauchte nun der Name Dr. Perthes in der Weltpresse auf. »Life« brachte einen Bildbericht, die großen Zeitungen in den Hauptstädten der Welt widmeten der Expedition auf der zweiten Seite einen Drei- oder gar Vierspalter. Erzählungen über Urwalder schlossen sich in den nächsten Tagen an, Berichte über andere Expeditionen, geschichtliche Betrachtungen, wirtschaftliche Rückblicke, Essays über das Leben großer Forscher. Man hatte für eine Woche genügend Stoff, die Zeitungsseiten interessant zu füllen. Der Urwald war für kurze Zeit »in«.

Dann wurde es still um ihn. Ein anderes Ereignis füllte das Denken der Welt aus. In der UNO sagte Gromyko sein 35. Veto; ein Flugzeug stürzte über dem Atlantik ab, und die Toten konnten nicht geborgen werden . . .

Dr. Peter Perthes wurde vergessen. Nach einem Monat

war sein Name selbst den Redakteuren unbekannt. Die Menschen hatten andere Sorgen . . .

Professor Dr. Window, Dr. Paul Sacher und Wolf von Barthey vergaßen Dr. Perthes nicht. Sie glaubten nicht an seinen Tod und hofften im stillen, daß er in einem Winkel des Urwaldes gefunden werden würde. Aber er blieb verschollen. »Life« hatte eintausend Dollar demjenigen geboten, der ihn finden würde. Und auch die tausend Dollar wurden vergessen. Das Schweigen der grünen Hölle deckte sich über Dr. Perthes und seine mutige Expedition.

8

Die Urwälder von Azaneni hat noch kein Weißer betreten. Die Gebiete, die rechts und links vom Cuno Nacuri, dem Rio Padavida und dem Rio Chamusiqueni liegen, gehören zu den wenigen Landstrichen dieser Erde, die auf allen Karten noch weiß sind. Unbewohnt, unerforscht, nur aus der Luft gesehen . . . Ein riesiges Land mit undurchdringbaren Wäldern, Lianenhecken, giftigen Blumen, Sümpfen und mit Tieren, die noch in keinem Buch beschrieben wurden.

Nur die Indios, Stämme unter der Oberherrschaft der Taràpas, Urmenschen im Aussehen, in der Entwicklung des Geistes und der Kultur weit zurück, durchstreiften auf geheimnisvollen Pfaden diese Fieberhölle. Sie waren die unumstrittenen Herren von Ländern, deren Bodenreichtum sagenhaft sein soll. Die Höhenzüge Raudal Alto, in denen der Cuno Nacuri entspringt, sehen wie ein moosiger Rücken inmitten eines wogenden grünen Teppichs aus, wenn man sie überfliegt.

An einer Biegung, geschützt durch überhängende Felsen, lagen im Cuno Nacuri drei Boote, eng an das steinige

Ufer gepreßt. Dr. Cartogeno, noch braungebrannter als zuvor, mit einem struppigen Spitzbart unter den schmalen Lippen, lag am Bug des kleinen Rindenkanus und hielt das Gewehr im Anschlag. Er visierte das etwa fünfzig Meter entfernte andere Ufer an, wo der Wald bis in das Flußwasser reichte und Hecken, die im Wasser wuchsen, den Beginn des eigentlichen Erdufers verdeckten.

Dr. Perthes lag am Heck des Bootes und gab leise Anweisungen an die Träger, die ebenfalls in den großen Booten auf dem Boden lagen und Schutz hinter Kisten gesucht hatten. Der indianische Dolmetscher war der einzige, der aufrecht stand. Zitternd schwenkte er ein weißes Tuch und rief in einer merkwürdig guttural klingenden Sprache immer wiederkehrende Worte zu dem anderen Flußufer hinüber.

Auf der anderen Flußseite aber war keine Bewegung zu sehen, jedoch Dr. Cartogeno wußte, daß dort in den Dikkichten die Krieger der Taràpas saßen und jede Bewegung in den Booten beobachteten. Vor einer Viertelstunde war die Expedition an dieser Stelle angelangt, und hier war es, daß ein roter Pfeil Peter Perthes nur um Millimeter verfehlte und in die Bootswand eindrang.

»Sapolàna!« schrie der Dolmetscher und warf sich zu Boden, das Ruder fallen lassend. Auch Perthes und Cartogeno suchten Deckung hinter zwei kleinen Kisten, doch da dem Pfeil kein zweiter folgte, ließen sie das Boot gegen den überhängenden Felsen treiben und dirigierten die beiden Packboote gleichfalls dorthin.

So bildeten sie, im Rücken gegen einen Überfall geschützt, eine kleine Festung, die nur vom Ufer oder von der Wasserseite aus anzugreifen war, von den Verteidigern aber gut übersehen werden konnte. Dr. Perthes kroch über den Boden des Bootes zu Dr. Cartogeno hin und legte sich neben ihn. Auch er trug jetzt einen dichten, blonden Bart und war von der Sonne verbrannt. Sein weißer Tropenanzug war gelb geworden, fleckig und an einigen Stellen zerrissen. Er trug kein Hemd, sondern nur die Jacke über der bloßen Brust.

»Sehen Sie etwas?« fragte der Deutsche den kolumbianischen Arzt. »Mir scheint, der Pfeil sollte nur eine Warnung sein, darum traf er auch nicht.«

»Möglich!« Dr. Cartogeno zerkaute einen Fluch. »Verlassen Sie sich darauf: Die nächsten Giftstachel sitzen besser!«

»Sie denken an einen regelrechten Überfall?«

»Das ganze Ufer sitzt voller Indios. Weil man nichts hört und sieht, ist es doppelt gefährlich. Es würde mich nicht wundern, wenn sie gleich kämen. Bricht erst die Dunkelheit herein, so sind wir sicher. Die Angst der Indios vor ihren Nachtgeistern verhindert, daß sie bei Dunkelheit angreifen. Das ist wenigstens ein schwacher Trost.«

»Dann werden wir in der Nacht ablegen und weiter rudern.« Peter Perthes schaute durch einen Feldstecher und suchte das Ufer ab. »Ich sehe keinen Zweig, der sich bewegt.«

»Verlassen Sie sich darauf, sie sind da!« Dr. Cartogeno hüstelte. »Wir hätten in San Juan bleiben sollen oder umkehren! Unser Dolmetscher hatte recht, die Trommeln sind der Sammelruf für die umliegend hausenden Stämme. Jetzt ist der ganze Urwald in Aufruhr; jetzt stecken wir mitten drin!« Er blickte Peter Perthes an. »Können Sie schwimmen?«

»Ja.«

»Sind Sie schon einmal in einen Strudel gekommen?«

»Nein!«

»Dann seien Sie froh! So ein Strudel ist jetzt um uns herum. Da gibt es kein Zurück mehr. Hören Sie?«

Der dumpfe Ton einer Baumtrommel erklang ganz nah. Sie klang so nah, daß Dr. Cartogeno vermutete, daß sie hinter den Uferbäumen stehen mußte. Sie klang rhythmisch, beängstigend, beklemmend mit ihrem hohlen Ton.

Dr. Perthes hob sein Gewehr auf den Bootsrand. »Wir werden bis zur letzten Patrone schießen«, sagte er hart. In seinen Augen brannte wilde Entschlossenheit.

Jetzt lachte Dr. Cartogeno leise. »Die deutschen Heldennatur«, sagte er sarkastisch. »Gebt Raum, ihr Völker, unserm Schritt, wir sind die letzten Goten . . . Lieber Herr Kollege, wir verrecken hier ohne Eichenlaub um die Stirn.«

Peter Perthes stieß ihn kräftig in die Rippen. »Daß Sie faule Witze machen können«, sagte er lachend, »das wissen wir!« Er wischte sich den Schweiß vom Gesicht, der in kleinen Bächen hinunter bis in den Bart lief. »Am scheußlichsten ist das Warten«, fuhr er fort, »wenn sie jetzt kämen, könnte man sich wehren! Aber dieses Warten zermürbt.«

Dann lagen sie wieder stumm nebeneinander im Boot. Der Dolmetscher schwieg auch. Er hatte sich gleichfalls hinter eine Kiste fallen lassen und machte seine Pistole feuerbereit. Auch er schien jetzt zu wissen, daß es keine Verhandlungen geben würde. Ein Kampf um das nackte Leben stand ihnen bevor.

Sie lagen über eine Stunde. Die Sonne brannte auf den Fluß und die Boote. Träge Alligatoren tauchten auf, und pfeilschnelle Pyranhas zischten durchs Wasser. Ein Rochen, seinen gefährlichen Stachelschwanz nachziehend, schwamm mit listigen Augen vorüber.

Plötzlich regten sich einige Zweige am Ufer. Dr. Cartogeno schob das Gewehr nach vorn und visierte die Stelle an. Auch Peter Perthes hielt sein Gewehr schußbereit.

»Schießen Sie erst, wenn Sie einen Wilden sehen«, sagte er leise. »Jede Patrone ist wertvoll. Jeder Schuß muß ein Treffer sein.« Er blickte sich um, wo die Munitionskisten lagen. »Wieviel Schuß haben wir eigentlich mit?«

»Zweitausend!« Dr. Cartogeno lachte. »Wenn jeder sitzt, gibt es keine Taràpas mehr . . .«

Die Bewegung in den Zweigen nahm zu. Dann schoß

plötzlich, als sei es von einer Sehne geschnellt worden, ein schmales Ein-Mann-Kanu unter den überhängenden Büschen hervor.

Ein Indio stand aufrecht in dem Boot. Dr. Cartogeno riß das Gewehr an die Wange, aber Dr. Perthes hieb auf den Lauf, und der Schuß peitschte ins Wasser.

»Sind Sie verrückt geworden?« schrie Cartogeno und lud mit fliegenden Händen durch. Die Haare hingen ihm ins Gesicht, etwas wie ein Rausch irrte in seinen Augen.

»Der Indio ist doch ohne Waffen!« rief Perthes. »Er winkt uns zu! Mann, lassen Sie diesen Unsinn! Wir schießen doch nicht auf Wehrlose!« Er riß dem Kolumbianer das Gewehr aus den Händen und warf es hinter sich ins Boot.

Der Indianer stand in seinem kleinen Kanu und winkte mit beiden Armen. Sein nackter brauner Körper glänzte in der Sonne, als sei er mit Fett eingerieben.

»Mein Gewehr her!« tobte Dr. Cartogeno. »So ein dreckiger Indio ...« Er wollte die Flinte aufheben, aber Perthes hinderte ihn daran.

»Nehmen Sie doch Vernunft an!« schrie er. »Wenn Sie schießen, werfe ich Sie in den Fluß.«

Diese Drohung wirkte augenblicklich. Dr. Cartogeno blickte auf die Alligatoren und die Pyranhas und trat zurück. Seine Züge waren verzerrt. Sie wirkten doppelt abstoßend durch den wilden Bart, der das Gesicht umrahmte.

Der Wilde in dem Kanu rief einige Worte über den Fluß. Sie klangen wie der Schrei eines Vogels. Der Dolmetscher stand auf und antwortete in dem gleichen Tonfall. Dann wandte er sich an die Ärzte.

»Sapolàna kommt in Frieden«, sagte er. »Er will die Männer sprechen.«

»Glauben Sie kein Wort!« brüllte Dr. Cartogeno. »Erst erschießen sie uns einen Träger, dann zielen sie auf Sie, und wo die Kerle jetzt sehen, daß wir unangreifbar sind, wollen sie uns überlisten! Dr. Perthes, Sie kennen die Wilden nicht. Die Kerle stecken voller Hinterlist! Brennen Sie ihm eins auf das braune Fell!«

Peter Perthes sah sich nach dem Dolmetscher um. »Sag dem Indio, er soll seinem Häuptling bestellen: Erst wenn Sapolàna selbst mir gegenübersteht, will ich mit ihm sprechen!«

Wieder flogen die gutturalen Laute vom Boot zum Kanu und zurück. Dann bückte sich der Wilde in dem Kanu, nahm ein Paddel aus Rohrgeflecht vom Boden des Kanus und verschwand mit verblüffender Eile unter den überhängenden Büschen.

Dr. Cartogeno schimpfte, daß es über den Fluß hallte. »Ich fahre nie wieder mit Ihnen!« schrie er. »Anstatt den Halbaffen zu zeigen, was eine gute Büchse ist, macht man Konversation wie mit gebildeten Leuten! Dr. Perthes – Sie sind ein Idiot!«

»Mag sein.« Peter setzte sich auf eine Kiste und brannte sich eine Zigarette an. Merkwürdigerweise hatte sich seine Angst vor einem Überfall völlig verloren. Er saß, eine lebendige Zielscheibe, mitten im Boot. Dr. Cartogeno stand mißmutig hinter ihm und hatte sein Gewehr wieder in der Hand. Er traute dem Frieden nicht. Die Köpfe der Träger lugten über den Bootsrändern hervor, aber die Eingeborenen wagten es immer noch nicht, sich aufzurichten. Wieder verging eine Stunde. Die Sonne brannte unbarmherzig.

»Wir backen hier zu Brezeln, ehe Ihr Sapolàna kommt«, brummte Dr. Cartogeno. »An alles haben wir bei der Ausrüstung gedacht, nur nicht an einen Außenbordmotor. Solch ein knatterndes Ding am Heck und heidi – wären wir den Indios auf und davon!« Er brannte sich das fünfte Zigarillo an diesem Tag an. »Ich möchte wissen, was dieser Häuptling will, außer uns den Hals abzuschneiden? Glauben Sie, er lädt uns zu einer Partie Schach ein?«

»Ihren Sarkasmus können Sie endlich für sich behalten«, meinte Dr. Perthes. Er war dabei, den Giftpfeil, der noch in der Bootswand stak, mit einer Zange aus dem Holz zu lösen und in einen sterilen, länglichen Aluminiumkasten zu legen. Vorher betrachtete er die Knochenspitze durch ein Vergrößerungsglas und schüttelte den Kopf. »Man sieht nichts«, sagte er dann enttäuscht. »Ich habe geglaubt, daß das Gift eine Färbung besitzt, aber es ist farblos und dem bloßen Auge unsichtbar.«

Vorsichtig faßte er den Pfeil mit einem Lappen an und beugte sich über den Bootsrand zum Wasser hinab. Ein träger, dicker Fisch, der neugierig um die Boote schwamm, sah ihn mit glotzenden Augen an. Blitzschnell stach Perthes mit dem Pfeil ins Wasser und ritzte dem flüchtenden Fisch die Haut mit der Pfeilspitze. Mit größtem Staunen beobachtete nun Dr. Perthes, wie der Fisch sich aufbäumte und in wenigen Sekunden mit der Bauchseite nach oben aus dem Wasser ragte.

»Tot«, meinte Dr. Cartogeno sachlich. »Das Gift muß wirklich außerordentlich gefährlich sein.«

»Ich nehme an, daß man mit einem halben Pfund dieses Giftes in der Lage ist, zehn Millionen Menschen umzubringen.« Dr. Perthes sah mit leisem Grauen in seinen Augen auf die Knochenspitze des Pfeils. »So primitiv diese Menschen sind – im Töten stehen anscheinend alle Menschen auf einer hohen Stufe.«

Der Klang der Baumtrommel ließ sie wieder zusammenschrecken. Dieses Mal war es nicht eine, dieses Mal waren es viele. Die Indios schienen am Ufer des Flusses hinauf und hinunter zu stehen, denn von allen Seiten klang jetzt der dumpfe, unheilvolle Ton auf. In den Zweigen der Bäume am Flußufer raschelte es. Vögel, Tukane, vor allem Kolibris, flatterten aufgeregt über den Strom. Dr. Cartogeno fluchte wieder.

Nun schoß unter den hängenden Zweigen abermals ein Kanu hervor. Dieses Mal stand ein anderer Krieger darin. Sein Gesicht war mit hellen Farbtönen ringförmig bemalt, in den Ohrläppchen, die durchstoßen waren, trug er als

Schmuck weiße Stäbchen; Troddeln aus Baumwolle und bunte Tukanfedern zierten die große, schlanke Gestalt. Noch schreckhafter wurde sein Anblick durch rote Punkte, die er sich auf die Brust gemalt hatte. Mit starken Armen ruderte der Krieger das Boot über den Strom und legte zum Beweis seiner Friedfertigkeit ein großes, fast drei Meter langes Bambusrohr vor sich in das Kanu. Peter Perthes erkannte mit Staunen, daß dieses Blasrohr ein kunstvolles Mundstück aus dem Röhrenknochen des Weißbart-Pekari besaß und ein Visier aus gehärtetem Harz.

Der Dolmetscher sprach den Krieger an, der wartend vor den drei Booten der Ärzte hielt. Die Kehlkopflaute schwirrten von neuem hin und her. Der Dolmetscher nickte.

»Herr«, sagte er zu Peter, »dort steht Umari, der zweite Häuptling der Taràpas. Er sendet dir einen Gruß von Sapolàra, dem großen Zauberer. Er bittet dich, zum Lager der Taràpas mitzukommen. Der große Häuptling Sapolàna ist sehr krank.«

»Fauler Zauber!« rief Dr. Cartogeno. »Sagen Sie dem Indio, ihr sauberer Häuptling kann verrecken!«

Umari verstand nicht die Worte, aber er achtete auf den Tonfall und sah Peter Perthes mit großen schwarzen Augen an, in denen eine Frage stand. Seine straff geschnittenen Haare waren durch ein geflochtenes Band und eine Muschelkette verziert. Plötzlich bückte er sich und reichte mit beiden Händen einige flache Holzschüsseln in das Boot der Ärzte hinüber. In den Schüsseln lagen ein gerupftes Huhn, ein unbekannter schillernder Fisch, Mais, Maniok (ein Mehl aus einer Wurzelknolle), Erdnüsse, Süßkartoffeln und weiße, zarte Yamswurzeln. Schließlich gab er eine Holzflasche mit scharfem, unbekanntem Schnaps hinüber. Dr. Cartogeno riß den Mund auf und kratzte sich am Kopf.

»Sie bieten Ihnen Essen an«, sagte er. »Bei allen Kolibris, sie meinen es ernst mit der Freundschaft! Nie hat ein

Indianer den Gast getötet, dem er einmal sein Essen anbot! Auch Sapolàna nicht.«

Umari stand vor Peter Perthes und sah ihn groß an. Mit freundlichem Nicken griff der Deutsche zu, nahm gleich eine der Yamswurzeln und biß hinein. Sie schmeckte wie eine Kartoffel, nur mehliger und zäher. Dann nahm er auch einen kleinen Schluck von dem scharfen Schnaps.

In Umaris Augen stand jetzt die Freude. Er redete, mit beiden Armen durch die Luft fahrend, über den Dolmetscher auf Dr. Perthes ein, der jetzt sah, daß Umari um den Leib einen schmalen Gürtel aus geflochtenem Menschenhaar trug. An diesem Gürtel hingen drei Schrumpfköpfe, faustgroß, braunrot, mit platten Nasen und wulstigen Lippen, und schaukelten hin und her. Als Umari jetzt lachte, sah man, daß er jeden zweiten Zahn gewaltsam herausgebrochen haben mußte. Die Lücken entstellten sein Gesicht sehr. Peter Perthes besann sich, einmal gelesen zu haben, daß sich die Indianer am Amazonas diese Zahnlücken beibringen, weil sie glauben, damit die Dämonen, die zentralen Figuren ihrer Religion, verscheuchen zu können.

Der Dolmetscher nickte. »Herr«, sagte er übersetzend, »Sapolàna ist vergiftet. Seit drei Monaten stehen die Taràpas im Kampf gegen die Jivaros am oberen Maranon. Bei einem Kriegszug gegen die Unterstämme Aguaruna, Makas, Atschual und Uambisa traf ihn ein Blasrohrpfeil in den Oberschenkel. Jetzt liegt er in seiner Hütte, und Sapolàra, der Medizinmann, weiß keinen Rat. Die Götter schweigen, und auch Nungüi, die Erdmutter, hat sich abgewendet. Es regieren nur die Dämonen. Sapolàna ruft Euch, ihm zu helfen!«

Dr. Cartogeno murmelte etwas in seinen Bart. Auch Perthes sah Umari kritisch an. »Wo liegt Sapolàna denn?« fragte er vorsichtig.

»In den Wäldern von Amorua.« Dr. Cartogeno suchte auf der Karte und blickte erstaunt auf.

»Das sind vier Tagereisen«, meinte er zweifelnd. »Wenn

Sapolàna wirklich von einem Giftpfeil getroffen wurde, ist er längst bei seinen Dämonen, ehe wir kommen.«

Umari schien den Sinn dieser Worte verstanden zu haben. Er sprach wieder mit dem Dolmetscher, und dieser wandte sich dann an Peter Perthes.

»Der Große Häuptling ist seit Wochen krank. Er ist mit seinem dicken Fuß drei Wochen lang vom Maranon bis nach Amorua gezogen. Seine Krieger sind seit einer Woche schon unterwegs, um Euch zu suchen. Der Große Häuptling hat erfahren, daß Ihr ein großer Medizinmann seid.«

Dr. Perthes zögerte noch. Auch Dr. Cartogeno war der Ansicht, daß man der Menschheit einen größeren Gefallen erweise, Sapolàna an seinem Giftpfeil sterben zu lassen, als ihn zu retten und damit die Möglichkeit zu geben, weiterhin das gesamte Urwaldgebiet zu tyrannisieren.

Peter Perthes faltete die Karte zusammen, auf der er den Weg nach Amorua überprüft hatte. »Dr. Cartogeno«, sagte er schließlich, »wir sind Ärzte. Es ist unsere Pflicht, einem Kranken, der uns ruft, zu helfen – ohne zu fragen, wer er ist! Ein Mensch in Not gilt hier nur, und es ist unsere verdammte Pflicht und Schuldigkeit, sie zu lindern. Dabei darf es keine Rolle spielen, ob der Kranke in einem Daunenbett auf der fünften Avenue oder auf einem Palmblätterlager unter einem Lianendach liegt.«

Und zu dem Dolmetscher gewandt, sagte er: »Ich lasse Sapolàna grüßen. Sage Umari, daß wir sofort zu ihm fahren.«

Kaum hatte der Dolmetscher diese Antwort übersetzt, als Umari einen lauten, schrillen Schrei ausstieß, der vom Ufer erwidert wurde.

Aus der grünen Blätterwand brachen plötzlich über hundert Taràpas und schwenkten, sich wie Affen an Lianen und Wurzelgestrüpp festklammernd, ihre Speere, Blasrohre und die mit Tukanfedern verzierten Pfeilköcher. Von allen Seiten dröhnten erneut die Baumtrommeln, und es schien, als wandere ihr Klang weiter, durch die Wälder, über die Flüsse . . . mit Windeseile über Gebiete von der Größe Deutschlands.

»Sie geben die Nachricht weiter«, erklärte Dr. Cartogeno. »In wenigen Stunden weiß Sapolàna, daß wir kommen.«

Über den Fluß kamen einige Kriegskanus gerudert. Mit sechs bis zehn Kriegern bemannt, glitten sie schnell über das Wasser und legten bei den drei Ärzte-Booten an. Mit freundlichem Winken sprangen die kräftigen nackten Männer hinüber, verbanden die drei Boote mit den ihren und stießen, ehe Dr. Perthes und Dr. Cartogeno wußten, wie ihnen geschah von dem Felsen ab. Schnell waren sie mitten im Fluß, Umari in seinem Ein-Mann-Kanu bildete die Spitze, dann folgte ein Kriegsboot, ihm die aneinandergekoppelten Ärzte-Kanus, gezogen von zwei großen Taràpas-Booten. Den Schluß bildeten einige Boote, in denen die Krieger hockten. Mit Flechtpaddeln erhöhten sie die Geschwindigkeit flußabwärts.

Dr. Cartogeno stand am Bug des Ärztebootes und schaute auf die leichten Wellen des Cuno Nacuri. »Schöne Schweinerei«, schimpfte er. »Eingekreist, zusammengebunden, wehrlos! Die Burschen können jetzt mit uns machen, was sie wollen. Nur gut, daß sie wieder in den Rio Inirida hineinmüssen. Dort werden wir auf Orchideenjäger treffen.«

Aber des Doktors Rechnung ging nicht auf. Kurz vor der Mündung des Cuno Nacuri zweigten die Boote in einen kleinen Nebenfluß ab und fuhren in den dunklen Dschungel von Azaneni hinein. Dort legten sie an einer kleinen Ausbuchtung an, entluden die Boote und versteckten die Kanus an Land unter hohen Lianendickichten und in Erdhöhlen, die schräg in den fauligen Urwaldboden getrieben worden waren.

Sämtliche Kisten und Ballen der Expedition wurden an die Taràpas verteilt, und dann zog eine lange Kolonne über den schmalen Tierpfad mitten durch den unbekannten, unerforschten, nie gesehenen Wald.

An der Spitze schritten Dr. Perthes und Dr. Cartogeno mit Umari. Ihnen folgten die Träger, während der Dolmetscher am Ende der Karawane ging und darauf achtete, daß keine Kiste zurückblieb. Zwei Tage lang wanderten sie durch den dichten Urwald. Rechts und links des Pfades sah man ein undurchdringliches Gestrüpp von Dornenhekken, Lianen, Orchideenstauden und verfilzten Riesenpalmen. Einmal am Tag jagten einige Krieger das Essen zusammen, vor allem Tapire und Wildschweine. Als Nachtisch gab es Palmbohrkäferlarven und große Schüsseln voll Treiberameisen.

Einmal hörten sie weit über dem geschlossenen Blätterdach ein Rauschen und Rattern. Dr. Cartogeno hob den Kopf und erkannte kleine Flecke am Himmel, die durch das Blätterdach leuchteten. »Die Zivilisation!« sagte er bitter. »Ein Flugzeug, Herr Kollege!«

Sie lauschten dem Klang der Maschine, die anscheinend Kreise über dem Urwald zog. Daß es einer der Hubschrauber war, dessen Insasse nach der verschollenen Expedition Dr. Perthes' suchte, kam ihnen nicht in den Sinn. Nach einem kurzen Aufenthalt zog die lange Karawane weiter, durch ein feuchtes, moderndes Gebiet, das von Herden von Schlangen, den riesenhaften Anacondas, bewohnt war.

Endlich traten sie hinaus auf eine Lichtung, durch die sich ein Fluß wand. Es war der Cuno Ahota, dessen Oberlauf tief in das Gebiet von Amorua ragt. Hier ließ Umari einen ganzen Tag lang halten. Und wieder dröhnten die Baumtrommeln eine ganze Nacht lang durch den stillen Wald. Während Dr. Perthes und Dr. Cartogeno das Gift der Leguminosenpflanzen untersuchten, mit denen die Taràpas ihre Fische fingen, kamen in pfeilschneller Fahrt neue Boote den Fluß hinabgeschossen und lagen am Morgen am Ufer, als seien sie vom Himmel gefallen. Wieder wurde die Karawane in Boote verladen. Dann stieß die schwimmende Kolonne ab und wurde von unbemalten, aber riesenhaften Indianern den Strom hinaufgerudert bis zu einem kleinen See, in dem sie anhielten und eine weitere Nacht, diesmal in den Booten, verbrachten.

In einer Entfernung von vielen Kilometern sahen die Ärzte Leuchtkugeln in den Himmel steigen und langsam an Fallschirmen auf den Urwald hinabschweben. Sie konnten sich nicht vorstellen, was das zu bedeuten hatte, und wunderten sich über diese Zeichen der Zivilisation inmitten einer unerforschten Wildnis. Es waren die Männer in den Motorbooten der Regierungstruppen, die auch bei Nacht die Flüsse absuchten und durch die Leuchtkugeln versuchten, Versprengten der verlorenen Expedition einen Weg zu weisen.

Am Morgen sahen Perthes und Cartogeno mit Staunen, daß der See von Booten nur so wimmelte. Der ganze Stamm der Taràpas schien auf dem Wasser zu sein. Umari kam zum Ärzteboot gerudert und überreichte ihnen einen großen, ausgestopften Vogelbalg – ein Trompetervogel – verziert mit bunten Muscheln und unbekannten Steinen: das Begrüßungsgeschenk Sapolànas.

Langsam setzten die Ruderer das Ärzteboot in Bewegung. Es glitt durch ein Spalier von waffenlosen, aber grell bemalten Kriegern zu einem Ufer, von dem aus ein tiefer Einschnitt in den Urwald führte. Am Eingang dieser Schneise standen vier riesige Krieger, mit Tukanfedern und Ketten aus Menschenhaar fast völlig bedeckt. Sie hoben grüßend die Speere, als das Kanu mit den beiden weißen Ärzten in die Urwaldschlucht hineinglitt. Ein ausgehauener Strand öffnete sich vor ihnen. Auf ihm sah man spitze Baumrindenhütten und ein größeres Haus aus geflochtenen Palmfasern und Blättern. Ein großer Taràpas, bunte Fetische in den Händen und ein raschelndes Röckchen aus trockenen Blättern um die Hüfte, sprang vor dem Haus in wilden, ekstatischen Bewegungen hin und her und stieß schrille, unmenschliche Laute aus.

Als er das Boot mit den beiden Weißen erblickte, rannte

er in das Haus, dumpf klang sein Geheul durch die Wände. Dr. Perthes und Dr. Cartogeno stiegen an Land. Ihre Hände ruhten auf ihren Pistolen. Allein standen sie vor den Hütten, die Ruderer waren in den Booten geblieben. Die Rindenhütten schienen verlassen zu sein, nur das Geheul des Medizinmannes klang schaurig durch die Stille. Mit großen Schritten gingen die beiden Ärzte auf das Palmhaus zu.

9

In Villavicencio fand nach der Suchaktion eine Besichtigung durch Regierungsvertreter aus Bogota statt. Ein von Herrn von Barthey ernannter Vertreter der Außenhandelsbank aus Bogota fertigte ein Verzeichnis an. Es befanden sich darunter ein ganz neues Laboratorium, Brutschränke, Mikroskope, Nährböden und Giftkulturen jener angefangenen Forschungsreihen von Dr. Perthes. Die Tagebuchblätter, die in San Juan gefunden wurden, gaben Aufschluß über die Fahrt den Rio Guaviare hinab und über die Pläne, die die Expedition verfolgte. Das spurlose Verschwinden der Männer auf dem Wege zum Cuno Nacuri sprach deutlich dafür, daß es die Taràpas nicht duldeten, Weiße in ihre Wälder eindringen zu lassen. Die Regierung war machtlos, eine Strafexpedition schien völlig sinnlos. Es wurde lediglich ein Gesetz erlassen, das allen Fremden verbot, die Urwälder ohne ausreichenden Schutz zu betreten. Dazu gehörten eine gute Bewaffnung mit Maschinengewehren und Boote mit Motoren.

In Köln zog Bankier von Barthey einen dicken Strich unter das Konto »Forschung Dr. Perthes«. Professor Window und Dr. Sacher aber konnten den Gedanken nicht loswerden, daß Peter noch lebte und sich irgendwo in der grünen Hölle aufhielt, vielleicht auf der Spur nach etwas Unerforschtem, was eine Sensation zu werden versprach. Daß auch Dr. Cartogeno, der Dolmetscher und die Träger nicht wieder aufgetaucht waren, bestärkte nur den Verdacht, daß sich in den riesigen Urwäldern Amazoniens etwas Ungewöhnliches abgespielt haben mußte. Dafür sprachen auch die Briefe, die Dr. Perthes von Zapuare und San Juan aus an Dr. Sacher schrieb, in denen er mitteilte, daß er versuchen wolle, den Taràpas-Häuptling für sich zu gewinnen, um ungehindert in den Fiebergebieten arbeiten zu können. Wenn Peter das gelungen war, dann war er jetzt noch im Urwald und sammelte Material für seine großen Forschungen.

In Kolumbien hielt man das für unmöglich. Man kannte dort Sapolàna. Man hatte zuviel von seinen Grausamkeiten gehört, seinen Kopfjägern, von seinen Gürteln voller Schrumpfköpfe. Man hielt die Vermutungen der Deutschen aus Köln, die ja keine Ahnung von der Wirklichkeit der Urwälder hatten, für völlig abwegig und behauptete, die Suchflugzeuge, die Motorboote und die Raupenwagen müßten etwas gehört oder gesehen haben, wenn es Überlebende der Expedition geben würde. Man müsse deshalb, so leid es der kolumbianischen Regierung tue, damit rechnen, daß die Expedition Dr. Perthes verloren sei.

Um dem deutschen Bankier und den Ärzten einen Gefallen zu tun, entschloß man sich, die sichergestellten Güter an Ort und Stelle zu belassen. Sollte Dr. Perthes doch noch zurückkommen – was nach Ansicht von Experten die größte Sensation seit Bestehen der Amazonas-Urwälder sein würde –, so könnte er sein Laboratorium sofort wieder in Betrieb nehmen.

Dann ging das Leben weiter, wie es bisher gewesen war. In Zapuare und Pajarito, San Juan und Sitio lungerten die Orchideenjäger herum, standen in den Bars finstere Gestalten und tranken Whisky zu sündhaft teuren Preisen, liefen den wenigen schmutzigen Küchenweibern nach und stießen sich ihretwegen den blaken Stahl zwischen die Rippen.

In Bogota war immer noch die »Untersuchungskommission« an der Arbeit, um das Verschwinden von »Dr. Perthes und Co.« amtlich zu klären ... Die Akten versandeten in bürokratischer Kleinarbeit und gerieten nach dem Durchlaufen beim siebten Dezernenten in endgültige Vergessenheit.

So gingen über zwei Monate hin. Professor Dr. Window besuchte in dieser Zeit häufig den Bankier, den der Vorwurf, den er sich selbst machte, daß sein Geld der äußere Anlaß zu der Katastrophe gewesen war, sehr schmerzte. Er warf sich vor, einen Mann in den Tod gejagt zu haben, und nicht nur ihn allein ...

Sosehr sich Herr von Barthey auch vorredete, daß Dr. Perthes die Expedition mit anderen Mitteln auch unternommen hätte – es blieb immer ein Stachel. Nichts sprach ihn bei seinen hohen Moralbegriffen frei von der Schuld, zu dem Unglück maßgebend beigetragen zu haben. Diese Erkenntnis verwandelte den bisher so vitalen Mann in einen in sich versponnenen Träumer, der sich mehr über die tiefen Dinge des Lebens Gedanken machte als über sein bisheriges Arbeitsgebiet.

Schöllang am Nebelhorn lag unterdessen unter einer hohen, glitzernden Schneedecke. Angelas Alp war nur noch über einem schmalen Pfad, von einem Schneepflug freigeschaufelt, zu erreichen, und es kam vor, daß man manchmal sehr lange warten mußte, bis die Post zu ihnen kam.

Dr. Bender tat diese Einsamkeit gut. Sie unternahm in ihrem jetzt deutlich sichtbaren Zustand lange Schneewanderungen auf Schiern, besuchte Reichenbach und Oberstdorf; einmal fuhr sie sogar nach Sonthofen, um die nötigen Dinge für den kommenden Erdenbürger auszusuchen.

Zwei Briefe, die, von Dr. Sacher weitergeleitet, aus Zapuare und San Juan in Kolumbien stammten, gingen den

Weg aller Briefe Peters. Sie wurden in dem großen Steinofen verbrannt, ohne gelesen worden zu sein. Die Briefmarken weichte Angela vorher gewissenhaft ab und gab sie dem Briefträger für seinen Buben. Für sie war die Zukunft wichtiger als die Vergangenheit und die Gegenwart. Sie wollte ihr Kind im vollsten seelischen Frieden zur Welt bringen, dem schönen Gefühl, eine Mutter zu werden, ganz hingegeben. Sie dachte oft an ihre Mutter, die schwer arbeiten mußte, um das tägliche Brot zu verdienen; sie dachte an den Vater, der als Offizier nach der Revolution 1918 entwurzelt nach Hause gekommen und dann, in der Inflation seelisch zerbrochen, gestorben war. Sie dachte an ihre Kindheit auf Hinterhöfen, an die schwere Schulzeit, schließlich an die Stipendien, die es ihr ermöglichten, das Abitur zu machen und zu studieren. Es war ein harter Weg gewesen – an die Sonne. Ihr Kind sollte es besser haben . . .

Mit Professor Purr stand sie in netter brieflicher Verbindung. Er bat sie zum wiederholten Male, das Kind in seiner Erlanger Klinik zur Welt zu bringen. Doch davon wollte Angela nichts hören. So losgelöst vom Alltag und so ganz mit der Natur verbunden fühlte sie sich nur hier in Schöllang; und die Klinik von Oberstdorf, in der Nähe der Nebelhornbahn, würde sie in den schweren Stunden aufnehmen. Das Kind sollte seine ersten zaghaften Schritte über blühende Bergwiesen machen . . .

Nach Weihnachten löste Dr. Sacher sein Versprechen ein – er kam nach Schöllang. Gleich nach seiner Ankunft fuhr er in einem Pferdeschlitten auf die Alp, wo Angela auf einer Bank in der Sonne saß, braun, im Gesicht etwas voller geworden. Zuerst erkannte sie nicht den in einen dicken Kamelhaarmantel gehüllten Dr. Sacher, doch dann sprang sie auf und kam ihm winkend entgegengelaufen.

»Dr. Sacher!« rief sie außer Atem, als sie bei ihm stand und der Arzt die im festgetretenen Schnee Ausgleitende auffing. »Daß Sie wirklich kommen, ist wunderbar! Was macht Köln? Wie geht es dem Professor?« Und mit einem Seitenblick: »Bringen Sie viele Neuigkeiten?«

Paul Sacher legte den Arm um Angelas Schulter und ging mit ihr auf das Haus zu. »Wie immer – ein Wasserfall von Fragen!« Er lachte. »Sie sind die alte Angela geblieben.«

»Das Gegenteil wäre ja auch traurig«, meinte sie übermütig.

Sie gingen in Angelas Zimmer, wo Paul Sacher sich aus dem Mantel schälte. Er legte, von Professor Window, eine große Schachtel Pralinen auf den Tisch, packte dann ein halbes Dutzend Strampelhöschen aus und holte als letztes aus der Manteltasche eine Flasche Enzian, die schon halb ausgetrunken war.

»Ich habe die Höschen in Weiß genommen, weil man ja vorher nicht wissen kann, was es wird«, sagte Paul Sacher lachend und nahm einen Schluck aus der Flasche. »Der Enzian ist gegen die Bazillen!«

»So, so!« Angela deckte den Tisch mit einer hellen Decke und Kaffeegeschirr. »Ich wußte gar nicht, daß Sie neuerdings auch unter die Mikrobenjäger gegangen sind!«

»Aus Kummer, Angela, nur aus Kummer darüber, daß Sie nicht mehr bei uns sind! Ihre Nachfolgerin – «, er verzog sein Gesicht, als habe er Essig getrunken, »nein, Angela, da gehen wir lieber schnell dran vorbei. Tüchtig ist sie ja, aber auch so eine Männerhasserin wie Sie. Sie sieht aus wie eine Regierungsrätin vom Schulamt.«

»Welch ein Vergleich!« Sie lachte hell. »Soll ich denn wieder nach Köln zurückkommen?«

Dr. Sacher sprang auf. »Angela, wenn Sie das tun würden! Ich würde die gesamte Lindenburg zur Begrüßung flaggen lassen!«

»Sie sind unverbesserlich, Dr. Sacher.«

Dann saßen sie sich gegenüber, tranken starken, heißen Kaffee und erzählten sich, was sie in Köln und Schöllang erlebt hatten. Angela berichtete von der Begegnung mit

Professor Purr und der Möglichkeit, an der Erlanger Klinik arbeiten zu können. Ohne daß sie es wollten, über eine Brücke, die ein Gespräch über Kinderlähmung baute, kamen sie auf Peter zu sprechen. Dr. Sacher gedachte seines Versprechens, Angela von dem Unglück in Zapuare nichts zu sagen.

»Neue Nachrichten von Peter?« fragte sie leise.

Paul Sacher schüttelte den Kopf. »Nein, er hat noch nicht wieder geschrieben.« Wie gut ich lügen kann, dachte er dabei. Kein Schwanken in der Stimme, kein Rotwerden, keine Unsicherheit. Der Mensch kann doch schlechter werden, als er von sich selbst glaubt. »Hat er Ihnen nichts Genaueres geschrieben?«

»Ich weiß es nicht.« Angela schwieg eine Weile. »Ich habe alle Briefe ungelesen verbrannt.«

»Das ist doch nicht möglich, Angela!«

»Doch!«

»Sie haben Peters Briefe einfach verbrannt ...« Er schwieg entsetzt.

Angela verstand seine plötzliche Erregung nicht. Sie wußte ja nicht von der großen Hoffnung, die Professor Window und Dr. Sacher hatten. Window hatte noch bei Sachers Abfahrt gesagt: »Ich bin sicher, daß Peter etwas Genaueres über seine nächsten Pläne geschrieben hat. Vielleicht kannst du aus den Briefen sehen, daß unser Warten nicht vergeblich ist.« Und nun hatte Angela ... Nun gab es überhaupt keinen Anhaltspunkt mehr, und die Regierung in Bogota hatte recht, wenn sie sagte: »Die Expedition muß als verloren betrachtet werden.«

»Was hat Peter denn an Sie geschrieben?« fragte Angela.

»Daß es ihm gutgeht«, sagte Dr. Sacher stockend. Er blickte dabei zu Boden, sein Gesicht war sehr blaß geworden. »Er habe schöne Erfolge und hoffe auf baldige Rückkehr.«

Baldige Rückkehr? Angela Bender stellte sich dieses

Wiedersehen vor. Er würde sie suchen, durch ganz Deutschland. Dann würde er vor ihr stehen, groß und fröhlich wie immer, und würde ihr sagen, daß das vergangene Jahr aus ihrem Gedächtnis zu streichen sei. Und sie würde von neuem stolz sein und ihm antworten, daß sie ihr Leben allein durchstehen könne und keinen Mann brauche, der seine Familie verläßt und sich in Gefahr begibt, nur um ein dummes, unbekanntes Tropengift aus den Urwäldern zu holen. Sie aber wolle ein Heim haben, Ruhe, Geborgenheit . . . Paul Sacher schreckte sie aus ihren Gedanken auf.

»Haben Sie denn Peter auch nicht einmal geschrieben?« fragte er.

»Nein, und das werde ich auch nie tun.«

»Auch nicht, wenn er in großer Gefahr wäre?«

»Er hat sie gesucht!« Sie wollte hart sein, aber in ihren Augen flackerte es verräterisch.

»Und wenn er sich nun nach einer Zeile von Ihnen sehnt?«

»Hat er Ihnen das geschrieben?«

»Nein.« Dr. Sacher winkte ab. »Ich meine es rein theoretisch. Es könnte ja eintreten. Würden Sie sich dann immer noch gegen das tiefe Gefühl in Ihrem Herzen wehren?«

»Ja, Doktor Sacher.«

Der Arzt wischte sich über die Augen. Er tat dies immer, wenn er einer Situation hilflos gegenüberstand. »Frauen können doch härter als Männer sein«, sagte er in einem Anflug von Philosophie. »Ich habe es nie geglaubt.«

»Ich bin gar nicht so hart«, meinte Angela leise. »Ich war nur traurig, daß ihm das Gift mehr wert war als ich und meine Liebe. Von einer Frau, der man das so deutlich sagt, kann man nicht erwarten, daß sie weiterhin die Dulderin spielt. Mich hat das Leben gelehrt, auf eigenen Füßen zu stehen. Es ist mir nichts geschenkt worden – selbst meinem Kind muß ich unter Opfern das Leben geben. Ich habe immer die Zähne zusammenbeißen müssen, da kommt es auf einmal mehr oder weniger nicht an. Sie mögen es Härte nennen, Paul, aber war es nicht noch viel härter von Peter, meine Bitte, meine Sorge um sein Leben, meine Angst, ihn zu verlieren, mit einem Lachen abzutun und heimlich diese Expedition vorzubereiten? Da gab es dann nur noch einen kleinen chirurgischen Schnitt, der mitten durch meine Seele ging: Trennung! Ich habe damals, als ich am Strand von Grömitz stand und viel weinte, nicht mehr gewußt, was ich tun sollte. Und er, dem diese Tränen galten, saß in Köln und vollendete die Vorbereitungen zur Fahrt in die Hölle. Als ich dann zurückkam, wußte ich, daß es keine Umkehr gab – nicht für ihn, nicht für mich. Meinen Sie nicht auch, daß das genügt, um eine Frau hart zu machen?«

In diesem Augenblick war Dr. Sacher versucht, ihr die volle Wahrheit über Peter zu sagen. Aber dann dachte er an ihren Zustand und biß sich auf die Lippen. Nein, sagte er sich, ich darf es trotzdem nicht. Es wäre kein Gewinn, sie wüßte auch keinen Rat. So lenkte er das Gespräch in eine andere Richtung und unternahm nach dem Kaffee mit Angela einen Spaziergang über die Berge, er bewunderte das Nebelhorn, das wie eine mit Zucker übergossene Spitze in den fahlblauen Himmel ragte. Sie lachten viel und bewarfen sich schließlich mit Schneebällen.

Keuchend lehnte sich Angela an eine Krüppelkiefer. »Ich kann nicht mehr«, rief sie lachend, »man wird doch sehr ungelenkig . . .« Sie preßte die Hand auf ihren Leib und atmete schwer. »In einem Jahr geht alles wieder besser!«

Dr. Sacher wohnte in Schöllang in einem hübschen Hotel, wo er sich für zwölf Tage eingemietet hatte. Er nutzte die Zeit für Spaziergänge mit Angela, um mit dem Schlitten nach Oberstdorf oder sogar bis zum Alpsee zu fahren und ihr Fröhlichkeit zu schenken, die sie in ihrer Abgeschiedenheit doch vermißt haben mußte.

Es waren auch für Angela Bender schöne Tage. Paul

Sacher las ihr jeden Wunsch von den Augen ab, jede Last zog er zu sich hinüber, ohne daß sie es merkte. Da die verpachtete Praxis nicht den erwarteten Gewinn abwarf und Erspartes schnell zur Neige ging, bezahlte Dr. Sacher ohne Angelas Wissen die Miete und die Verpflegung in der Alppension für ein halbes Jahr im voraus, kaufte in Kempten einen Kinderwagen und erstand im Auftrag von Professor Window ein schönes, größeres Kinderbett. Er gab genaue Termine an, wann alles an Frau Dr. Bender nach Schöllang geschickt werden sollte und fuhr nach zwölf Tagen befriedigt nach Köln zurück.

Und Angela war wieder allein inmitten der Berge und Schneefelder, las oder schrieb an einem Buch über Kinderkrankheiten, zählte die Wochen und Tage bis zu dem Tag, an dem sie eine neue und schwere Pflicht vom Schicksal übernehmen würde.

Eine Woche nach der Abreise Dr. Sachers bekam sie einen Brief aus Kolumbien, von Köln aus umdressiert. Sie wollte ihn schon in den Ofen stecken, als sie plötzlich stutzte. In der Aufregung, von neuem Post aus Südamerika zu bekommen, hatte sie nicht beachtet, daß die Adresse mit Maschinenschrift geschrieben war. Das war sonst nicht Peters Art bei Privatbriefen. Jetzt fiel ihr das auf. Sie drehte den Umschlag um und las: »Puesta de policia, Villavicencio, Columbia, Meta«.

Polizeistation? dachte Angela erschrocken. Der Brief ist gar nicht von Peter. Sie eilte an den Tisch zurück, unter das breite Fenster, setzte sich ans Licht und riß den Umschlag auf. Eine Fotopostkarte fiel auf den Tisch, eine Fotografie, die sie selbst in einem duftigen Sommerkleid zeigte, aufgenommen auf der Kölner Messe, mit Rhein und Domtürmen im Hintergrund. Dabei lag ein Brief, aus dem hervorging, daß man dieses Foto neben anderen Dingen in Zapuare gefunden habe. Da die Adresse auf dem Foto stünde, gehe es an den Besitzer zurück.

Ihr Foto! In Zapuare gefunden? Zurück! Was bedeutete

das alles? In Angelas Kopf schwirrten die Gedanken. Hatte Peter diese Fotografie nur verloren? Hatte er sie weggeworfen, weil sie ihm nicht schrieb? Oder war ihm etwas zugestoßen?

Eine schreckliche Unruhe packte sie. Sie ließ den Schlitten anspannen und fuhr hinunter zur Poststation. Dort meldete sie ein Ferngespräch mit Köln an und hatte nach zwei Stunden Warten endlich Professor Window am Apparat. Ihre Stimme war vor Angst undeutlich geworden.

»Ich habe eben einen Brief bekommen«, sagte sie, »aus Villavicencio, von der Polizeistation. Meine Fotografie war in dem Brief, ein Bild, das Peter mitgenommen hatte. Man habe es gefunden schreibt die Polizei. Wissen Sie etwas davon? Auch andere Sachen sollen gefunden worden sein.« Und plötzlich rief sie voller Angst: »Herr Professor, ist Peter etwas zugestoßen?«

Der Professor zögerte mit der Antwort. Dr. Sacher, der am zweiten Apparat das Gespräch mithörte, schüttelte heftig den Kopf. »Nein, Angela«, antwortete Professor Window klar. »Sie brauchen keine Angst zu haben. Wir haben gerade gestern Post aus Kolumbien bekommen. Peter geht es gut. Er wird das Bild verloren haben, die Polizei fand es, konnte es ihm nicht zustellen, weil er vielleicht gerade einen Urwaldtrip unternahm. So schickte man Ihnen das Foto der Einfachheit halber wieder zu. Also, keine Sorgen, liebste Angela!«

»Ich danke Ihnen sehr, ich danke Ihnen . . .« Angela Bender legte den Hörer auf und lehnte die Stirn gegen das kalte Glas der Telefonzelle. Nichts, dachte sie. Ihm geht es gut. Er hat geschrieben. Mein Gott, welche Angst hatte ich um ihn. Jetzt habe ich mich verraten . . . jetzt wissen sie es alle: »ja, ich liebe ihn, ich liebe ihn noch immer . . . Wie glücklich bin ich. Peter, daß es dir nur gutgeht . . .«

In Köln legte Professor Window ebenfalls den Hörer auf. Er sah dabei Dr. Sacher groß an. »Es war meine erste ganz bewußte Lüge«, sagte er leise.

»Warum haben Sie gesagt, Peter habe geschrieben?«

»Sie hätte es mir sonst nicht geglaubt!« Er steckte sich mit fahrigen Händen eine Zigarre an. »Es ist ekelhaft, Paul – den Freund gibt man verloren, und seine Braut belügt man! Wir Menschen sind doch eine feige Bande!«

Dr. Peter Perthes und Dr. Fernando Cartogeno standen vor der großen Palmhütte allein. Von innen hörte man die Schreie des Medizinmannes, das Rascheln des Röckchens aus trockenen Blättern und das rhythmische Zusammenschlagen der Fetischfiguren, die er in den Händen hielt. Sein wimmerndes Schreien klang furchterregend. »Er will die Dämonen austreiben, die den Häuptling überfallen haben«, meinte Cartogeno. »Bei den Indianern ist jeder außergewöhnliche Vorgang oder Anlaß das Werk böser Geister. Sie werden es schwer haben, lieber Kollege, den Medizinmann von Ihrer ärztlichen Kunst zu überzeugen.«

»Er hat mich doch selbst gerufen, weil er nicht mehr weiterkommt mit seinem Zauber.«

»Sapolàna zuliebe! Sie wird er hassen, weil Sie seinen Nimbus zerstören.«

Dr. Cartogeno untersuchte seine Pistole. Dann ging er zu dem Bastvorhang, der den Eingang verschloß, und riß ihn zur Seite, die Waffe im Anschlag. Langsam trat Peter Perthes ein. Der Raum war groß und leer. Lediglich in einer Ecke war ein Palmblätterlager errichtet, bedeckt mit Jaguarfellen und Affenhäuten. Vor dem Lager stand ein großer geschliffener Stein, auf dem eine Geisterfigur thronte. Durch den weiten Raum der Hütte sprang der Zauberer Sapolàra. Auf dem Kopf hatte er den Balg eines großen Trompetenvogels. Sein nackter Körper war mit grellroten Streifen bemalt, an und in den Ohrläppchen flatterten die Federn der Tukane und klapperten Muschelketten. Selbst seine Unterlippe war durchstochen – in dem Loch staken Knochensplitter und buntgefärbte, dicke Grashalme. An den Füßen trug er leichte Schuhe, aus

Menschenhaar geflochten und verziert mit Menschenzähnen. Die wilden Schreie wurden beim Eintritt der Weißen noch schriller, die muskelstarken Arme wirbelten die Dämonenfiguren durch die dumpfe Luft der Hütte.

Dr. Perthes trat an das Fell-Lager, während Dr. Cartogeno an der Tür stehenblieb und seine Pistole schußbereit hielt. Eine gefährliche Bewegung des Medizinmannes oder des Mannes auf dem Lager – und er würde mit einer Rücksichtslosigkeit schießen, die in seinen Augen zu lesen war.

Auf dem Jaguarfell lag eine große, fast riesige Gestalt mit geschlossenen Augen. Dicker Schweiß stand auf seiner Stirn. Die Backen waren hohl, ausgezehrt. Um ihn herum auf dem festgetretenen Boden lagen die Trophäen, die er in seinem Leben erobert hatte: Schrumpfköpfe über Schrumpfköpfe, ekelerregend, grauenhaft. Blasrohr, Speer, ein langer Dolch, Pfeile und Bogen, eine große Keule aus schwarzem, eisenhartem Holz und eine Lianenschleuder lagen an der Hüttenwand – die Waffen des Großen Häuptlings Sapolàna.

Er schien den Eintritt der weißen nicht bemerkt zu haben. Die Augen geschlossen, machte er den Eindruck, als sei er durch die Schreie des Zauberers in eine Art Hypnose versunken. Sein bloßer Körper glänzte von Schweiß. Perthes beugte sich über den Häuptling und erfaßte mit raschem Blick die Lage. Das linke Bein – war oberhalb des Knies verletzt, hier mußte es ein Giftbolzen getroffen haben. Jetzt war das Bein bis zur Hüfte unnatürlich angeschwollen, rot, brandig, aufgedunsen. Das Fleisch sah glasig aus, leblos und starr. Sapolàna mußte starke Schmerzen haben – aber er schwieg, auch als der Arzt das Bein leicht abtastete und ein wenig anhob. Nur in den Mundwinkeln konnte man sehen, wie Sapolàna ein Schreien verbiß. Stumm lag er auf seinen Fellen, während der Medizinmann weiter schrill schreiend vor dem Lager tanzte.

Perthes stand auf und wandte sich zu Dr. Cartogeno

um. »Sekundäre Blutvergiftung«, diagnostizierte er. »In Europa würde man das Bein in diesem Zustand sofort amputieren. Wenn ich das hier machte, wäre es mein Todesurteil.«

»Lassen Sie ihn verrecken«, meinte Cartogeno hart. Er hatte auch die Masse der Schrumpfköpfe gesehen und beherrschte sich nur mühsam, den Abzugshahn nicht durchzudrücken.

»Wir sind Ärzte, lieber Kollege«, sagte Perthes, wandte sich ab und ging dem Ausgang zu. »Bevor ich behandle, muß ich wissen, um welches Gift es sich handelt. Holen Sie bitte vom Boot das Mikroskop, den Gegengiftkasten und mein chirurgisches Besteck.«

»Ich soll Sie hier allein lassen?« fragte Cartogeno zweifelnd.

»Machen Sie nur!« Perthes winkte ab. »Die Kerle sind froh, daß wir hier sind. Uns geschieht nichts, solange der Häuptling lebt.«

Er trat wieder in die Hütte und sah jetzt den Zauberer vor dem Lager sitzen. Seine kleinen, blitzenden Augen sahen ihm entgegen. Plötzlich hob er wie beschwörend die Arme und strich mit ihnen über das geschwollene Bein. Aus Sapolàras Mund quoll dichter Tabaksqualm. Nun sprach er schnelle Worte, die sich fast überschlugen, und dann warf er sich mit einem wilden Ruck über den Kranken, preßte den Mund auf die Wunde, biß in das entzündete Fleisch und trank wie ein Vampir das hervorquellende schwarze, schlechte Blut. Der Kranke bäumte sich auf und stöhnte. Dann fiel er zurück auf das Jaguarfell und schloß die Augen. Er blieb stumm, eisern, leblos fast, während der Zauberer das Blut aussaugte.

Nicht dumm, dachte Perthes und wartete auf Cartogeno. Das macht man bei uns auch als Erste Hilfe. Bei Kreuzotterbissen Biß erweitern und Blut aussaugen . . . Aber in diesem fortgeschrittenen Zustand ist das sinnlos. Dieser Sapolàna ist ein Wunder, dachte Perthes weiter, mit dem

Gift im Körper wäre ein Europäer innerhalb einer Stunde gestorben. Und er lebt noch . . . nach über fünf Wochen! Wie doch die Natur alle Schulweisheit mit einem einzigen Beweis über den Haufen wirft . . .

Dr. Cartogeno brachte keuchend zwei Kisten. »Die Bande will mir nicht helfen«, rief er, »sie betreten den Platz nicht, aus Angst vor den Dämonen. Draußen, auf dem Fluß und dem See, stehen über fünftausend Taràpas. Aber nicht einer wagt einen Schritt an den Strand.« Er warf die Kisten mitten in den Raum und beobachtete den noch immer saugenden Sapolàra. »Fixer Junge«, meinte er anerkennend. »Weiß sich zu helfen. Aber nun los!«

Sie traten an das Lager und machten durch Zeichen klar, daß Sapolàra sich zurückziehen müsse. Gehorsam, aber mißtrauisch stand der Zauberer auf und stellte sich hinter den Kopf des Häuptlings. Scharf beobachtete er alle Handgriffe der weißen Ärzte.

»Er will von uns lernen«, meinte Dr. Cartogeno schmunzelnd. »Nicht nur ein fixer, auch ein gerissener Bursche!«

Sie gaben Sapolàna eine Tetanusspritze und danach eine Narkose mit Evipan. Dann setzte Dr. Perthes das Skalpell an und trennte mit schnellen Schnitten die Gewebe und Muskeln durch. Dr. Cartogeno klammerte die Adern ab und arbeitete mit den Tupfern. Gleich oberhalb der Kniescheibe war der Bolzen eingedrungen. Er stak noch in den Muskeln – ein kleiner, schmaler, messerscharfer Knochensplitter, sorgsam zugefeilt und mit einem Schwerpunkt versehen, der ein richtiges Fliegen aus dem Blasrohr gewährleistete. Er stak noch mitten in dem brandigen Fleisch. Mit der Pinzette holte der Operateur den Splitter heraus und legte ihn auf eine Schüssel. Dann brannte er mit Höllenstein den ganzen Umkreis des Herdes aus, tamponierte die Wunde und begann dann, in die Blutbahn des vergifteten Beines ein Serum zu spritzen.

Dr. Cartogeno sah mit großen Augen zu. Zum erstenmal sah er seinen Kollegen Dr. Perthes praktizieren. Eine große Achtung vor dem jungen Arzt kam in ihm auf. Mit dem gehe ich durch die Hölle, dachte er, und etwas wie Stolz und Glück, dies alles miterleben zu dürfen, erfaßte ihn. Mit bebenden Händen reichte er die Instrumente an.

»Was injizieren Sie da?« fragte er flüsternd.

»Ein neues, von mir entwickeltes Serum. Es steht noch in der Erprobung. Ich habe in Köln damit Tierversuche gemacht, die alle zufriedenstellend verliefen. Dies aber ist mein erster Menschenversuch.«

»Mit einem unfertigen Präparat«

»Ja, Sie haben recht, in einer zivilisierten Klinik wäre das unmöglich, strafbar, überhaupt undenkbar. Hier, im Urwald, kann es die letzte Rettung sein. Hier dürfen wir endlich einmal etwas wagen, was in der Alten Welt die Bürokratie verbietet.« Peter Perthes setzte die Spritze an, stach in die Hauptblutbahn und drückte etwa sechs Kubikzentimeter der wasserhellen Flüssigkeit in die Ader. Er beugte sich über Sapolàna und fühlte dessen Puls.

»Er muß, wenn das Serum die gleiche Wirkung wie bei Tieren hat, innerhalb von zwölf Stunden fieberfrei sein. Dann muß das Gift seine zerstörende Wirkung verloren haben.« Er schüttelte von neuem den Kopf. »Es ist mir unverständlich, wie der Kerl jetzt noch leben kann.«

Der Medizinmann, der sah, daß die Ärzte vorläufig fertig mit ihrer Arbeit waren, trat aus der Ecke hervor. Sein altes, mit Runzeln wie eine Schuppenhaut überzogenes Gesicht schien zu lachen. Er sprach die Ärzte mit seiner hellen Stimme an und zeigte auf dem Häuptling, der noch in tiefer Narkose lag. Er machte das Zeichen des Sterbens.

Dr. Cartogeno schüttelte den Kopf, dann gingen sie aus der Hütte und wollten zu ihrem Boot. Da aber stürzte ihnen der Medizinmann nach, rannte an den Strand und fiel an einer großen Baumtrommel auf die Knie. Mit beiden Händen, den Kopf schreiend gen Himmel gerichtet, bearbeitete er die Trommelfläche. Dumpf hauend klangen die Töne über die Bucht, den Fluß und den See. Die Tukanfedern in seinen Ohren wippten auf und nieder. Er riß sich den Lendenschurz aus trockenen Blättern ab und sprang nackt, in seiner wilden Bemalung, um die Trommel herum, mit den Händen den Takt schlagend. Schaurig klang es durch die Stille des Waldes, doppelt schrecklich durch die Wildheit, mit der der Zauberer in seinem Fetischgewand um den dröhnenden Baum sprang.

Jetzt schoß ein Kanu durch die Flußenge auf den Landeplatz zu. Umari stand darin, neben ihm der indianische Dolmetscher. Er grinste über das ganze Gesicht – in den Haaren trug er eine Orchideenkette, auf der Brust eine wertvolle Stickerei gegen den Dämon der Feindschaft. Vom See herüber erklang ein vielhundertfacher Jubelschrei. Lange Kriegsboote mit singenden Taràpas glitten Umaris Boot nach, in die Bucht hinein. Ein Heer von bunten Federn wippte in der Sonne.

Gebannt von diesem Schauspiel, standen die beiden Ärzte am Ufer.

»Wir haben gesiegt«, sagte Dr. Perthes schlicht. In seiner Stimme klang Ergriffenheit mit.

»Ja, diese Schlacht haben wir gewonnen«, bestätigte Dr. Cartogeno. »Was aber wird, wenn Ihr Serum nicht wirkt? Wenn Sapolàna stirbt?«

Perthes wandte sich um. Entschlossenheit machte sein Gesicht kantig. »Er wird nicht sterben!« sagte er leise. »Kollege Cartogeno, er darf nicht sterben . . .«

Was Dr. Perthes kaum zu hoffen gewagt hatte, trat mit überraschender Plötzlichkeit ein: Sapolàna war bereits nach sieben Stunden fieberfrei! Perthes kniete an seinem Lager und fühlte den Puls, maß die Temperatur und wollte es nicht glauben. Bei sechs Kubikzentimeter Serum und akuter Pfeilvergiftung in dieser Zeit fieberfrei? Das übertraf alle Erwartungen, das eröffnete völlig neue, völlig andere Perspektiven in der Serumverwendung! Zwar war das

Bein noch unförmig geschwollen, glasig und entzündet – aber die Macht des Giftes, das sah man deutlich, war gebrochen. Die akute Lebensgefahr bestand jetzt nur noch in der brandigen Wunde.

Jede halbe Stunde erneuerte Dr. Perthes oder Dr. Cartogeno den Tampon. Sie desinfizierten die ganze Hütte, wuschen den Häuptling mit antiseptischem Wasser und sorgten für eine gute Durchlüftung der Hütte. Am dritten Tag schüttelte Dr. Perthes den Kopf, nachdem er die Wunde untersucht hatte.

»Der Höllenstein war zu schwach«, sagte er. »Die Wunde bleibt brandig und greift sogar in die tieferen Gewebe über. Da wir keine klinischen Mittel haben, nützt nur eins: wie im Mittelalter ausbrennen!«

Dr. Cartogeno blickte zu Sapolàna hinüber, der die Besinnung noch immer nicht wiedererlangt hatte. Der Zauberer Sapolàra behandelte ihn mit Auflegen von feuchten, unbekannten Kräutern, Fußwaschungen mit einem giftgrünen Wasser, Kompressen auf die Stirn mit einer breiigen Masse, zu der er die Blätter, Wurzeln und widerlich stinkenden Blüten aus den Urwaldsümpfen holte. Dr. Perthes ließ ihn gewähren, denn er wußte, daß gerade die Wilden in der Wundbehandlung wahre Meister sind und mit primitiven Mitteln erstaunliche Erfolge erzielen.

Aus mitgebrachten Stahlinstrumenten ließ sich Perthes vom Schmied der Taràpas nach einer Zeichnung ein Glüheisen anfertigen. Als es ihm gebracht wurde, narkotisierte er von neuern den Kranken und begann, mit dem glühenden Eisen das Fleisch und den Wundbrand wegzusengen.

Widerlicher Geruch zog durch die Hütte. Der Körper des Ohnmächtigen zuckte wild. Die Nerven drohten zu zerreißen; dann war das Brennen beendet. Die Wunde wurde mit antiseptischem Wundpulver und Penicillin ausgelegt und danach in Schichten zugenäht.

Während dieser Operation stand Sapolàra wieder am Kopfende und beobachtete genau jeden Handgriff. Der alte Zauberer sah zum erstenmal in seinem Leben, wie ein menschlicher Körper schmerzlos operiert werden konnte, wie man Fleisch wegschneiden, ja wegbrennen konnte, ohne daß der Kranke schrie. Er erlebte erstmalig das Wunder der Narkose. Es war, als sei nach dieser radikalen Bekämpfung des Wundbrandes der Bann gebrochen. Das Serum zerstörte das Gift in der Blutbahn, die Entzündung ging zurück, die kühlen Umschläge des Zauberers bewirkten eine Erfrischung des Körpers und regten außerdem die natürlichen Widerstandskräfte, das wichtigste Hilfsmittel bei allen Heilungen, an. Das Bein verlor allmählich seine Unförmigkeit, es wurde wieder normal durchblutet, und eines Tages saß Sapolàna auf seinem Lager und beobachtete selbst, wie Perthes die Wundnaht kontrollierte und ihm eine Spritze gab. Kein Wort kam über die Lippen des Häuptlings, kein Muskel seines Gesichts verzog sich, als die Nadel in sein Fleisch drang und eine juckende Flüssigkeit in die Muskeln gespritzt wurde.

Drei Wochen nach dem Kommen der weißen Ärzte trat Sapolàna zum erstenmal wieder, an einem Bambusstock gehend, vor seine Krieger. Jubel und lautes Trommeln schlugen ihm entgegen – ein Heer von Kriegskanus vollführte eine wahre Schlacht. Mit Staunen sahen die beiden Ärzte, die neben Sapolàna standen, daß die Taràpas nach strategischen Gesichtspunkten ausgebildet waren und ihre Kampfweise nicht undiszipliniert, sondern nach einem genauen Plan ausgerichtet war. Nun wurde ihnen auch klar, warum Sapolàna als Herr des Urwaldes galt, warum es gegen ihn keinen Widerstand gab und die Völker Kolumbiens, Perus und Venezuelas ihn als ihren Oberherrn anerkannten. Er verband mit der Wildheit des primitiven die Klugheit eines modernen Menschen, ein Naturtalent, wie es die Ärzte nie für möglich gehalten hätten, wenn es ihnen in Bogota oder in Köln erzählt worden wäre.

Mit dem Fortschritt der Genesung wurde der Ring um den Häuptling immer enger gezogen. Nur noch Sapolàra durfte tagsüber in seiner Nähe sein – Dr. Perthes und Dr. Cartogeno wohnten mit ihrer Begleitung in vier Hütten, etwa 30 Meter außerhalb des Sperrkreises, den man um die Häuptlingshütte unsichtbar gezogen hatte.

Nur einmal am Tag durfte Dr. Perthes, und nur er allein, nach Sapolàna sehen. Stumm saß er dann auf seinem Lager, ließ sich untersuchen und gab kein Zeichen irgendwelcher Regung ab. Stumm ließ er den Arzt wieder gehen, eine lebende Statue, ein Halbgott in den Augen seiner Völker. Ein Mann, der sich vor seiner eigenen Dankbarkeit fürchtete.

Es war in der Mitte der vierten Woche, als Perthes wie jeden Morgen aus seiner Hütte kroch und zum Strand hinunterlief, um sich zu waschen. Dr. Cartogeno schlief noch. Verwundert blickte Perthes um sich. Der Strand war leer, an der Biegung des Flusses, wo sonst die Kriegskanus lagen, schaukelten nur noch die drei Expeditionsboote im Wasser. Jetzt erst sah er auch, daß die große Palmhütte abgebrochen worden war. Kein Taràpa war mehr zu sehen! Die Bucht war verlassen.

Als habe er geträumt, wischte sich Peter Perthes über die Augen. Unmöglich, dachte er, gestern abend habe ich Sapolàna noch gesehen, wie er am Feuer stand und zuschaute, wie seine Krieger einen Tapir brieten. Die Aschenreste und die verkohlten Baumstümpfe lagen noch im Ufersand. Perthes ging mit großen Schritten zu seiner Hütte zurück und riß den Vorhang zur Seite.

»Dr. Cartogeno!« schrie er. »Die Taràpas sind fort!«

Der kolumbianische Arzt fuhr schlaftrunken hoch und griff sofort nach seiner Pistole. »Unsere Boote?« brüllte er und sprang auf. »Sind unsere Boote noch da?«

»Alles ist da! Nichts fehlt! Nur die Taràpas haben in der Nacht das Lager geräumt. Sapolàna ist fort. Ohne Abschied.«

»Traurig.« Dr. Cartogeno lachte schallend. »Und an wen sollen wir jetzt die Rechnung schicken? Lieber Herr Kollege

– auch im Urwald gibt es Zechprellerei, wie man sieht!«

Sie traten hinaus ans Ufer und schauten sich unschlüssig um. Nichts, außer den Resten des Lagerfeuers, verriet, daß hier einmal diese Unmenge von Wilden gehaust hatte. Der Fluß war verwaist, der See lag leer, wie eine Scheibe Silber in der Frühsonne. Aber nein – da glitt doch ein Kanu durch die Flußenge! Perthes schirmte die Augen gegen die Sonne ab und schüttelte erstaunt den Kopf. »Sieh da, unser Dolmetscher!« sagte er verwundert. »Verstehen Sie das, Dr. Cartogeno?«

Das Kanu kam näher. Hinter dem Dolmetscher sahen die Ärzte jetzt eine große Baumtrommel liegen, verziert mit groben bunten Zeichen, die wie Runen aussahen. Knirschend fuhr das Boot in den Sand. Der Indianer stieg aus. »Herr!« sagte er. »Der Große Häuptling läßt Euch grüßen. Er läßt Euch sagen: ›Nie hat ein Fremdling Sapolàna in die Augen gesehen, ohne nachher zu sterben. Ihr seid die einzigen, die ihn sehen und sogar berühren durften. Ihr habt sein Leben gerettet; was auch immer Ihr nun tun werdet, Sapolàna wird Euch helfen. Alle Wälder, Flüsse und Sümpfe, die ihm gehorchen, könnt Ihr frei betreten. Alle Völker werden Euch als Freunde empfangen. Krieger der Taràpas werden Eure Lasten tragen, sie werden Euch durch unbekannte Gebiete führen. Wenn diese Trommel hier spricht, werden sie kommen, Euch zu helfen. So weit Ihr ziehen wollt, gehört der Urwald Euch. Das soll der Dank Sapolànas sein.‹«

Dr. Cartogeno sah Dr. Perthes groß an. »Sie hatten recht: es ist ein Sieg«, sagte er laut. »Sie haben heute alles gewonnen!«

Still blickte Peter Perthes über den Fluß. Ein Arzt an der Schwelle des Ruhmes . . . ein Herr über die grüne Hölle.

10

Der Schnee im Illertal schmolz langsam unter der wärmenden Frühlingssonne. Aus dem Waldboden lugten die ersten Schneeglöckchen, in den Sennhütten regte sich neues Leben: die Melker und Käser fegten den Winterschmutz aus den Hütten und bereiteten alles für den baldigen Auftrieb des Viehs vor. Plötzlich, wie sie gekommen waren, verschwanden die Wintersportler aus Schöllang – eine kurze Zeit gehörte das Dorf nur den Einheimischen, bis der neue Schwung der Sommergäste die Dorfgassen wieder beleben würde. Die Gebirgsbäche wurden reißend, sie schossen förmlich ins Tal, große Steine und Felsbrocken mit sich führend. Lawinen donnerten in die Schluchten; auch der Gipfelschnee lockerte sich und brachte riesige Eis- und Schneemassen in gleitende Bewegung. Tag und Nacht war die Bergwacht in Alarmbereitschaft, ganze Täler wurden von Lawinen abgeschnitten. In Schöllang begann man, die Häuser zu tünchen. Die Viehtränken wurden ausgebessert, beim Dorfschmied stauten sich die Pferde zum Beschlagen und die Pflugschare zum Nachschleifen. Auch auf der Alp bereiteten sich die Menschen vor, denn neben dem Frühling war nun auch die Zeit gekommen, in der Angela Bender nach Oberstdorf in die Klinik mußte. An einem warmen Vorfrühlingsabend brachte sie der Bauer mit dem Pferdekarren ins Dorf. Dort wartete ein Krankenwagen auf sie, und dann fuhr sie in schneller Fahrt das herrliche Illertal hinauf nach Oberstdorf. In der Klinik erwartete sie schon der Chefarzt und geleitete sie sofort in ihr Zimmer. Erst als sie in dem weißen Bett lag, kam ihr zum Bewußtsein, daß sie ihr Kind in völliger Einsamkeit zur Welt bringen würde. Nur fremde Menschen würden um sie sein. Ihre Eltern waren seit langem tot. Peter war irgendwo im kolumbianischen Urwald. Geschwister besaß sie nicht, ein Onkel, mit dem sie nur in loser Verbindung stand, lebte in Augsburg. Sie würde die ganzen Tage allein in diesem Bett liegen, auf den Gipfel des Nebelhorns blicken und dann auch allein das kleine lebende Bündel in den Armen halten, das Kind, das von dieser tödlichen Leere um sie noch keine Ahnung hatte . . .

Als ihr das alles klargeworden war, weinte sie seit Monaten zum erstenmal. Sie wollte es gar nicht . . . plötzlich fühlte sie, wie die Tränen über ihre Wangen rollten. Sie wunderte sich, daß sie weinte, aber es hörte nicht auf. Ihr Körper wurde vom Schluchzen geschüttelt.

So traf sie der Chefarzt an, der sie hinauf in den Kreißsaal holen wollte. Er fragte nicht nach dem Grund ihres Schmerzes; er ahnte, was sie so tief bewegte. Väterlich gütig faßte er sie unter und brachte sie mit dem Fahrstuhl nach oben, wo eine junge freundliche Schwester sie empfing und eine Hebamme auf sie wartete, die robust aussah, aber etwas ungemein Mutgebendes ausstrahlte.

In der Nacht vom 5. zum 6. April wurde Angela ein Sohn geboren. Blaß, erschöpft und schmal lag sie in den Kissen und hielt das kleine, schwarzhaarige Menschlein in ihren Armen. Ihre Augen leuchteten vor Glück. Ein Junge!

Dann wandte sie sich ab und weinte von neuem. Aber es waren keine bitteren Tränen mehr, es waren Tränen der Erlösung, die aus frohem Herzen kamen, aus der Freude, aus dem Gefühl unaussprechlicher Seligkeit. Wenige Tage später wurde der Junge in der Krankenhauskapelle auf den Namen Peter getauft. Chefarzt Dr. Börner und Dr. Paul Sacher, der zu diesem Anlaß aus Köln gekommen war, waren die Paten. Er brachte als fürstliches Geschenk Dr. Windows, der als Professor die Lindenburg nicht verlassen konnte, für den kleinen Peter die von der ganzen Klinik gesammelten Mittel zum Besuch der höheren Schule und zum Studium nach eigener Wahl – auf einem langfristigen Sparbuch angelegt – mit.

Nach 12 Tagen konnte Angela entlassen werden. Sie

kehrte mit dem Jungen auf die Alp zurück und schrieb an Professor Purr, daß sie in 4–5 Monaten wieder arbeiten wolle und daß sie sehr dankbar wäre, wenn er ihr eine Praxis oder gar einen Posten an seiner Klinik verschaffen könne.

Des Professors Antwort kam postwendend. Selbstverständlich, lautete sie, kommen Sie! Jederzeit stehen Ihnen bei uns alle Türen offen . . .

Genau sieben Wochen nach der Geburt des kleinen Peter geschah etwas, das den ganzen Lauf der Dinge verändern sollte. Es kam so plötzlich, so ungeheuer schicksalhaft, daß es keinen anderen Ausweg gab als den, mitten hineinzuspringen und einen Teil der Geschehnisse mitzutragen.

In Köln bei Dr. Paul Sacher ging ein Brief aus Kolumbien ein. Der Arzt machte beinahe einen Luftsprung, als er den Absender las. Mit dem ungeöffneten Umschlag rannte er durch die Gänge der Chirurgischen Abteilung, riß beinahe zwei Assistenten um, stürmte in das Zimmer Professor Windows und schwenkte laut rufend den Brief in der erhobenen Hand. »Ein Brief aus Kolumbien!«

Professor Window schnellte aus seinem Sessel hoch. »Von Peter? Mensch, Paul, was schreibt er denn?« Er streckte beide Hände aus. »Gib doch her!«

»Noch gar nicht aufgemacht«, keuchte Dr. Sacher. »Und er ist auch nicht von Peter, sondern von Dr. Cartogeno. Begreifst du denn nicht, wenn Cartogeno lebt, ist die Expedition doch nicht vernichtet worden. Dann haben wir doch jetzt Gewißheit!« »Aufmachen!« rief der Professor. »Quatsch doch nicht so viel, mach endlich den Umschlag auf!«

Sie schlitzten ihn mit fliegenden Händen auf, beugten sich beide über das engbeschriebene Papier, und je weiter sie lasen, desto stiller wurden sie. Mit großen Augen sahen sie sich am Ende des Briefes an und blickten dann wie beschämt zu Boden. Dr. Cartogeno schrieb sehr ausführlich von dem Abenteuer mit Sapolàna. Der letzte Satz aber war wie ein Schrei in höchster Not: ›Helft uns, helft Dr. Perthes . . . er liegt im Sterben . . .‹

»Vergiftet«, sagte Professor Window leise.

»Und durch eine Spinne!« Dr. Sacher fuhr sich verzweifelt durch die Haare. »Und sie haben kein Gegengift mehr.« Er raffte sich auf und versuchte zu lächeln. »Aber er lebt wenigstens, sie haben ihn nicht erschlagen. Er ist wieder aufgetaucht aus dem Dschungel. Wir haben recht gehabt, Professor, warten – warten! Ich konnte einfach nicht daran glauben, daß Peter nicht wiederkäme.«

»Vielleicht kann er es nun wirklich nicht mehr.« Window bedeckte die Augen mit den Händen. »Einmal aus der grünen Hölle gerettet und nun – vergiftet! Das ist furchtbar . . .«

Paul Sacher stand schon am Telefon und meldete ein Gespräch mit dem Tropeninstitut in Hamburg an. Da es ein Blitzgespräch war, kam die Verbindung sofort zustande. Sacher berichtete, was Dr. Cartogeno schrieb, machte sich Notizen und legte dann auf. »Aussichtslos!« sagte er dumpf. »Man hat nur ein Mittel, aber das hilft nur bei sofortiger Injektion nach dem giftigen Biß – und wenn es ein Biß der berüchtigten ›Schwarzen Witwe‹ ist, gibt es keine Rettung.« Er drehte sich zum Fenster um und trommelte nervös gegen die Scheiben. »Der Brief kam per Luftpost, er war fünf Tage unterwegs.« Paul Sacher stockte und sagte dann kaum hörbar: »Peter muß seit drei Tagen von uns gegangen sein . . .«

Wortlos verließ Professor Window das Dienstzimmer, und man sah ihn an diesem Tag in der Lindenburg nicht mehr. Bleich und verbissen tat Dr. Sacher seinen Dienst. Er operierte, erledigte die Visiten, verband und untersuchte. Er stellte den Operationsplan für den nächsten Tag mit der Oberschwester zusammen und fuhr dann nach Hause. Dort setzte er sich unter die Tischlampe und holte sich sämtliche Werke über Toxikologie zusammen, die er besaß.

Die ganze Nacht hindurch saß er und las. Und je weiter er in das für ihn fremde Gebiet eindrang, um so größer wurde seine Achtung vor dem Freund, der sein Leben einsetzte für eine Wissenschaft, mit deren Umgang der Tod verbunden war. Als der Morgen ins Zimmer dämmerte, erhob er sich und knipste die Lampe aus. Jetzt muß ich es Angela sagen, dachte er. Jetzt gibt es keine andere Wahl. Jetzt wissen wir, daß er verloren ist. Und das Kind . . . Sie wird es ertragen müssen . . .

Er schlug sich an die Stirn, als könne er damit dem Lauf der Dinge eine andere Richtung geben. »Dieses Schicksal«, sagte er laut zu sich selbst. »Warum lebt man denn überhaupt, wenn man so grauenhaft sterben muß?«

Er setzte sich hin und schrieb Angela einen kurzen Brief. Er teilte ihr mit, daß von Peter wieder Nachricht gekommen sei, keine gute allerdings, und daß er nach Schöllang kommen wolle, um den Brief mit ihr zu besprechen. Ihr in diesem Brief schon die Wahrheit zu schreiben wagte er nicht.

Angela Bender aber wußte das Unglück bereits. Dr. Cartogeno hatte in seiner Not auch an sie geschrieben.

Einen Tag später war sie in Erlangen. Sie stand auf dem Bahnhofsplatz, das Kind dick eingewickelt im Arm. Ein Taxi brachte sie zu Professor Purr. Das Leben riß sie wieder in seinen Strudel . . .

Nachdem in den Urwäldern von Amorua die Taràpas mit ihrem Häuptling Sapolàna so plötzlich aus dem Gesichtskreis der Expedition Dr. Perthes verschwunden waren, öffnete sich ihr die Weite der Urwälder. Nach einer Ruhepause von vier Tagen war Dr. Perthes mit seiner Gruppe zurück über den See gefahren. Sie hatten die Ausrüstung überholt, und die beiden Ärzte hatten die Blutproben des Häuptlings behelfsmäßig ausgewertet und dann konserviert. An einem Ufer, das durch Rauchzeichen kenntlich war, warteten 50 Krieger der Taràpas, die durch die Trommel herbeigerufen worden waren. Sie sollten als zusätzliche Träger den Zug mitmachen, während Sapolàna einen seiner Unterhäuptlinge schickte, um die Expedition durch den Urwald zu führen.

Peter Perthes saß an diesem Abend über seine Karten gebeugt und studierte unter einer Petroleumlampe den Weg, den er am frühen Morgen beginnen wollte. Die Reise sollte quer durch den Urwald auf kleinen, schmalen Eingeborenenpfaden zum Quellgebiet des Cuno Mataveni gehen, einem Fleck Erde, der völlig unerforscht war. Von dort wollte man versuchen, abermals durch Neuland bis nach Ateimo am Rio Vichada vorzudringen, von wo aus man den Anschluß an Siedlungen von Weißen gewinnen konnte.

Dr. Cartogeno hatte die Mühe aufgegeben, Peters Pläne zu kritisieren. Er wußte, daß es keinen Sinn hatte und die Expedition doch nach dem einmal gefaßten Entschluß Peters verlaufen würde. Bis jetzt hatte sich seine Übersicht ja auch immer als richtig erwiesen, und seine Freundschaft mit Sapolàna war in Cartogenos Augen eine außerordentliche Leistung die in die Geschichte des kolumbianischen Urwaldes eingehen würde. Wenn er jetzt noch Bedenken hatte, so waren es nur diese, daß das vor ihnen liegende Gebiet zu den unbekanntesten gehörte und man sich wahre Schauergeschichten über Bestien und Insekten erzählte, deren Gift alles bisher Bekannte weit übertraf. Cartogeno sagte das Peter nicht, denn er wußte, daß er ihn niemals davon abhalten konnte, in die Urwälder einzudringen.

»Wir haben unsere Taràpas«, pflegte Dr. Perthes auf derartige Vorhaltungen zu antworten, »sie kennen jeden Winkel der Wälder. Wir haben einen guten Führer und fünfzig Träger. Uns kann nichts geschehen . . .«

Am Morgen des fünften Tages brach die Expedition auf. Voran ging der Unterhäuptling mit 4 Kriegern, die mit großen, scharfgeschliffenen Macheten den verfilzten Pfad freihieben und vor Baumschlangen, Skorpionen und

Wildkatzen warnten. Dann folgten Dr. Perthes, Dr. Cartogeno, der Dolmetscher mit den fünf Trägern, während die anderen Taràpas, mit den Lasten auf den Rücken, in langer Reihe die Karawane abschlossen. Sie zogen durch den unbekannten Wald, die ersten Weißen seit Tausenden von Jahren, mehrere hundert Meter lang, eine sich vorwärts arbeitende Riesenschlange unter urweltlichen Bäumen und Pflanzen.

Drei Wochen zogen sie so durch den Wald. Der Boden war weich, faulig, schwammig. Die Hitze staute sich unter dem Blätterdach, durchsetzt mit der Feuchtigkeit der täglichen, wolkenbruchartigen Regengüsse, die ebenso schnell wieder aufhörten, wie sie ausbrachen. Das zur Erde geschleuderte Wasser verdunstete in der brennenden Sonne mit widerlichen Gerüchen. In den Raststunden, die gegen elf Uhr abends eingelegt wurden, sammelten die beiden Ärzte giftige Würmer aus dem fauligen Sumpf oder erlegten mit Giftpfeilen Affen und Tukane, sie fertigten sofort Blutproben an, fingen eine Anakonda, die die Taràpas als Leckerbissen am Feuer verzehrten, und töteten bisher unbekannte Molche, die durch eine Giftdrüse im Gaumen ein ätzendes Gift bis zu einem Meter weit spritzen konnten und alles Lebende in diesem Umkreis töteten.

Die Ausbeute war reich. Dr. Perthes strahlte. Er hatte bereits jetzt genug Material für eine halbjährige Laborarbeit, wobei er dann die Gegengifte finden und kristallisieren mußte. In der vierten Woche näherte man sich einem Seitenarm des Cuno Supari. Das Quellgebiet des Mataveni war erreicht. Eine weiße Fläche auf der Landkarte konnte gestrichen werden. So gut sie es verstanden, fertigten die beiden Ärzte eine Skizze der Gegend an, fuhren auf Rindenbooten, die die Taràpas innerhalb von sechs Stunden aus den frischen Rinden eines Riesenbaumes anfertigten, den Oberlauf des Flusses ab und trugen in ein Meßtischblatt jede Biegung des Laufes ein; auch die Stelle, wo der Mataveni als dünner Wasserstreifen aus einem kleinen

Sumpf sickerte, der von einer unterirdischen Quelle gespeist werden mußte.

Es war an einem Donnerstag, wie Dr. Cartogeno später in seinem Taschenkalender feststellte, als Peter und er auf dem Rindenboot den Oberlauf eines Nebenarmes des Cuno Supari befuhren. Der Fluß war nur schmal, die grüne Wand des Urwalds ragte zu beiden Seiten hoch auf – zwei wogende Mauern. 60, ja 70 Meter hohe Bäume waren ein Riegel, den die Natur vor ihre Unerforschtheit gezogen hatte. Nach einer scharfen Biegung des Flusses zeigte sich ein Streifen sandigen Strandes, der in der Sonne hell leuchtete. Schmale Tierpfade führten von ihm in den zurückstehenden Wald. Der nasse Boden war an vielen Stellen zertrampelt. Hier mußte eine Tränke sein, die von vielen Tieren benutzt wurde. Perthes hielt mit dem Boot hart am Ufer und ließ es auf den Sand auffahren.

»Mir scheint, daß uns hier eine Anzahl neuer Tiere begegnen wird«, meinte er zu Dr. Cartogeno, der die Spuren im Sand bereits untersuchte. »Dies ist ein Wasserschwein, hier eine Art Jaguar. Aber dort – diese langen, kratzigen Spuren! Es sieht so aus, als hätte das Tier neben Krallen Haare an den Füßen, die lang nachschleifen und die Spur verwischen.«

»Bestimmt ein scheußliches Biest!« Dr. Cartogeno sprang an Land, sie zogen das Boot heran und versteckten es in einem Schilfdickicht. Dann bauten sie ein einfaches Zeltbahnlager in einem Lianengestrüpp, von dem aus sie auch bei Nacht die Tränke beobachten konnten. Sie vermuteten, daß die Tiere entweder bei Einbruch der Dunkelheit oder in der Morgendämmerung an das Wasser kommen würden. Sie lagen über zwei Stunden und lauschten auf die Laute der Vögel, das Geschrei der Baumaffen und den schmetternden Ruf des Trompetervogels. Es war heiß und schwül, der Schweiß auf ihren Körpern klebte.

»Ich will versuchen, von der merkwürdigen Spur im

Sand einen Abdruck zu machen. Kommen Sie mit, Doktor?«

»Hinaus in die Sonne? Nee! Ich bin froh, daß ich im Schatten liege.« Cartogeno drehte sich eine Zigarette.

Perthes erhob sich und ging hinunter zum Fluß. Im Flußwasser schöpfte er mit seinem Feldflaschenbecher, rührte dann etwas Gips an, den sie immer für solche Fälle in einem kleinen Sack mit sich führten, und goß vorsichtig die unbekannte Fährte aus. Er war mit der Arbeit gerade fertig geworden und wollte sich von den Knien erheben, als er hinter sich ein Rascheln hörte und gleichzeitig Dr. Cartogenos Schrei. Bruchteile einer Sekunde später krachte der erste Pistolenschuß. Perthes fuhr herum und starrte in die stechenden Augen einer großen, auf acht riesigen, langbehaarten Beinen stehenden Spinne. Ihr breiter, hoch gewölbter Vorderleib war aufgerichtet, der spitz zulaufende Hinterleib in die Erde gestemmt. Pechschwarz war der dicke Chitinpanzer des Rückens und ebenso schwarz die lange Behaarung. Kalt, feindlich, starr sah die Riesenspinne Peter Perthes an, ihre Doppelkiefer klappernd auf und zu schnappend.

Einen Augenblick lang war Perthes vor Schreck und Ekel wie gelähmt. Er sah Cartogeno aus dem Busch brechen, hörte den zweiten Schuß und sah die Spinne zusammenzucken. Weit stießen die Kiefer vor, ihr zähes Leben konnte eine Kugel unter dem Panzer gut vertragen.

»Zurück!« brüllte der kolumbianische Arzt wie von Sinnen und arbeitete an seiner Waffe, die eine Ladehemmung zu haben schien. »Retten Sie sich! Laufen Sie! Es ist eine ›Black Widow‹!«

Die Schwarze Witwe, durchzuckte es Peter. Die sagenhafte, riesige Urwaldspinne, deren Biß giftig und unheilbar ist. Diese ekelhafte Bestie, von der Schauergeschichten um die ganze Welt gehen. Wie ein Wirbel durchraste es seinen Kopf: Schwarze Witwe, Latrodectus mactans, ein Mittelding zwischen Spinne und Krebs, Gegenmittel helfen nur sofort, sonst Tod oder lebenslange Lähmung. Er wollte zurückspringen und zu Cartogeno laufen, als die Spinne plötzlich vorschnellte, sich mit dem Hinterkörper abstieß und wie ein schwarzer, haariger Klumpen gegen den Arzt prallte. Laut schrie Dr. Cartogeno auf. Peter Perthes, von Ekel immer noch geschüttelt, spürte einen messerscharfen Schnitt an seinem Schenkel und hieb mit beiden Fäusten auf die glotzenden starren Augen. Die »Schwarze Witwe« ließ sich zu Boden fallen, klapperte noch mit den Kiefern – da war Dr. Cartogeno schon heran und schoß sein ganzes Magazin in den sich aufbäumenden Leib. Schwarzes Blut rann in den Sand, dann sank die Spinne zusammen.

Perthes wankte und hielt sich an Cartogeno fest. Vor seinen Augen flimmerte es, der Wald, der Fluß, das Ufer drehten sich wie in einem Karussell. Der Himmel schien auf ihn zuzukommen – jetzt fiel er hinab, erdrückte ihn ... die Sonne wollte ihn verbrennen ... das Bein ... das Bein versengte sie schon ... er schlug um sich, schrie, mit irren Augen glaubte er immer noch, das Firmament stürze ein – dann sank Perthes in den Sand und verlor das Bewußtsein.

Dr. Cartogeno riß ihm die Kleider vom Leib. Aus dem linken Oberschenkel sah er aus einer kleinen Bißwunde Blut quellen. Es gerann in der Luft sofort. Gift! Ohne zu zögern riß Cartogeno sein Messer aus der Tasche und schnitt tief in das strömende Blut. Fast eine halbe Stunde lang ließ er die Wunde bluten, verhinderte alle Gerinnung, indem er weiterschnitt, setzte dann einen Tampon ein und trug den Ohnmächtigen zu dem Rindenboot. Mit aller Kraft schleppte er es allein ins Wasser, legte den Bewußtlosen hinein und stieß dann in den Fluß hinaus. In rasender Fahrt ging es den Fluß abwärts, dem Lagerplatz entgegen. Dr. Cartogeno ruderte wie ein Irrer. Er bemerkte, wie das Gesicht seines Kameraden gelber wurde. Das Gift! schrie es in ihm. Es kommt in dic Blutbahn, trotz allen Ausblutens ... es geht weiter! Schneller – schneller! Warum ist solch ein Boot kein Pfeil? Cartogeno beugte sich vor, er lag fast über dem Bewußtlosen. Du darfst hier nicht sterben, schrie es in dem Kolumbianer. Nein, denn du bist mir zu einem Freund geworden, zu dem einzigen wirklichen Freund, den ich je hatte. Nie habe ich es dir gesagt, immer haben wir nebeneinanderher gelebt wie zwei Fremde. aber in der Gefahr, da wurden wir zu Brüdern! Nein, viel mehr waren wir ... waren Kameraden! Und jetzt sollst du sterben? So einfach sterben, weil dich so ein Biest gebissen hat? Das ist Feigheit, Peter, wenn du mich allein im Urwald zurückläßt! Das werde ich dir nie verzeihen ...

Das Boot schoß den Fluß hinab. Dr. Cartogeno hatte Peters Kopf in seinen Schoß gelegt. Tränen standen ihm in den Augen. Seine Lippen zwischen dem struppigen, ungepflegten Bart zuckten. So kamen sie am Lagerplatz an. Ein Weinender und ein Sterbender ...

Die Taràpas umstanden stumm das Kanu, als Peter herausgetragen wurde. Nur einer stand an der Baumtrommel und ließ sie durch den Wald dröhnen, und von fern antwortete eine andere Trommel und gab die Meldung durch den weiten Urwald weiter: Der weiße Zauberer ist krank. Er liegt im Sterben. Die »Schwarze Witwe« hat ihn angefallen.

Der Unterhäuptling, der die Expedition führen sollte, schickte seine Krieger in die Sümpfe. Sie kamen mit Blättern und Wurzeln zurück, aus denen sie einen Brei kochten, den sie Perthes auf den Biß schmierten. Dr. Cartogeno ließ sie gewähren. Er zog eine Spritze mit dem unerprobten Serum auf, das Sapolàna gerettet hatte, und injizierte zehn Kubikzentimeter, den Rest des Serums, in Peters Blutbahn. Damit war sein Wissen erschöpft.

Den ganzen Tag und die folgende Nacht saß der Kolumbianer neben dem Deutschen im Zelt. Die Petroleumlampe blakte trübe. Draußen, um das Zelt herum, saßen an den Feuern die Taràpas und sangen leise ihre alten Sterbegesänge. Perthes' Gesicht fiel ein, auf der Haut zeigten sich braune Flecken, der Atem wurde rasselnd, Fieber schüttelte den Körper.

Dr. Cartogeno saß neben ihm und hielt die Hände gefaltet und versuchte zu beten. Zum erstenmal wieder nach sechzehn Jahren . . . Er wußte keinen Rat mehr, er rief Gott um Hilfe an. Die Macht der Menschen war erschöpft. Konnte die Macht des Himmels noch helfen?

In der Nacht wurde Perthes unruhig. Phantasierend warf er sich hin und her. Sein Schweiß roch schon faulig. SeineLippen wurden ganz trocken, sprangen auf und bluteten. Die Haut zwischen den Fingern verfärbte sich schwarz. Das Gift!

Mit knirschenden Zähnen saß Cartogeno vor dem Sterbenden. Seine Ohnmacht brachte ihn dem Wahnsinn nahe. Er stirbt, und keiner kann ihm helfen, dachte er immer wieder. Den kleinen, lächerlich kleinen Biß einer Spinne können wir nicht heilen! Der Mensch, der große Mensch, der Beherrscher der Welt, er stirbt am Biß eines niederen Gliederfüßlers! Das ist lächerlich, gemein . . . Er drückte den Phantasierenden zurück auf das Kissen und tropfte ihm scharfen Cognac zwischen die blutenden Lippen.

Der Körper bäumte sich auf. Die Augen waren starr, gläsern, wie bei einer Wachspuppe. Röchelnd ging der Atem. Die Backenknochen stachen durch die Haut. Der nackte Leib wurde streifig und gelb. Das Gift!

Die Nacht ging nur langsam vorüber. Cartogeno flößte Peter noch ein Mittel gegen das Fieber ein, obgleich er wußte, daß es sinnlos war. Aber er wollte nicht tatenlos bei dem Sterbenden sitzen. Alles in ihm schrie auf gegen das unerbittliche Schicksal, dem er hier gegenübersaß.

Als die kurze Morgendämmerung hereinbrach und der Wald sich belebte, die ersten Kolibris neugierig um die Hütte flatterten und die Tukane schrien, war Dr. Perthes eingeschlafen. Sein Atem ging etwas ruhiger. An seinem wie Leder gewordenen Hals pochte das Blut in der Schlagader. Die Flecken zwischen den Fingern wurden trüber, die Fieberphantasien hörten auf. In Schweiß gebadet, lag Dr. Perthes auf seinem Blätterlager und schlief. Cartogeno wischte sich die Augen aus. Der ruhige Schlaf des Kameraden kam ihm wie ein Wunder vor. Peter lebte noch! Das Gift im Körper war gebrochen. Das unerprobte Serum, das Sapolàna das Leben gerettet hatte, es zerstörte auch das Gift der »Schwarzen Witwe«. Es war wie ein Wunder... Wirklich, es mußte ein göttliches Wunder sein! Aber es war ja Wahrheit – greifbare Wirklichkeit... dort lag der schon vom Tod gezeichnete Kamerad und schlief. Schlief ruhig, gelöst und tief...

Dr. Cartogeno erhob sich und ging mit steifen Beinen aus dem Zelt. Draußen starrten ihn die Taràpas an. Der Dolmetscher bekreuzigte sich. »Noch lebt er«, sagte Dr. Cartogeno leise. »Er schläft.«

Und wieder dröhnte die dumpfe Trommel und rief die neue Botschaft durch die grüne Hölle. Der weiße Zauberer lebt noch! Er schläft. Betet zu Nungüi, der Erdenmutter. Tanzt mit dem Fetisch und treibt den bösen Dämon aus! Der weiße Zauberer darf nicht sterben...

Cartogeno ließ Wasser holen. Mit Lysoform stellte er eine desinfizierende Lösung her und wusch damit Peters Körper. Viermal täglich erneuerte er den Tampon in der breit geschnittenen Wunde. Nach drei Tagen war auch das Fieber gesunken, nur das Bewußtsein kehrte nicht zurück, das Gift mußte die Gehirnnerven angegriffen haben.

In diesem Stadium, als feststand, daß Peter Perthes nicht sterben würde, entschloß sich Dr. Cartogeno, den Freund nach Zapuare zurückzubringen. Die Taràpas flochten aus Lianen und zähen Gräsern eine weite Tragmatte, brannten aus Baumstämmen Kanus aus und fertigten aus frischen Rinden leichte Boote. An einem frühen Morgen brach die Karawane auf – achtzehn Boote stark – und ruderte den Cuno Supari hinab. Nach zwei Tagen erreichten sie unterhalb San Juans den Rio Guaviare, den breiten Strom, der von den riesigen Weideflächen der Llanos des San Martin kam. Hier trennten sich die Taràpas von Dr. Cartogeno und fuhren zurück in die Unendlichkeit der Wälder. Die Nähe der Weißen war ihnen verhaßt, sie scheuten die kleinste Siedlung und lebten nur im Halbdunkel der domhohen Blätterdächer. Mit zwei Booten und den alten Begleitern landete Dr. Cartogeno in Zapuare.

Man bestaunte die Ankommenden wie Gespenster. Man wollte nicht glauben, daß sie noch lebten. Sie waren amtlich tot – ihre Sachen waren beschlagnahmt und nach Villavicencio geschafft worden. Das Haus, das sie bewohnt hatten, stand leer. Kein Gepäck, kein Laboratorium mehr – vor allem kein Gegengift.

Dr. Cartogeno war der Verzweiflung nahe. Er brüllte den Dorfvorsteher an, schickte einen Meldereiter nach Villavicencio und pflegte Peter mit den wenigen Medikamenten, die in der Hausapotheke der »Bar« vorhanden waren; sie war vor allem auf Schußverletzungen eingerichtet. Peter hatte das Bewußtsein für kurze Zeit auf der schnellen Fahrt den Rio Guaviare hinab wiedererlangt. Er sah Dr. Cartogeno groß und fragend an und bewegte mühsam die noch immer aufgesprungenen Lippen.

»Geht es zu Ende?« fragte er leise.

Der Kolumbianer schüttelte den Kopf. »Unsinn!« sagte er bewußt rauh. »So ein kleiner Spinnenbiß! Ich habe das Fleisch weggeschnitten und Ihnen zehn Kubik Ihres Gegengiftes injiziert.«

»Das war gut, Fernando.« Es war das erstemal, daß Perthes seinen Begleiter mit dem Vornamen anredete. Dr. Cartogeno begriff die Bedeutung dieses Wortes und drückte Peter stumm die Hand.

»Mehr konnte ich nicht tun«, sagte er nach einer Weile. »Wir haben kein Serum mehr.«

»In Zapuare sind noch sechzig Kubik«, sagte Peter mühsam. »Wir müssen nach Zapuare zurück . . .«

Dann fiel er von neuem in Bewußtlosigkeit. Fünf Tage wartete Dr. Cartogeno mit seinem Patienten auf das Serum. Als es endlich eintraf, war es begleitet vom Distriktsgouverneur, einem Regierungsvertreter, einem Zug Polizei und drei Wissenschaftlern. Sie wollten Peter Perthes verhören, Protokolle aufnehmen, der Welt eine neue Sensation verschaffen: Dr. Perthes gerettet! Der grünen Hölle entronnen! Ein Weißer zum erstenmal ein Freund der grausamen Taràpas!

Dr. Cartogeno ließ keinen der Herren zu Perthes hinein. Er schloß die Türen des Hauses ab, nahm das Serum und dosierte es nach Peters Angaben, der blaß und schwach auf seinem Feldbett lag. In Abständen von fünf Stunden injizierte er das Serum.

Das Leben Peters wurde gerettet. Der Kopf arbeitete wieder, die von der Lähmung angegriffenen Lungenflügel dehnten sich wieder, die Hautflecken verschwanden. Am fünften Tag, drei Wochen nach dem Biß der »Schwarzen Witwe« rann neue Lebenskraft durch den gemarterten Körper. Der Wille, die ersten Gehversuche zu machen, wuchs immer mehr.

Als an diesem Abend Dr. Cartogeno das Haus betrat und Peter berichten wollte, daß der größte Teil seines Labors auf dem Weg nach Zapuare sei, daß alle Zeitungen voll wären von seinem einmaligen Abenteuer, daß die großen Illustrierten Reporter per Flugzeug geschickt hatten, die draußen warteten, um den »Helden der grünen Hölle«, wie »Life« Dr. Perthes pathetisch tituliert hatte, zu fotografieren und zu interviewen, fand er Peter auf dem Feldbett sitzend vor. Zuerst merkte er nichts und sprudelte einen Teil der Nachrichten hervor, doch dann fiel ihm das Schweigen auf und er stockte mitten in seinem Bericht.

Peter Perthes saß auf dem Bett. Seine Beine hingen auf die Erde, als gehörten sie nicht zu seinem Körper. In seinen Augen lag eine Dumpfheit, die Dr. Cartogeno erschreckte. »Was hast du, Peter?« fragte er stockend. »Kommt ein Rückfall?«

Perthes spielte mit einer Ampulle und hielt sie dann wie

scherzhaft in die Luft. Mit eisigem Erschrecken sah Cartogeno, daß es eine der Ampullen mit Blausäure war, die sie zu Experimenten mitführten.

»Würdest du mir diese Spritze geben?« fragte Peter sehr betont. In seiner Stimme lag eine wilde Entschlossenheit.

»Du bist verrückt!« meinte Dr. Cartogeno laut. »Auch nicht, wenn ich dich darum bitte?« beharrte Dr. Perthes.

»Peter!« Der Kolumbianer lief auf seinen Freund zu und schlug ihm die Ampulle aus der Hand. »Bist du irrsinnig geworden?«

»Du hast einen großen Fehler begangen!« brüllte Peter auf einmal los. Er packte den Kolumbianer mit beiden Händen an der Schulter und riß ihn zu sich herüber. »Du!« schrie er, ihn wild schüttelnd. »Warum hast du mich nicht sterben lassen? Warum hast du mich gerettet? Warum hast du mir dieses entsetzliche Leben wiedergegeben?« Er stieß den Freund von sich. Entsetzt taumelte Dr. Cartogeno gegen die Hüttenwand. »Willst du es dir ansehen, wie schön ich laufen kann?«

Er sprang auf und wollte einen Schritt gehen. Als seien in den Beinen keine Knochen mehr, keine Sehnen, keine Muskeln – so knickten sie ein, weich, leblos, nur noch eine Masse Fleisch ohne Halt. Nach vornüber schlug Peter, auf das Gesicht, die Hände weit ausgebreitet. Ehe Dr. Cartogeno hinzuspringen konnte, wälzte sich Peter auf den Rücken und sah den Freund halb irre an.

»Weißt du, was das ist?« röchelte er. »Soll ich es dir sagen? Ich bin gelähmt! Meine Beine sind gelähmt, es sind keine Beine mehr ... nur noch am Körper hängende Fleischstücke. Ich bin ein Krüppel ... ein Krüppel ... ein Krüppel ...«

Er wälzte sich wieder aufs Gesicht und schluchzte. Sein Körper wurde geschüttelt von dieser furchtbaren Erkenntnis ...

Dr. Cartogeno hob den Freund wie ein Kind auf und trug ihn zum Bett zurück. Willenlos ließ es Peter geschehen, er hatte die Augen geschlossen, aber unter den Lidern hervor rannen die Tränen.

Das war die Stunde, in der Dr. Cartogeno Hilferufe nach Köln und Schöllang sandte. In Peters Brieftasche hatte er die Adressen gefunden. Er fragte nicht viel – er schrieb an Angela Bender und Dr. Sacher, von dem er wußte, daß Peter ihm mehrmals geschrieben hatte.

Hilfe! schrieb er. Dr. Peter Perthes ist gelähmt. An beiden Beinen! Er hat allen Lebensmut verloren und will nichts, als sich vergiften! Wir haben kein Mittel gegen diese Lähmung, es gibt wohl auch kein Mittel auf der ganzen Welt gegen das Gift der »Schwarzen Witwe«. Und doch müßt Ihr helfen! Sucht, forscht Tag und Nacht und gönnt Euch keine Ruhe . . . Peter ist gelähmt . . . Hilfe!

Aus Bogota kamen Spezialärzte nach Zapuare, untersuchten Dr. Perthes und schüttelten die Köpfe. »Life« schickte die beiden besten Tropenärzte aus New York und San Franzisko in Flugzeugen nach Kolumbien – sie nahmen Blutproben, untersuchten die Nerven der Beine und . . . schüttelten die Köpfe.

Rettungslos verloren! Auf Lebenszeit gelähmt. Zum Krüppel verurteilt. Nach zwei Monaten hatte sich Peter gefaßt. In langen schlaflosen Nächten hatte er sich zu der Erkenntnis durchgerungen, daß sein Leben in Zapuare enden würde. Was wollte er noch in Europa, in Köln, an Angelas Seite? Sollte sie einen Gelähmten heiraten? Sollte er ein moralisches Recht ausnutzen und ihr ganzes Leben vernichten, mit ihrer Jugend an einen Greis gebunden, den sie im Rollstuhl durch die Zimmer fahren, ins Bett tragen mußte?

Es war undenkbar, das von Angela zu verlangen. Nein, es gab nur diesen einen Weg: alle Brücken abbrechen! Mit starrem Gesicht verbrannte er alles, was ihn an Angela erinnerte. Selbst ihre Geschenke an ihn, Brieftasche, Armbanduhr, einen Schal, ein Oberhemd, ließ er Dr. Cartogeno am Fluß vernichten. Nichts sollte zurückbleiben von ihr, nichts, was er greifen konnte. Nur die Erinnerung blieb – die Gedanken, die er nicht verbrennen konnte, sondern die seine Seele verbrannten. Europa sollte zur Vergangenheit werden – der Urwalddoktor, das wollte er in Zukunft sein. Der lahme weiße Zauberer ... Der Krüppel von Zapuare ...

Nach eigen Zeichnungen ließ er sich Spezialkrücken anfertigen. Mit ihnen humpelte er, den Körper beim Gehen auf den Hölzern vorschleudernd, am Ufer des Rio Guaviare entlang. Die Einwohner von Zapuare gingen ihm aus dem Weg. Sie wollten ihn nicht grüßen, damit er in ihren Augen das Mitleid nicht sähe.

Mühsam schleppte er sich an seinen Krücken umher. Dr. Cartogeno versah nach Peters Angaben die Laborarbeiten. Ab und zu saß er in einem weichen Polstersessel selbst vor dem Tisch am Mikroskop und begann eine neue Versuchsreihe. Sein Material war unerschöpflich: es war sein eigenes Blut. Verbissen betrachtete er durch das Okular die unregelmäßigen Kristalle. Das waren seine Feinde! Das war der Tod. Das war ... die Lähmung! Winzige, schillernde Kristalle. Sie konnten einen großen, starken Menschen fällen. Ach, was ist ein Mensch ...

Dr. Perthes ließ sich in das Boot tragen und fuhr von neuem die Flüsse herab in die unergründlichen Urwälder. Wo sein Kanu anlegte, da standen seine Freunde, die Taràpas, am Ufer und trugen ihn auf Bastmatten oder auf den Schultern durch die Dschungel und Sümpfe. Die Baumtrommeln kündeten sein Kommen an ... wo er auf seiner Karte den geplanten Weg bezeichnet hatte, war in den Wald ein Pfad gehauen. Riesenhafte Wilde rodeten die Lagerstätten, suchten in den Sümpfen nach giftigen Spinnen und Schlangen und brachten sie Dr. Cartogeno, der nicht von Peters Seite wich. Unermüdlich forschten sie. Peters Tatkraft hatte etwas Verzweifeltes an sich. Es war, als suche er Vergessen in der Arbeit, als wolle er seine gelähmten Beine nicht sehen, wenn er im Boot durch die Urwaldflüsse schoß. Er kannte kaum noch Schlaf. Eine dunkle Macht trieb ihn zu rastloser Arbeit. Wenn er auf seinen Krücken umherhumpelte, verbreitete er Schweigen um sich. Aber darauf achtete er nicht. Er kannte nur ein Ziel, dem er sein Leben opferte wie einem Moloch: Kampf den glitzernden Kristallen. Kampf dem Gift. Kampf dem Tod.

11

Professor Dr. Purr sprang aus seinem Sessel auf, als ihm der Besuch Frau Dr. Benders gemeldet wurde.

»Das ist doch nicht möglich«, rief er und ging in die Diele seines Hauses. Dort stand Angela, schmal, blaß, übernächtig, das Kind auf dem Arm. Unter ihren Augen lagen tiefe schwarze Ringe. Sie schien am Ende ihrer Kräfte zu sein.

»Mein Gott! Was ist geschehen?« Professor Purr nahm ihr das Kind aus den Armen und trug es vor sich her ins Herrenzimmer. Dort legte er es vorsichtig auf die Couch, während sich Angela erschöpft in einen der Sessel fallen ließ und mit dem Kopf auf die Lehne sank. Ohne weiter zu fragen, rief Purr seine Klinik an und ließ ein Bett vorbereiten. Dann bestellte er einen Krankenwagen. Das Mädchen mußte starken Kaffee kochen und einige Schinkenbrote herrichten. Dann ging er zu Angela zurück und richtete ihr Gesicht zu sich empor. Da sah er, daß sie weinte.

»Kann ich Ihnen helfen?« fragte er nur und legte seinen Arm schützend um ihre zuckenden Schultern.

Sie nickte und reichte ihm das zerknitterte Schreiben Dr. Cartogenos hin. Langsam las der Professor Satz für Satz dann legte er den Brief auf seinen Schreibtisch. Er ging im Zimmer hin und her. »Was soll ich Ihnen sagen,

Dr. Bender?« Er rang nach Worten. »Sie wissen es so gut wie ich: das Gift der ›Schwarzen Witwe‹ ist unheilbar. Seien Sie aber glücklich, daß er überhaupt mit dem Leben davongekommen ist. Eine Lähmung beider Beine ist noch längst nicht das schlimmste. Ihm bleibt der Kopf, der Verstand, der Geist . . .«

»Es ist trotzdem furchtbar.« Angela schlug die Hände vor die Augen. »Perthes gelähmt! Dieser frohe, große lebenslustige Mensch! Vernichtet durch einen Spinnenbiß! Auf Krücken schleppt er sich nun durch den Urwald. Wer ihn kennt, der kann das einfach nicht begreifen . . .«

»Das Schicksal ist für uns Menschen oft unbegreiflich.« Der Professor hörte den Krankenwagen und nahm das Kind von der Couch. Es hatte die ganze Zeit geschlafen. Mit vorgeschobener Lippe, ein Lächeln um den kleinen Mund, so wachte es nicht auf, als der Arzt es in seine Arme nahm. »Es sieht Ihnen ähnlich, Dr. Bender.«

»Er heißt Peter.« Angela erhob sich und nahm das Kind an sich. »Jetzt bin ich doppelt stolz, daß er so heißt wie sein Vater.« Sie küßte den Jungen vorsichtig, um ihn nicht zu wecken, auf die Stirn. Dünne, seidenweiche Härchen bedeckten den kleinen Kopf. »Wenn es uns nicht gelingt, das Gift zu bekämpfen – er soll es fortführen! Für seinen Vater!«

Sie blickte zu dem Professor auf, der erschüttert die Szene beobachtet hatte. »Ich werde nur noch ein Ziel kennen: Peters Leben wieder froh zu machen!«

Zunächst allerdings befahl ihr Dr. Purr, sich in seiner Klinik von allen Anstrengungen zu erholen. Er verordnete ihr acht Tage strenge Bettruhe, Sonderverpflegung und für das Kind sofortige Umstellung auf Flaschenmilch.

»Sie sind nur noch ein Nervenwrack«, meinte er gutmütig polternd. »Und ich lasse Sie nicht eher bei mir arbeiten, als bis Sie eine geschlagene Stunde lang einen bis zum Rand gefüllten Suppenteller ruhig halten können, ohne daß er überschwappt!«

Angela lachte, aber sie fühlte, daß es kein Scherz war. Voll innerer Ungeduld harrte sie diese Woche im Bett aus und stand am neunten Tag plötzlich im weißen Kittel im Zimmer des Professors.

»Bitte«, sagte sie mit gespielter Fröhlichkeit, »Ihre neue Assistentin meldet sich zum Dienst.«

»Sehr gut!« Professor Purr erhob sich hinter seinem Schreibtisch und kam auf Dr. Bender zu. »Da Sie meine Assistentin sind und somit, dem Brauch aller Kliniken entsprechend, zu unbedingtem Gehorsam bereit sein müssen, ordne ich hiermit an, daß Sie keinen anderen Dienst machen als die beiden täglichen Visiten und eine Aushilfe im Verbandsraum.«

»Herr Professor!« Angela wollte widersprechen, aber der Professor wischte durch die Luft, ihr jedes weitere Wort abschneidend.

»Frau Dr. Bender – ich dulde an meiner Klinik keine Widerrede. Das sollten Sie wissen.« Er blickte auf die Armbanduhr. »In einer halben Stunde ist Visite. Halten Sie sich bitte bereit. Ich zeige Ihnen die ernsteren Fälle und spreche sie mit Ihnen durch. Danke!« Er nickte. Angela war entlassen.

Auf dem Flur stampfte sie mit dem Fuß auf. Gegen diesen Mann kam sie nicht an. Sie wollte die Erlaubnis erwirken, im Labor mitzuarbeiten, um sich langsam in die Materie der Toxikologie hineinzufinden. Der bloße Klinikdienst war nicht nach ihrem Sinn, und wenn Professor Purr ihn ihr befahl, so nur, weil er ihre Nerven weiterhin schonen wollte.

Es war knapp einen Monat später, an einem Freitag, als ein Schicksalstag für Angela anbrach.

Sie kam aus der Universitätsbibliothek und wollte zurück in die Klinik, als ihr auf dem Gang eine lange, weißgekleidete dürre Gestalt begegnete. Der Mann, stutzte erst einen Augenblick lang, dann zupfte er sich an der langen

Nase und kam mit raschen Schritten näher. »Is det denn wahr?« rief er laut. »Det Frollein Bender!« Er stockte. »Oder – ick weeß et nich – sin Se jetzt Doktor?«

»Allerdings, Benischek!« Angela lachte und drückte dem langen Mann herzlich die Hand. »Und Sie sind immer noch hier als Laboratoriumsdiener?«

»Ja. Ick kann mir nich umjewöhnen. Meine Meerschweinchen und de Kaninchen ... ick habe an ihnen sozusajen Vaterpflichten übernommen!« Er schüttelte den Kopf, als könne er dieses Wiedersehen nicht begreifen. »Un Sie? Wat wollen Sie denn hier?«

»Ich bin Assistentin bei Professor Purr!«

»Ach Jott! Beim Brausepulverkopp!« Er lachte schallend. »Na denn prost!« Er beugte sich über Angela und lächelte. »Det war noch ne Zeit, wat? Als Sie im Labor standen und weiße Mäuse mit de Masern und de Pocken impften! Wat haben wir da über den ollen Purr jelacht! Wenn er in 'n Kolleg kam und sagte: ›Meine Damen und Herren, ich weiß, daß Sie doch nichts begreifen werden, aber trotzdem will ich Ihnen vorlesen!‹ Herrjott, det waren noch Zeiten ...«

Benischek war einer von jenen Menschen, die ihr ganzes Leben hindurch mit anderen in einer engen Freundschaft stehen. Wen er einmal in sein Herz geschlossen hatte, für den verstand er es, das Unmöglichste möglich zu machen, und sein primitiver Verstand sagte ihm, daß das Wohlgefallen, das er damit für sich gewann, der Inbegriff seines Daseins war. Angela Bender gehörte seit ihrer Famula-Zeit zu den erklärten Lieblingen des Labordieners, und es bedurfte nur eines leise ausgesprochenen Wunsches, um auf die Erfüllung gleich warten zu können.

Das alles fiel Angela ein, als sie sich mit Benischek unterhielt und in alten Zeiten kramte. Die plötzliche Erkenntnis, hier einen Mann vor sich zu haben, der für sie aus der Anatomie ein Skelett stehlen würde, verband sie sofort mit der Nützlichkeit dieser Freundschaft. Plötzlich sah sie einen Weg, der aus der Enge führte, die ihr Professor Purr auferlegt hatte. Ein Weg – zwar zunächst ins Dunkle –, aber doch nur ein Durchschreiten des Heimlichen zu einem großen, leuchtenden Ziel.

»Benischek«, sagte Angela und hakte den Riesen unter. »Wir waren doch immer Freunde, nicht wahr?«

»Det will ick meinen, Frollein Doktor«, grinste er.

»Und ich habe nun einen großen Wunsch.«

»Heraus damit!«

»Sie sollen Überstunden machen.«

»Wat soll ick?« Benischek glotzte sie dumm an. »Ick habe woll 'nen Jehörfehler? Überstunden?«

»Ja, bei mir, Benischek.«

»Och Sie!« Der alte Mann wurde sichtlich verlegen. »Sie bringen 'nen ollen Krüppel noch zum Rotwerden. Det is doch nich Ihr Ernst?«

»Aber ja.« Angela lachte. »Ich möchte in den Labors arbeiten. Des Nachts, verstehen Sie, Benischek – heimlich!«

»Heimlich? Aber warum denn?«

»Ich bin einem geheimen Mittel auf der Spur. Das Leben von vielen kranken Menschen hängt an diesem Serum! Ich muß es finden, Benischek! Der alte Purr würde mir nie die Erlaubnis geben, in den Labors zu arbeiten. Er will das nicht. Ich aber muß das Mittel finden!«

Die Tatsache, daß Professor Purr, der »Brausepulverkopp«, Angela nicht das Experimentieren erlaubte, war entscheidend für Benischeks Zusage. Er nickte verständnisvoll und beugte sich an Angelas Ohr.

»Wann soll et denn losjehn?« fragte er.

»Morgen abend. Ist's recht?«

»Ick kann immer.« Benischek winkte ab. »Ick schlafe doch bei meine Kaninchen.« Er sah Angela groß an. »Ist's auch wirklich een jutes Heilmittel?« fragte er, sich gleichsam sichernd vor seiner Berufsmoral.

»Auf mein Ehrenwort, Benischek.« Angela gab ihm die

Hand. Sein Druck sagte ihr, daß sie die erste Etappe gewonnen hatte.

Am nächsten Abend, nach dem gewöhnlichen Klinikdienst, packte sie ihren weißen Kittel in eine Aktentasche und schlich sich durch den Krankenhausgarten und ein Pförtchen hinaus auf die Straße. Wenige Straßen weiter lagen die Laboratorien der Universität, von außen unscheinbare Bauten, hinter deren Mauern keiner die große Wissenschaft vermutete, die dort in Retorten und Kolben kochte und siedete.

Friedrich Benischek, von allen nur »Fritze« genannt, wartete schon an der Tür und schob Angela schnell in den dunklen Flur. Dann schloß er sorgfältig hinter sich ab und klapperte mit den Schlüsseln. Das tat er schon zwanzig Jahre lang. Der Klang der aneinanderschlagenden Schlüssel gab ihm stets aufs neue das Gefühl, ein kleiner Herrgott zu sein, ohne dessen Erlaubnis niemand die weiten, weißen, gekachelten Räume betreten durfte – sein Allerheiligstes!

Von diesem Tag ab kannte Angela Bender keine ruhige Minute mehr. In der Klinik hatte sie ihre Visiten und Verbände zu machen, zu Hause wartete der kleine Peter auf sie. Sie spielte mit ihm, gab ihm seinen Brei und erholte sich für ein oder zwei Stunden an Peters Lachen und an häuslichen Verrichtungen. Danach saß sie wieder am Schreibtisch und studierte die toxikologischen Schriften, während ein Kindermädchen den Kleinen versorgte, sie sah wieder ihre einzelnen Versuche durch und suchte nach neuen Wegen. Wenn der Abend kam, ging sie zu Benischek und saß die halbe Nacht vor den Brutöfen, Nährböden, Reagenzgläsern und Mikroskopen, impfte Mäuse mit Tropengiften und behandelte die sterbenden Tiere mit einem Blutserum.

Sie kannte keine Zeit mehr. Der Kreislauf ihres Lebens wurde immer enger. Manchmal wunderte sie sich, daß sie an einem Tisch saß und aß. Es kam ihr wie ein Frevel vor, an einem weißgedeckten Tisch zu sitzen und Butterbrot mit Schinken zu essen, während in den Urwäldern Peter von Wurzeln und Tapiokabrot lebte und sich mit den gelähmten Beinen auf Krücken über die ausgehauenen Wege schleppte. Dann kam es vor, daß sie plötzlich aufsprang, den Teller von sich schob und hinüberlief ins Laboratorium, wo Fritze Benischek vor seinen Käfigen saß und Abschied nahm von den vierbeinigen Lieblingen, die zum Versuch an diesem Abend von ihm selbst ausgesucht worden waren.

Und von neuem saß sie, gebeugt über das Mikroskop, an den langen Tischen, umgeben von Glaskolben, Retorten und siedenden Tiegeln. Säuredämpfe wallten durch den Raum, in Porzellangefäßen zischten feindliche Elemente aufeinander . . . Zeit und Raum und Wirklichkeit versanken um sie herum – es blieb nur das kleine, runde, helle Sichtfeld im Okular des Mikroskops übrig. Ein heller Fleck, belebt mit Kristallen, Viren, Bazillen und wunderlich geformten Gebilden unerbittlicher Vernichtung. Gift!

Die Versuchsreihen gingen voran. Nach drei Wochen nervenaufreibender Arbeit war Angela Bender endlich so weit vorgedrungen, daß sie die Giftstoffe in winzigsten Mengen von allen anderen Substanzen lösen konnte. Sie hob das nackte, das reine Gift aus dem verseuchten Blut heraus. Welch ein Gefühl, dachte sie, unmittelbar dem Tod gegenüberzustehen! Da hält man eine Schüssel in der Hand, eine kleine runde Porzellanschüssel. In ihr eine schwachgelbe Flüssigkeit, nur wenig, vielleicht knappe dreißig Kubikzentimeter. Der Boden der Schüssel ist knapp bedeckt. Und man sieht diese Flüssigkeit an und denkt, es sei schmutziges Regenwasser. Und weiß, daß diese geringe Menge genügen würde, zehntausend Menschen qualvoll sterben zu lassen. Sterben unter entsetzlichen Schmerzen, rettungslos verloren . . . Zehntausend Menschen, eine kleine Stadt, hingemetzelt durch ein wenig schmutziges Wasser auf dem Boden einer kleinen Porzellanschüssel.

Dr. Bender wischte sich über die Augen. Der Morgen graute schon vor den heruntergelassenen Rollos. Wieder war eine Nacht vorüber, eine Nacht mit dem Blick auf die kreisrunden Flecken im Okular. Stunden des Wartens, des Beobachtens, des Staunens, der Verbissenheit, des Triumphes, aber auch des Fehlschlagens! Eine Nacht im Zwiegespräch mit dem Tod. Es war eine erschütternd einseitige Unterhaltung – sie fragte ihn, und er . . . schwieg!

»Fritze« lag auf einem Sofa in der Ecke und schnarchte laut. Er hielt die Nächte nicht mehr wachend durch. Seine Nerven waren mürbe geworden. Wenn Angela Bender die Impfserien auswertete, war es für ihn das Signal, sich aufs Sofa zu legen und brummend einzuschlafen. Nur wenn seine Tiere ihre Injektion erhielten, dann war er wach. Er hielt den Kaninchen die Köpfe fest und sprach den Tieren zu wie einem kranken Kind. Jeder Stich der Spritze traf ihn ins eigene Herz. Aber es mußte ja sein, er verstand es schon, wenn er auch seit zwanzig Jahren die Grausamkeit der Menschen verfluchte. Bis die Tiere dann starben, blieb er neben den Käfigen sitzen. Traurig, voller Mitleid. Ein Bild des Jammers.

Erst wenn seine Tiere von Dr. Bender seziert wurden, legte er sich auf das Sofa und schnarchte weiter, im Traum noch seine vollpelzigen Lieblinge streichelnd.

Nach vier Wochen Kampf mit den Giften ließ sich Dr. Bender unter dem Namen Professor Purrs vom Hamburger Tropeninstitut drei Nährböden mit dem Gift der »Schwarzen Witwe« schicken. Es kam aus dem Zoologischen Garten von London, der zu Forschungszwecken einige Exemplare der giftigsten aller Spinnen besaß.

In der Nacht vom 18. zum 19. Juni 1951 begann Dr. Angela Bender mit der ersten Versuchsreihe der »Schwarzen Witwe«. Systematisch impfte sie in verschiedenen Dosierungen einige Kaninchen, vier Ratten und einen kleinen Affen. Nach genau vierundachtzig Minuten starben die Ratten und die Kaninchen. Der kleine Affe fieberte noch weitere zwanzig Minuten, wurde nach vier Stunden gelähmt und starb nach sieben Stunden gegen Morgen. Von allen Stadien wurden ihm Blutproben entnommen. Benischek, der nun nicht mehr schlafen durfte – er knurrte drei Tage deswegen –, führte gewissenhaft ein Tagebuch. Am Morgen, bevor die anderen Laboratorien sich bevölkerten, hatte er alle Mühe, sämtliche entliehenen Geräte an die richtigen Stellen zurückzuschaffen.

Niemand sonst wußte von dem kleinen Labor. Einmal nur meinte Professor Dr. Purr in diesen Wochen: »Wo waren Sie denn gestern, Dr. Bender? Ich wollte mit Ihnen einen Fall durchsprechen. Ihr Kindermädchen sagte am Telefon, Sie seien nicht zu Hause. Vorgestern war es genauso. Gehen Sie nicht zuviel aus? Sie sollten mehr Ihrer Gesundheit leben!« Er lachte. »Das ist der gute Rat eines alten Mannes – na, nichts für ungut!«

Von den Kollegen in der Klinik sonderte sich Angela ab. Sie hatte keine Zeit für Geselligkeiten, sie besuchte kein Kino, sie schlug die anfangs zahlreich eingehenden Einladungen mit dem Hinweis auf ihr Kind ab und wunderte sich auch nicht darüber, daß man sie bald in Kollegenkreisen als absonderlich betrachtete und keine Anstrengungen mehr unternahm, sie in die lustige Gemeinschaft der anderen Ärzte und Ärztinnen aufzunehmen. Ihre Freizeit, ihre Abende gehörten den Giften. Sie baute sich aus den Retorten und Kolben eine neue Welt, in der es nur das eine Ziel gab: den einsamen Mann in den Urwäldern von Amorua zu retten.

Das vom Gift der »Schwarzen Witwe« verseuchte Affenblut wurde zur Grundlage einer umfassenden Forschung. Unter dem Vorwand, zur Regelung einiger Angelegenheiten aus ihrer ehemaligen Praxis nach Köln fahren zu müssen, nahm sie sich drei Tage frei und saß nun drei Tage und drei Nächte bei Benischek hinter den Experimentiertischen.

»Fritze« hatte den Raum von außen verschlossen, um

Überraschungen zu vermeiden. Wenn es einmal an der Tür klopfte, verhielt sich Angela still. Erst wenn sich die Schritte entfernten, beugte sie sich von neuem über ihre Präparate. Das Fehlen verschiedener Geräte in den einzelnen Labors entschuldigte Benischek jeweils mit Reparaturen oder notwendig gewordenen Reinigungen. Wenn sein Feierabend gekommen war, rannte er in die Stadt, kaufte ein, kochte für Angela in seiner kleinen Küche ein Abendessen und servierte es ihr auf einem riesigen Tablett.

Nun gab es keine Ruhe mehr, keinen Schlaf, keine Stunde Freizeit. In diesen Stunden und Tagen gewöhnte sich Angela das Rauchen an. Die Zigarette in den Mundwinkeln, saß sie am Mikroskop, und ihre Augen brannten. Starker Bohnenkaffee dampfte auf einem Nebentisch. Zwischen zwei Schlucken schob sie neue Objektträger auf den Objekttisch und beobachtete die Wirkung der beigegebenen Sera. In den Nächten benutzte sie dann das große Elektronenmikroskop im Hauptlabor und ließ die Gifte in vieltausendfacher Vergrößerung vor ihren Augen tanzen. Sie starrte gebannt auf das satanische Spiel der tödlichen Kräfte.

Dann rannte sie zurück in ihr Labor und mischte, kühlte ab, destillierte und analysierte. Aus dem Blut der toten Kaninchen zog sie die Leukozyten ab und verwandte sie zu neuen Mischungen. Damit bespritzte sie die Giftkeime im Affenblut und setzte es in einen Brutschrank. Benischek schwitzte. Das Tagebuch füllte sich, Seite um Seite. Ihm fielen die Augen zu, er wankte im Sitzen . . . Da schob ihm Angela Bender Zigaretten und Kaffee hin. »Nicht schlappmachen, Fritze«, sagte sie. »Wir müssen es schaffen!« Da riß sich der alte Mann zusammen und schrieb weiter, was sie diktierte.

Sie hat keine Nerven, dachte er. Das ist ein Weibsbild! Kräfte wie ein Herkules! Diese schmale kleine Frau. Es ist unglaublich; es ist, als ob sie besessen wäre! Zwei Tage und drei Nächte ohne Unterbrechung! Da brechen ja harte

Männer zusammen. Und sie sitzt da und arbeitet weiter ... Blaß, nach vorn gebeugt, in ihrem weißen, schmutzig bespritzten Mantel ...

Reagenzglas um Reagenzglas füllte sich in den Ständern – mißlungen! Nicht reagiert, zu schwach, mißlungen – mißlungen! Dreiundneunzigmal mißlungen! Ohne Wirkung.

Es war zum Verzweifeln. Benischek verlor die Nerven und begann zu heulen. »Machen Sie Schluß!« rief er und warf das Tagebuch auf den Boden. »Ick halte det nich mehr aus! Wir jehen ja vor de Hunde! Schluß!«

Und von neuem schob Dr. Bender ihm die Zigaretten und den Kaffee hin, und Benischek hob das Tagebuch auf und schrieb weiter ...

Versuch 103 – mißlungen.

Versuch 117 – ohne Befund.

Versuch 132 – mißlungen.

Der dritte Tag kam. Er ging vorüber wie die beiden vorangegangenen. Nur die Hände begannen jetzt zu zittern, die Augen lagen tief in den Höhlen, die Wangen waren eingefallen. Auf dem Gehirn lastete ein Druck, als lägen Zentner auf dem Kopf. Jeder Atemzug schmerzte. Der Rücken war krumm, man schrie, wenn man aufstand ...

Mikroskop. Blutproben. Säuren. Basen. Sera. Mikroskop ...

Versuch 156 – ohne Befund.

Versuch 175 – mißlungen.

Es war ein Wettlauf mit dem Tod. Ein Wettrennen der Kräfte. Jetzt aufhören würde Untergang bedeuten. Nie würde der Körper noch einmal seine letzten Reserven hergeben, nie würde sich wieder eine Frau mit der Kraft der Verzweiflung aufrecht halten.

Mischen. Kochen. Mischen. Versuchen. Mischen. Einspritzen ...

Die Blutmasse des kleinen Affen ging zu Ende. Das Gift der »Schwarzen Witwe« war verbraucht.

Die letzten Versuche.

Der Tag wurde fahl. Die Dämmerung kroch ins Zimmer. Die Lampen gingen von neuem an. Die Nacht kam . . . Die letzten Versuche!

Es war die Nacht vom 22. zum 25. Juni – ein Freitag.

Angela Bender saß über dem Mikroskop und hielt den Tubus umklammert. Vor ihr, im runden Lichtfeld des Okulars, lag der Versuch Nr. 194.

Mit einer Hohlnadel tropfte sie eine winzige Menge eines vor drei Stunden entwickelten Serums auf die Giftkristalle.

Vor ihren Augen flimmerte es. Sie stützte den Kopf auf das Gerät und schloß die Lider. Am Ende, dachte sie. Ich muß ein Ende machen. Ich kann nicht mehr . . . Es wird zuviel. Ich schaffe es nie . . . Jetzt weiß ich es, daß ich es nie schaffen werde . . . Es war Verblendung, Versuchung des Schicksals. Die kleine Angela Bender will den Tod bekämpfen . . .

Sie richtete sich auf und sah Benischek an. Er saß am Tisch, war aber ein wenig eingenickt. Als sie sich jetzt rührte und ihr Stuhl knackte, fuhr er hoch.

»Versuch – mißglückt?« fragte er monoton und zu Tode matt.

Sie blickte in das Okular. Und plötzlich schrie sie auf, grell, und stieß den Stuhl zurück.

Benischek war aufgesprungen und stürzte zu Angela hin. Jetzt ist sie wahnsinnig geworden, durchzuckte es ihn. Aber dann stand er starr.

Denn Dr. Angela Bender tanzte wie wild um ihren hingefallenen Stuhl herum, stürzte dann Benischek an die Brust, küßte ihn auf die sprachlosen Lippen, wühlte sich die Haare durcheinander und lehnte dann tiefatmend an der Tür.

Ihre Augen waren weit aufgerissen, eine hektische Röte überzog ihre blassen, eingefallenen Wangen.

»Das Serum löst die Kristalle auf«, stammelte sie, als

könne sie es nun nicht mehr fassen. »Fritze, guter Fritze... Begreifen Sie es? Das Serum löste die Kristalle auf!«

Benischek umklammerte sein Tagebuch, als müsse er daran Halt suchen.

»Sie haben das Gegenmittel gefunden?« fragte er leise. In dieser Minute sprach er hochdeutsch, er vergaß für eine Sekunde, daß er Berliner war.

»Ich hoffe es, Benischek, ich hoffe es!« Sie rannte wieder zu dem Mikroskop und blickte noch einmal hindurch. »Das Blut ist rein«, stotterte sie. »Rein, Fritze – das Gift ist aufgefressen! Das Gift ist weg. Das Gift ...«

Nun schlug sie die Hände vor die Augen und weinte. Ein Schluchzen schüttelte ihren Körper. Sie sank auf Benischeks Sofa und ließ sich in die Polster fallen. Benischeks lief in die Küche, um neuen Kaffee zu kochen. Dabei sah er auf die Uhr.

1 Uhr 23 Minuten!

Sonnabend, der 25. Juni 1951.

Ein Tag, den er nie vergessen würde.

Als er mit der Kanne frischen Kaffees zurück ins Labor kam, saß Angela schon wieder vor ihren Apparaten. Sie wiederholte den Versuch gewissenhaft zehnmal. Und zehnmal verschwand das Gift aus dem Blut.

Ein Sieg! Ein voller Sieg!

Der Tod durch das Gift der »Schwarzen Witwe« gehörte der Vergangenheit an.

Bis zum Morgen arbeiteten Dr. Bender und Fritz Benischek weiter. Sie berechneten genau die einzelnen Dosierurigen des Serums, seine Zusammensetzung, seine chemischen Formeln, seine Beständigkeit bei Hitze und Kälte, seine Löslichkeit im Wasser, Alkohol, Äther ...

Der erste Weg war gegangen. Jetzt begann die Erprobung. An mehreren hundert Versuchen mußte festgestellt werden, wie hoch man dosieren durfte, mußte – wie man injizieren konnte, wie der Körper des Menschen reagieren würde, wie die Begleiterscheinungen waren ... Gab es negative?

Dies zu erproben würde die Sache anderer Wissenschaftler sein. Für Angela Bender war das große Ziel erreicht. Sie konnte Peter Perthes die Heilung schicken! Sie konnte den einsamen Krüppel im Urwald von Amorua von seinen Krücken erlösen ...

Noch in derselben Nacht füllte Angela zehn Ampullen mit einer dreifachen Dosierung wie bei dem kleinen Affen in Ampullen und verschloß sie mit Wachs. Einen kleinen Karton legte sie mit Watte aus und bettete die Ampullen darein.

Als der Morgen graute, gab sie Benischek die Hand.

»Sie müssen mir jetzt eines versprechen, Fritze: Schweigen! Absolutes Schweigen! Was auch kommen mag, was man Sie auch fragen wird – Sie wissen von nichts!«

Benischek nickte. »Ick weeß von nischt.«

»Wenn mein Serum ein Sieg ist, dann werden Sie zu mir kommen, Benischek. Ich vergesse Sie nicht. Ohne Sie hätte ich es nie geschafft.«

»Aber Frollein Doktor, ich habe doch bloß jepennt!«

Fritz Benischek kratzte sich schüchtern und verlegen den Kopf. Sein langes Gesicht lag in tiefen Falten. Er sah Angela nach, wie sie, müde und nach vorn gebeugt, mit schleichenden Schritten den Raum, das Haus verließ.

»Ein einmaliges Weib«, sagte er laut und wischte sich über die Lippen. »Ick möchte fuffzig Prozent von der haben!«

Mit der Morgenpost ging das Päckchen per Flugzeug nach Zapuare in Kolumbien.

Dr. Angela Bender erschien an diesem Tag nicht zur Visite.

Professor Purr rief an, man schickte in die Wohnung. Dr. Bender lag mit schwerem Nervenfieber zu Bett. Ihr Puls ging schwach. Eine tiefe Ohnmacht hielt sie umfangen.

Der Professor bat den Internisten der Universitätsklinik in Angelas Wohnung, der die erste Diagnose – akutes Nervenfieber – voll bestätigte. Dr. Bender wurde sofort in die Klinik eingeliefert.

Nun lag sie in einem weißen, stillen Zimmer. Ihr Atem war kaum hörbar. Ihr Gesicht war wie die Maske einer Toten.

Professor Dr. Purr kümmerte sich rührend um die Patientin. Immer wieder saß er an ihrem Bett. Um diese Frau war ein Geheimnis, ahnte er.

Voll Staunen hörte er, daß Dr. Bender in ihrem Kurzurlaub gar nicht in Köln gewesen war. Drei Tage in der Dunkelheit . . .

Der Professor schüttelte den alten Kopf. Es war ein Rätsel, das er nicht zu lösen verstand.

Er beugte sich über die Bewußtlose und strich ihr die schweißverklebten Locken aus der Stirn.

12

Auch in Köln war man in diesen Wochen nicht untätig geblieben. Bankier Wolf von Barthey rüstete sich, selbst nach Kolumbien zu fahren. Die Wiederkehr Dr. Perthes', auch wenn sie solch einen tragischen Hintergrund hatte, erfüllte ihn mit Freude. Es ging ihm dabei nicht um die Rettung seiner fünfzigtausend Mark, sondern mitfühlend und rein menschlich ergriff ihn die Rettung des jungen Arztes, der ihm so ans Herz gewachsen war.

Eine Lähmung, sagte er sich, ist zu ertragen. Es gab vom Krieg her ganz andere Verstümmelungen, mit denen die Menschen weiterlebten. Von Barthey ahnte aber, daß der sensible Arzt unter diesem Dasein litt, und hielt es daher für notwendig, selbst in Zapuare etwas von seinem Lebensmut an Dr. Perthes zu übertragen. Außerdem – und das war die geschäftliche Seite dieser Reise – interessierte ihn die bisherige wissenschaftliche Ausbeute der Expedition. Man hatte in Köln bereits mit Unterstützung seines Bankhauses eine im Augenblick noch kleine chemisch-pharmazeutische Fabrik gegründet und außerhalb der Stadt – nach Frechen zu – ein Fabrikgelände erworben und aus den Trümmern der Kriegszeit, die das Gelände noch bedeckten, eine vorerst einstöckige Halle mit den notwendigen Abteilungen und Verwaltungsräumen in Bau genommen.

Von Zapuare aus war – neben den Unglücksnachrichten und einigen allgemeinen gehaltenen Briefen – nichts Wesentliches nach Köln gedrungen. Man schwieg in Kolumbien über Erfolge; aber daß man Erfolge erzielt hatte, bewies doch die Tatsache, daß Dr. Perthes durch ein Serum gerettet wurde, das noch in der Erprobung stand ...

Auch die wundersame Begegnung mit dem Häuptling Sapolàna, die wochenlang die Spalten der Weltpresse füllte und zu den großen Zeitungssensationen gehörte, bewies, daß der junge deutsche Arzt im Besitz einer Droge war, die es ihm ermöglicht hatte, bisher als unheilbar geltende Pfeil- und Tiergifte zu besiegen.

Das Schreiben Dr. Cartogenos, das der Bankier wohl zehnmal aufmerksam durchgelesen hatte, sagte aber noch mehr als die nüchterne Tatsache, daß Dr. Perthes vor dem Schlimmsten gerettet worden sei. Es standen nämlich Sätze darin, die Professor Window, Dr. Sacher und schließlich auch dem Bankier von Barthey zu denken gaben und den Plan des letzteren verstärkten, selbst nach Zapuare zu fahren.

»Dr. Perthes ist trotz seiner Lähmung«, hieß es da, »guten Mutes. Wir alle kennen ihn ja – er schont sich nicht, sitzt Tage und Nächte in seinem Rollstuhl und setzt die Versuchsreihen fort, die wir durch seine Erkrankung unterbrechen mußten. Die Erfolge sind noch nicht abzusehen. Vielleicht hegt er die stille Hoffnung, ein Antitoxin zu entwickeln, das seine Lähmung lindern oder gar aufheben kann, falls die bereits stark angegriffenen Nerven nicht eine neue Tätigkeit verweigern und resistent bleiben. – Vor ein Paar Tagen haben wir drei Affen gefangen und sie infiziert. Sie zeigten nach drei Stunden Atemlähmungen und Gliederschmerzen, nach fünf Stunden Krämpfe und Koliken. Ein Affe starb an Herzinfarkt – zwei Affen konnten durch die Injektion von dreimal fünf Kubikzentimeter eines neuen Serums, das wir in der Retorte erzeugt hatten, vor dem Exitus gerettet werden. Allerdings blieb die Lähmung der Gliedmaßen bestehen, am nächsten Tag starb der eine der beiden Affen an Atemlähmung. Dr. Perthes versuchte nun, aus dem Blut dieses Affen die Gifte zu kristallisieren, um mit ihnen ein neues Antitoxin zu schaffen. Der Versuch mißlang aber leider, weil wir mit unseren mangelhaften Instrumenten nicht die einzelnen Toxine bestimmen konnten ...«

Hier war der Brief unterbrochen worden. Dr. Cartogeno hatte ihn, wie das Datum besagte, erst zwei Tage später fortgesetzt.

»Gestern kamen«, so schrieb Cartogeno weiter, »Abgesandte des Häuptlings Sapolàna und brachten Dr. Perthes einen Trank des Medizinmannes der Taràpas. In einem ausgehölten Kürbis schwabbte eine dunkle, dicke Brühe, die nach Zink roch. Wir bedankten uns bei Umari, einem Unterhäuptling, der selbst gekommen war, und begannen dann, den Saft zu analysieren. Das war aber nicht möglich, da die rein chemische Zusammensetzung keinen Aufschluß geben konnte über die bei der Herstellung verwendeten Pflanzen oder Wurzelsäfte. Nur so viel konnten wir erkennen: Es muß sich bei der Grundlage dieses Saftes um das Öl einer uns unbekannten Wurzel handeln, das die Wilden durch Auspressen der Wurzeln gewinnen. – Dr. Perthes nun flößte sofort von diesem Brei dem noch überlebenden Affen eine Dosis ein, und wir konnten zu unserer Freude beobachten, daß der Affe nach zehn Stunden die gelähmten Arme um zehn Zentimeter aufwärts bewegen konnte! – Obwohl ich ihn warnte, war Dr. Perthes daraufhin nicht aufzuhalten, selbst von dem Brei zu trinken. Um siebzehn Uhr trank er – bis heute ist aber noch keine Besserung zu erkennen. Wenn Dr. Perthes es auch nicht zeigt, so bemerke ich doch, daß er durch diesen neuerlichen Fehlschlag sehr gelitten hat. Er ist noch verbissener geworden, härter, noch zäher im Kampf gegen das Gift. Er will es nicht zeigen, aber dieser Fehlschlag hat ihm viel Mut geraubt. Wenn wir doch noch irgendeinen Erfolg mit den neuen Präparaten haben könnten . . .«

Als dieser Brief in der Lindenburg ankam und Dr. Sacher ihn las, verfärbte sich das Gesicht des Chirurgen. Er nahm das Schreiben und ging zu Professor Window, der gerade vor dem Röntgenschirmbetrachter stand und vor der erleuchteten Milchglasscheibe Aufnahme eines komplizierten Aneurysma aortae betrachtete.

»Du kommst wie gerufen, Paul«, sagte er, ohne den Blick von dem Röntgenbild zu nehmen. »Ein seltener Fall! Sieh mal, ein Aneurysma der Bauchaorta! Sauerbruch hat einmal einen solchen Fall mit elektrischem Strom verödet und darüber geschrieben. Das können wir hier nicht. Es ist die Frage: Was tun?«

Paul Sacher warf einen kurzen Blick auf das erleuchtete Bild und setzte sich dann in einen Sessel, den Brief Dr. Cartogenos auf den Tisch werfend.

»Hast du das gelesen?« fragte er dann.

Der Professor blickte zur Seite. »Den Brief aus Zapuare? Natürlich. Armer Kerl, der Peter.«

»Armer Kerl! Armer Kerl!« Dr. Sacher war aufgesprungen. »Da sitzt er im Urwald und verkommt. Und keiner ist da, der ihm hilft!«

»Herr von Barthey wird zu ihm fahren.«

»Von Barthey?« fragte Sacher erstaunt und hielt ruckartig in seiner Wanderung durch das große Zimmer inne. »Was will ein Bankier bei Peter? Ein guter Arzt muß hin!«

»Wenn sich Peter nicht selbst helfen kann, wird es kaum ein anderer können. Am allerwenigsten wir, Paul, denn ich weiß, was du sagen willst: Ich fahre nach Zapuare! Laß den Unsinn, Paul, es hat überhaupt keinen Sinn! Hier wirst du nötiger gebraucht.«

Professor Window zeigte auf das Röntgenbild vor der erleuchteten Milchglasscheibe. »Hier – dieses Aneurysma, das wartet auf uns, nicht Peter Perthes! Die Patientin ist Mutter von fünf Kindern, und wenn wir sie retten, haben wir eine Familie erhalten. Diese Frau ist uns näher als unser Freund, muß uns näher sein, Paul, denn sie kam zu uns – voller Vertrauen, daß wie sie retten. Sie weiß nicht, wie krank sie ist, sie weiß auch nicht, wie gering die Aussichten sind, ihr Leben zu erhalten. Hier liegt unsere Aufgabe! Zwischen dieser Patientin und Peter Perthes liegen einige tausend Kilometer . . . sie nehmen dir die Verantwortung für Peter ab, aber nicht für diese Mutter von fünf Kindern . . .«

Dr. Sacher blickte zu Boden. Er schloß für einen Moment die Augen, dann trat er an den Ständer heran und stand neben dem Professor vor dem Röntgenbild.

Unter der Bauchdecke wölbte sich deutlich der Aneurysmasack.

»Wann?« fragte Dr. Sacher heiser.

»Heute nachmittag, OP 1«, antwortete der Professor und nickte. »Ich wußte, daß du vernünftig bist, Paul.«

Als Dr. Sacher das Zimmer des Chefarztes verlassen hatte, blieb er kurze Zeit vor der Tür auf dem Flur stehen. Er wischte sich die Augen aus und dachte wieder an den Brief, der auf des Professors Schreibtisch lag.

Ich werde zu von Barthey gehen, dachte Paul Sacher. Ich werde ihn bitten, mich mitzunehmen. Ich bin es schon Angela schuldig, daß alles für Peter getan wird. Für sie tue ich es, ich kann sie nicht unglücklich sehen . . . Und ich weiß doch, daß sie nur glücklich wird, wenn Peter zurückkommt . . .

Am Abend nach der schweren Operation fuhr Dr. Sacher in die Villa des Bankiers. Es wurde eine lange Unterredung, in der er um seinen Plan mit der Kraft eines Fanatikers kämpfte. Sosehr Dr. Sacher auch bat und bettelte – Bankier von Barthey lehnte eine Begleitung ab. Er wollte allein fahren. »Nicht, daß ich Sie, lieber Herr Sacher, nicht bei mir haben wollte«, sagte er und hoffte auf Verständnis, »aber bedenken Sie die nervliche Belastung für Ihren Freund, wenn er Sie groß und rüstig vor sich sieht und muß Ihnen auf seinen Krücken entgegenhumpeln! Der ganze Schmerz über das, was er verloren hat, wird in ihm wieder wach werden. Ich bin ein alter Mann, ich kann als Vater zu ihm reden – keine Konkurrenz seiner Generation, verstehen Sie? Glauben Sie mir, es ist besser, wenn ich allein fahre.«

Professor Window, als er davon hörte, sah es sofort ein. Bei Sacher dauerte es länger. Sein stiller Plan blieb es, mit nach Zapuare zu fahren und dann, unter Außerachtlassung seines Kölner Klinikvertrages, einfach bei Peter im Urwald zu bleiben. Ein Toxikologe, ein Internist und ein Chirurg . . . so wollten sie sich den Gefahren der grünen Hölle entgegenstemmen.

Der Professor ahnte es und unterstützte die Auffassung des Bankiers. »Paul, es wäre eine ausgesprochene Dummheit, Peter in seiner jetzigen Verfassung aufzusuchen. Wenn er in Zapuare bleiben will, haben wir später immer noch die Möglichkeit, ihn aufzusuchen.« Und dann fuhr er noch ein schweres Geschütz seiner Überredungskunst auf: »Hast du von Peter seit seinem Unfall eigentlich eine Nachricht bekommen?«

»Nein«, antwortete Dr. Sacher stockend. »Nur von Dr. Cartogeno.«

»Und beweist dir das nicht deutlich genug, daß Peter mit seiner Vergangenheit abgeschlossen hat? Daß er nicht mehr erinnert werden will an Köln, an unsere Klinik, an dich und mich? Er lebt in seinem Leid verbissen in der

Gegenwart und für die Zukunft – aber die Vergangenheit ist tot für ihn, ein Zurückblicken würde ihn schwach werden lassen.« Energisch schüttelte er den Kopf. »Ich möchte den armen Jungen auch sehr gern trösten ... aber er braucht keinen Trost durch Worte, sein großer Trost ist seine Aufgabe!«

An einem sonnigen Junitag fuhr Wolf von Barthey nach England und drei Tage später, von Southampton aus, mit einem der großen Überseedampfer nach Südamerika. Die Fahrt sollte eineinhalb Monate dauern.

An Dr. Cartogeno hatte er nichts von seiner Ankunft geschrieben. Er wollte plötzlich vor Dr. Perthes' Tür stehen. Die Überraschung sollte wirken. Nur an seinen Geschäftsfreund in Bogota und die Filiale seiner Außenhandelsbank gab er kurze Nachrichten mit dem Ankunftsdatum im Hafen von Buenaventura.

Der Bankier befand sich mitten auf dem Ozean, als in Köln die Nachricht von der schweren Erkrankung Angelas eintraf. Dr. Sacher zögerte keinen Augenblick und fuhr die Nacht durch mit dem nächsten Zug nach Erlangen. Am Morgen schon traf er in der Universitätsklinik ein.

Angela Bender hatte das Bewußtsein wiedererlangt. Aber sie war zu geschwächt, um auf die vorsichtigen Fragen, die Professor Purr stellte, eine Antwort zu geben. Sie schüttelte nur den Kopf auf alle Fragen, was man deuten konnte, sie wolle nichts sagen – was man sie auch fragen würde.

Achselzuckend verließ der Professor das Krankenzimmer. Zu dem Kollegen Professor Heines, der die Behandlung übernommen hatte, meinte er: »Ich stehe vor einem Rätsel. Ich weiß keine Erklärung mehr. Hier können wohl Sie und ich als Ärzte kaum helfen, hier scheint ein Meister am Werk zu sein, der uns über ist.«

Dr. Sacher, der an diesem Morgen vom Bahnhof gleich in die Klinik fuhr, erkundigte sich zuvor bei den Erlanger Kollegen nach Angelas Zustand und ließ sich die Krankengeschichte, soweit sie bekannt war, genau erklären. Auch er stand vor dem Rätsel der drei Tage, an denen Angela verschwunden gewesen war. Es war wie ein Dunkel, aus dem sie mit einem schweren Nervenfieber zurückkehrte. Angela Bender, Dr. med., die vielleicht nie wieder den weißen Ordinationskittel einer Ärztin anziehen konnte . . .

»Sie zu fragen hat keinen Zweck, Herr Kollege«, sagte Professor Purr zu Dr. Sacher. »Sie gibt keine Antworten. Sie reagiert auf alle Vorstöße in dieser Richtung mit einer geradezu verbissenen Abweisung. Wären wir Kriminalisten, hätten wir jetzt die undankbare Aufgabe, drei verlorengegangene Tage aufzuklären. Wir aber begnügen uns mit der medizinischen Seite und halten Dr. Bender zunächst unter strenger Bewachung. Es ist zu fürchten, daß sie an einem Komplex leidet, eventuell in der Nacht versuchen wird, die Klinik heimlich zu verlassen. Kollege Dr. Heines, ein Spezialist, ist sich auch noch nicht ganz klar über diesen komplizierten Fall.«

»Sie haben auch gar keine Andeutungen, wo sie gewesen sein könnte?« Dr. Sacher las noch einmal die Krankengeschichte aufmerksam durch. »Dr. Heines meint doch, daß das Nervenfieber durch eine außergewöhnliche Überanstrengung, eine Überreizung oder eine Überarbeitung ausgelöst wurde. Hatte sie in der Klinik einen so großen Aufgabenbereich?«

»Ganz im Gegenteil! Dr. Bender hatte nur die Visiten, den Verbandssaal und ab und zu die Assistenz bei einer Operation. Ich habe sie wegen der schweren Zeit, die hinter ihr liegt, wegen des Kindes, besonders geschont. Nein, hier ist nichts zu finden. Sie muß die freie Zeit, die ihr reichlich zur Verfügung stand, dazu benutzt haben, sich anderweitig zu beschäftigen und dadurch gesundheitlich zu ruinieren. Ein Zusammenbruch des zentralen Nervensystems kann innerhalb weniger Tage stattfinden! Das wissen Sie ja, Herr Kollege.«

Nach dieser Aussprache vermied es Dr. Sacher, Angela in ihrem Zimmer zu besuchen. Eine lange Zeit stand er vor der weißen Tür und hörte sich den Bericht der Stationsschwester an. Apathisch, müde, interesselos sei die Patientin. Ihr einziger Wunsch sei Lektüre. Man habe ihr einige leichtere Romane gegeben, in denen sie aber nur herumblätterte, ohne zu lesen. Die Besuche der Ärzte lasse sie mit unbewegter Miene über sich ergehen – auf Fragen drehe sie sich auf die Seite und schließe die Augen.

Am Abend begab sich Dr. Paul Sacher in Angelas Wohnung. Der kleine Peter schlief schon, gut betreut von dem Mädchen. Es saß jetzt am Fenster und stopfte Strümpfe. Ein Korb mit Flickwäsche stand daneben auf dem Fußboden. Die junge Frau gab bereitwillig Auskunft, sie wiederholte aber nur das, was sie schon den anderen Ärzten gesagt hatte und was sie wußte: Dr. Bender war in der letzten Zeit jeden Abend außer Haus gewesen und erst gegen Morgen gekommen. Die letzten drei Tage vor der Erkrankung war sie ganz fort – nach Köln, wie sie gesagt hatte. Sie kam dann zurück, ging ins Schlafzimmer, wo sie ohnmächtig vor dem Bett umsank. Sie, die Haushälterin, habe Dr. Bender dann zu Bett gebracht und wollte gerade die Klinik anrufen, als ihr Professor Purrs Telefongespräch zuvorkam. Weiter sagte sie aus, daß Frau Doktor, bevor sie die Nächte über fortblieb, Wochen vorher bis zum Morgengrauen gelesen habe. Lauter medizinisches Zeug, wie sie meinte, von dem sie nichts verstünde . . .

Paul Sacher bat um die Genehmigung, den Schreibtisch inspizieren zu dürfen. Er fand aber wenig. Ein paar Notizen aus dem Klinikbetrieb, ein Buch über Kinderlähmung und Tuberkulose, einige Zeitschriften, ein Notizbuch, dessen Seiten leer waren, und ein im Papierkorb liegender Fetzen Schreibpapier, auf dem als Anschrift – sonst nichts – zu lesen war: An das Tropeninstitut in Hamburg. Der Bogen war anscheinend danach aus der Maschine gerissen worden.

Tropeninstitut! Dr. Sacher steckte den Papierfetzen ein. Man konnte ja dort einmal anfragen, was Dr. Bender gewollt hatte . . .

»Hat man Dr. Bender in den letzten Tagen mit irgendwelchen Leuten zusammen gesehen?« fragte er die Haushälterin. Sie schüttelte den Kopf.

»Nein, Frau Doktor war nie in Begleitung. Einmal sah ich sie beim Einkaufen mit Fritz Benischek zusammen stehen, aber –«, sie lachte, »das hat ja wohl nichts zu sagen!«

»Fritz Benischek? Wer ist der Herr?«

»Herr!« Die Haushälterin kicherte. »Fritz ist der Labordiener vom Universitätslaboratorium. In Erlangen kennt ihn jeder. Er ist ein wenig komisch hier oben!« Sie tippte sich an die Stirn und lachte von neuem. »Frau Doktor kennt Fritze, so nennt ihn jeder, noch von ihrer Studienzeit her.«

Paul Sacher sah sich noch einmal in Angelas Arbeitszimmer um. Er fand nichts, was einen Anhaltspunkt geben konnte, nichts, was das Rätsel lichtete. Etwas unwillig und unzufrieden mit dieser ersten Niederlage seiner Detektivtätigkeit verabschiedete er sich und fuhr in einem Taxi zur Klinik zurück. In der Nürnberger Straße stieg er aus und trank in einem altdeutsch eingerichteten Lokal zwei Schnäpse. Dann kaufte er noch eine halbe Flasche Cognac und ging durch die Straßen bis zu den Laboratorien der Universität. Dort schellte er an der Tür, wo neben einem Klingelknopf auf einem Schild der Name »F. Benischek« stand.

Es dauerte lange, bis die Tür geöffnet wurde. Das bei Fremden stets mürrische Gesicht des langen Mannes wurde noch länger, als der Besucher bat, ihn privat sprechen zu können.

»Ick brauch keene Versicherung«, sagte er abweisend. »Wenn Sie von 'ner Staubsaugerfirma kommen, det rejelt alles det Verwaltungsamt von der Universität!« Er nahm die Türklinke wieder in die Hand. »Un im übrijen – ick hab jetzt Dienst. Sprechzeit für Benischek erst nach achtzehn Uhr!«

Dr. Sacher nickte. Wirklich ein Original, dachte er. Wenn er tatsächlich etwas weiß, könnte man es ihm vielleicht mit einer halben Flasche Cognac herauslocken. Leute mit einem beengten Horizont reagieren frappant auf geistige Genüsse.

»Ich weiß, lieber Herr Benischek«, meinte er jovial. »Ich komme auch nicht von der Versicherung oder einer Staubsaugerfirma – ich bin Arzt!«

»Ick bin nich krank.«

»Ich bin ein Freund von Dr. Angela Bender.«

»Wat Se nich sagen! Davon hat se mir aba nischt erzählt.«

Benischek sah den Fremden kritisch an.

»Mein Name ist Dr. Paul Sacher; ich komme aus Köln.«

»Nie jehört! Wat soll's denn sin? Fräulein Doktor wohnt in der Virchowstraße.« Sein Gesicht wurde noch abweisender. Was aus Köln kam, konnte nichts Gutes sein. In Köln, das wußte Benischek, lebte einmal der Mann, der Angela verlassen hatte.

Sein primitiver Verstand ließ ihn sofort gegen Dr. Sacher voreingenommen sein. Er schirmte sich gegen alles aus Köln ab und bot dem Arzt einen Widerstand, wie ihn dieser nicht erwartet hatte.

Dr. Sacher nickte. »Ich weiß. Ich komme aus der Wohnung. Ich wollte mich mit Ihnen unterhalten!«

»Nach achtzehn Uhr! Ick bin Anjestellter der Universität und damit des Staates. Ick bekomme mein Jehalt für jute Pflichterfüllung. Bis achtzehn Uhr habe ick meine Pflicht zu tun. Wenn Se mir sprechen wollen – bitte, nach dem Dienst!«

Damit schlug er Dr. Sacher die Tür vor der Nase zu und entfernte sich brummelnd.

Paul Sacher zuckte mit den Schultern und sah auf die

Uhr. 14 Uhr! Noch vier Stunden ... Sie wollten ausgefüllt sein, wenn sein Erlanger Aufenthalt von Erfolg sein sollte. Der Gedanke, in der Zwischenzeit doch einmal mit Angela zu sprechen, ließ ihn nicht los. Vielleicht gab seine Gegenwart ihr die Möglichkeit, Schweres von ihrer Seele zu lösen? Oft braucht der Mensch nur einen Anstoß, um die aufgestaute Tragik seines Schicksals herauszusprudeln und sein Herz zu befreien von dem Druck und der Angst, dieses Leben allein ertragen zu müssen ...

Aber dann entschloß er sich doch, Angela vorläufig nicht über ihr Geheimnis zu befragen. Er kannte sie; er wußte, daß sie von selbst zu ihm kommen würde, wenn sie die Unmöglichkeit eingesehen hatte, selbst mit der Last des zerrissenen Gewissens fertig zu werden. In sie zu dringen würde eine vergebliche Mühe sein.

Sein eigener innerer Zwiespalt beunruhigte ihn. Er setzte sich in ein Café und vertrieb sich die Zeit mit der Lektüre von Illustrierten und Tageszeitungen. Langsam nur vergingen die Stunden.

15 Uhr – 16 Uhr – 17 Uhr ...

Die vierte Portion Kaffee wurde serviert. Sein Herz begann stärker zu schlagen. Der ungewohnte Coffeinstoß strengte ihn an, und als es 17.30 Uhr war, bezahlte Dr. Sacher und ging in die Nähe der sich bereits leerenden Laboratorien. Im Schatten einer Haustür stehend, beobachtete er, wie die Chemiker und Physiker – viele Damen darunter – das große Gebäude verließen. Professor Dr. Heines trat heraus – sein Bild war Dr. Sacher aus vielen Zeitschriften vertraut –, dann der Chemiker Professor Dr. Dr. Krahn, Nobelpreisträger und Experte für Teerforschung. Kurz nach 18 Uhr – von der nahen Kirche verklang noch der Glockenschlag – schloß der Laboratoriumsdiener Benischek das Gebäude ab. Paul Sacher sah ihn, wie er in der Tür erschien, noch einmal nach rechts und nach links blickte, ein zusammengeknülltes Papier, das vor dem Eingang lag, aufhob und dann wieder hinter der dicken Eichentür verschwand.

Mit schnellen Schritten eilte nun Dr. Sacher um das Haus herum zu dem Privateingang und schellte wieder. Dieses Mal dauerte es nicht so lange. Die schlurfenden Schritte näherten sich, und Fritz Benischek schloß auf. »Herr Doktor Sacher . . .«, sagte er. Er hatte ein gutes Namensgedächtnis und war auch stolz darauf. »Woll'n Se immer noch wat?«

»Allerdings! Ihr Dienst als Angestellter des Staates ist vorüber, jetzt sind Sie Privatmann. Und als solcher möchte ich Sie sprechen, Herr Benischek.«

Der alte Mann musterte den Arzt von neuem. Er war sich nicht ganz schlüssig, ob der Besucher da seinen Spaß mit ihm trieb oder ob er es ernst meinte. Zu Dr. Sachers Glück entschloß er sich für das letztere und schob die Tür ein wenig auf.

»Kommen Se!«

Sie gingen durch verwaiste Gänge, vorbei an offen stehenden Türen der einzelnen Labors, in den Teil des Gebäudes, wo sich Benischek häuslich niedergelassen hatte. Das Zimmer, in dem Dr. Bender nächtelang gearbeitet hatte, war wieder ausgeräumt und als Wohnzimmer eingerichtet worden. Ohne zu ahnen, in welchem Raum er sich jetzt befand, ließ sich Paul Sacher auf das Sofa nieder, auf dem Angela – vor Erschöpfung zusammengebrochen – den Triumph ihres Sieges über das Gift der »Schwarzen Witwe« genossen hatte.

Dr. Sacher holte die halbe Flasche Cognac aus der Tasche und stellte sie auf den alten Ausziehtisch. »Bitte!« meinte er freundlich. »Unter Männern spricht es sich leichter, wenn der Leib auch zu seinem Recht kommt.«

Fritz Benischek starrte die Flasche an. Die drei Sterne am Flaschenhals lockten ihn sehr, andererseits machte ihn diese unerwartete Spende vorsichtig. Wie kommt dieser fremde Arzt dazu, ihm eine Pulle zu spendieren? Er will doch etwas! Und es muß etwas Wichtiges sein, was er will. Umsonst bringt man doch Benischek nicht so viel Cognac mit . . .

Er holte zwei Gläser und stellte die Flasche auf einen Nebentisch. Dann setzte er sich in einen alten Korbsessel und blickte Dr. Sacher an, als wollte er sagen: Nun fang schon an, sag, was du auf dem Herzen hast. Ick warte druff!

Paul Sacher zog eine Zigarettenschachtel aus der Tasche, bot Benischek an und steckte seine Zigarette umständlich in Brand. Dabei meinte er wie nebensächlich:

»Sie kennen Fräulein Dr. Bender gut?«

»Se hat während ihres Studiums oft bei mir jearbeitet.« Wenn er von den Laboratorien sprach, sagte er immer »bei mir«. Es waren eben seine Räume – er war der Herr über Retorten und Kolben.

»Und in der letzten Zeit?«

Benischek horchte auf. Aha! dachte er. Dahinaus geht's also! Was sagte doch Angela immer: Keinem etwas sagen, was auch kommen mag! Und er hatte es ihr in die Hand versprochen. Das war ein Schwur gewesen... »In der letzten Zeit?« fragte er gedehnt und stellte sich dumm, was gut zu ihm paßte. »Ab und zu.«

»Abends?«

Benischek witterte die Gefahr, in die er gedrängt wurde, und begann mit dem Mut der Verzweiflung und eingedenk seines Versprechens tapfer zu lügen: »Nee!« Er lachte breit. »Ick bin woll nich der Typ fürs Frollein Dokter!«

Paul Sacher lachte pflichtschuldigst mit, auch wenn er die Bemerkung als ziemlich taktlos ansah. Im sozusagen höheren Interesse schwieg er und setzte seine Unterhaltung höflich fort:

»Es liegt mir sehr viel daran, lieber Herr Benischek, zu erfahren, wo Angela die letzte Zeit war. Verstehen Sie – es ist keine Neugier, auch kein Herumspionieren... Es geht hier nur allein um die Gesundheit Dr. Benders. Sie wissen doch wohl, daß sie sehr krank ist?«

Fritz Benischek riß beide Augen auf. Diese Mitteilung warf ihn aus dem Gleichgewicht. Angela Bender krank? Sogar sehr krank? Er sprang auf und ging zum Nebentisch, um die Flasche Cognac zu holen. Während er die Gläser füllte, zitterten seine Hände. Dann Prostete er Dr. Sacher zu und trank das Glas in einem Zug leer. Mit der Zunge wischte er sich danach über die Lippen.

»Ja, sie hat ein schweres Nervenfieber – ich dachte, das sei Ihnen bekannt? Sie war nächtelang außer Haus, sie muß sich dabei irgendwo und irgendwie die Nerven zerrüttet haben. Überarbeitung oder sonst etwas ... Wir wissen es nicht! Wir dachten nun, Sie hätten sie vielleicht des Abends gesehen oder könnten uns sonstwie einen Fingerzeig geben.«

Benischek goß sich sein Glas wieder voll. Schweigen – was auch kommen mag –, das hatte er versprochen. Aber jetzt lag sie krank in der Klinik. Eigentlich war es ja verständlich, eine solche Belastung konnte kein Körper ertragen, am wenigsten der einer zarten jungen Frau. Er hatte ja selbst dieses Wunder bestaunt, er hatte schlappgemacht, er war eingeschlafen, hatte sich mit Kaffee mühsam auf den Beinen gehalten. Er verspürte jetzt noch einen Druck im Kopf, wenn er nur daran dachte. Und sie hatte immer am Tisch gesessen, hatte in das Mikroskop gestarrt, gemischt, gekocht, destilliert, probiert, abgekühlt, geimpft, wieder probiert ... ohne Aufhören, ohne Pause. Es war doch wirklich ein Wunder ...

»Ick kann Ihnen nischt sagen«, meinte Benischek zweideutig und gewann mit dieser Antwort sein inneres Gleichgewicht wieder.

»Sie wissen auch nicht, wo Fräulein Dr. Bender gewesen sein könnte?«

»Nee, Herr Doktor. Ick bin doch keen Kindermädchen.«

»Also, schönsten Dank!« Dr. Sacher erhob sich. Er war enttäuscht, zum zweitenmal an diesem Tag. Er gab Benischek die Hand und ging zur Klinik zurück, ein wenig bedrückt von der Unmöglichkeit, Angelas Geheimnis zu erhellen.

Fritz Benischek blickte ihm lange nach. Er hätte so viel sagen können ... er hätte alles aufklären können! Aber er durfte es nicht. Schnell schloß er die Tür ab und schwor sich, in den nächsten Stunden taub gegen alles Türklingeln zu sein. Wenn dieser Arzt zurückkäme – er würde ihn nicht hören!

Denn Dr. Sacher hatte die Flasche stehen lassen.

Wie ein Magnet zogen die drei Sterne Fritz Benischek an. Der Cognac war ein Genuß, wie er ihn seit Jahren nicht in der Kehle brennen gespürt hatte ...

In der Klinik stand Dr. Sacher den Professoren Purr und Heines gegenüber. »Nichts«, sagte er. »Ich fand keine Anhaltspunkte. Es gibt überhaupt kein Schlüsselloch, durch das ein winziger Lichtstrahl in das Dunkel um Angela Bender fallen könnte. Es ist zum Verzweifeln! Wenn sie selbst nicht sprechen will – wir erfahren nie den Grund dieses Zusammenbruchs!«

Dr. Paul Sacher blieb vier Tage in Erlangen. Erst am dritten Tag besuchte er Angela in ihrem Krankenzimmer. Er fand sie blaß, aber für ihren Zustand erstaunlich froh. Sie saß im Bett und las. Den alten Freund begrüßte sie mit echter Herzlichkeit, und nichts hätte auf eine akute Nervenkrise hingedeutet, wenn nicht in den weißen, schmalen Händen ein immerwährendes Zittern gewesen wäre, ein Flackern in den Augen und ein leichtes Zucken der Mundwinkel.

Nun erzählte Paul Sacher fröhlich von Köln, von dem Klinikchef Professor Window, der sie herzlich grüßen ließ, von der Lindenburg; er berichtete auch einige neue Witze, die im Ärztekasino kursierten und die nicht ganz stubenrein waren, er plauderte mit ihr, als säße er mit seiner schönen Kollegin auf irgendeiner Rheinterrasse oder in einem exklusiven Café der Kölner Innenstadt ...

Mitten im angeregtesten Gespräch wischte Angela Bender plötzlich mit der Hand durch die Luft. »Wie geht es Peter?« fragte sie unvermittelt.

»Peter?« Dr. Sacher fiel es wie Schuppen von den Augen. »Haben Sie sich über meinen Brief so aufgeregt? Ich hätte es Ihnen nicht schreiben dürfen!« Sein Herz begann in der Erkenntnis des Selbstvorwurfes rascher zu schlagen.

»Ihr Brief?« Sie lächelte schwach. »Als der eintraf, wußte ich es schon einige Tage. Dr. Cartogeno hatte mir auch geschrieben.«

»Sie wußten schon von dem Unglück im Urwald von Amorua?«

»Ja, und ich war sehr unglücklich.« Sie sagte es, als spiele sie eine Rolle in einem Bühnenstück. Fast klang es einstudiert. »Aber dann habe ich mich gefaßt und mir gesagt: Gott weiß, was er tut. Gott verteilt nicht wahllos Leid und Freud. Es muß einen Sinn haben, so sagte ich mir, daß Peter Perthes dieses Schicksal zu tragen auferlegt bekam.«

»Vielleicht.« Paul Sacher blickte auf seine Hände, die in seinem Schoß ruhten. »Herr von Barthey ist übrigens unterwegs nach Zapuare. Er will Peter vielleicht zurück nach Köln bringen.«

»Das wäre sehr schön für Peter«, sagte sie leise.

»Und Sie kämen doch dann auch nach Köln, Angela?«

»Ich? Nein!« Es klang so fest, als gäbe es über diese Frage keine Diskussion. »Mein Weg ist vorgezeichnet . . . er führt nicht mehr mit Peter auf einer Straße . . .«

»Und wenn er Sie braucht, Angela?«

»Wenn ich es recht überdenke«, sagte die Kranke und strich mit der weißen Hand die Bettdecke glatt »so glaube ich nicht, daß er nach Deutschland zurückkehrt. Er wird in seinen Wäldern bleiben . . . der Urwalddoktor!«

»Sie sprechen hart, Angela.« Paul Sacher schüttelte leicht mahnend den Kopf. »Peter ist am Ende.«

»Das bin ich auch.« Sie sah ihn groß an.

»Durch ihn, Angela?«

Sie zuckte mit den Schultern, legte sich, drehte sich auf

die Seite und schloß die Augen. »Ich weiß es nicht«, sagte sie leise. Dann legte sie die Hände vors Gesicht und schwieg.

Auf Zehenspitzen verließ Dr. Sacher vorsichtig das Krankenzimmer.

13

In Zapuare traf ein kleines Paket mit zehn Ampullen ein.

Ein Postreiter hatte es von Villavicencio, dem Umschlag,platz für die Post des Distriktes Meta, gebracht. Dr. Cartogeno, an den es adressiert war, nahm es zögernd in Empfang. An den Marken sah er, daß es aus Deutschland kam. Der Absender fehlte.

Kopfschüttelnd ging er mit dem Päckchen ins Haus, setzte sich ans Fenster und schnitt mit einem Skalpell die versiegelten Bindfäden durch. Dann hob er den Deckel ab. Voll Staunen entdeckte er unter einem Pergamentpapier als Deckblatt eine Watte-Lage, in ihr ruhten zehn kleine, mit Wachs verschlossene Ampullen, die mit einer milchigen Flüssigkeit gefüllt waren.

Peter Perthes, der an einem selbst konstruierten Experimentiertisch saß, lachte zu dem Freund hinüber. »Na, was schreibt die Kleine?« rief er fröhlich. »Ich wußte ja gar nicht, daß du irgendwo eine Flamme sitzen hast!«

Dr. Cartogeno stand auf und trat heran. Er schob Peter das Päckchen zu und setzte sich mit einem Schwung auf die Tischplatte. »Was hältst du davon?« fragte er.

Peter betrachtete verwundert die Ampullen. »Was ist denn das? Ampullen? Mit der Post? Und mit Wachs verschlossen? Wo kommen die denn her?«

»Aus Deutschland!«

»Was?« Peter wollte aufspringen, aber der Körper pendelte schlaff auf den leblosen Beinen. Er wurde rot und biß die Zähne zusammen. Vergessen, dachte er. Wieder einmal vergessen! Daß es so verdammt schwer ist, zwei gelähmte Glieder nicht zu vergessen! Er nahm den Deckel des Pakets und studierte den Poststempel.

»Aus Erlangen«, sagte er. »Liegt in Bayern. Und kein Absender?«

»Nichts! Nur die nackten Ampullen.« Dr. Cartogeno nahm sie heraus und stieß auf einen Zettel. Peter entfaltete ihn und las vor:

»Beiliegendes Präparat stellt ein Antitoxikum vor. Man injiziere intravenös in Abständen von drei Tagen je 10 ccm sechsmal hintereinander. Nach Ablauf von zehn Tagen in Zwischenräumen von zwei Tagen zweimal 10 ccm. Kleine Herzstörungen können sich einstellen, verschwinden aber nach acht Tagen völlig. Das Antitoxikum ist entwickelt worden zur Bekämpfung von Bissen der ›Schwarzen Witwe‹. Seine Wirkung bei Curare, Urari und anderen Pfeilgiften ist noch nicht erprobt.«

Dr. Cartogeno war vom Tisch herabgesprungen und hatte Peter den Zettel aus der Hand gerissen. Er las ihn noch einmal durch, so gut er die deutsche Sprache verstand, und glänzte über das ganze Gesicht. »Peter«, stotterte er »Peter, das ist ein Wunder! Der Himmel schickt es und . . . Du kannst neue Hoffnung haben, du wirst wieder gehen können . . . Zehn Ampullen . . .«

Dr. Perthes hatte die Ampullen aus der Watte genommen und drehte sie in den Fingern. Sein Gesicht war undurchdringlich. »Kein Absender«, sagte er nach einer Weile. »Keine Herstellerfirma – nichts! Wir werden die Ampullen wegwerfen, Fernando.«

»Bist du verrückt geworden?« Cartogeno riß die Ampullen an sich. »Ich werde dir die Spritzen geben, genau nach Vorschrift! Und du wirst dich nicht weigern!«

»Und wie werde ich das!« Peter schob sich mit seinem

Rollstuhl vom Tisch weg und rollte an das geöffnete Fenster. Hier hatte man einen schönen Blick über den Rio Guaviare und den kleinen Bootshafen. Die Indios legten gerade an und brachten aus den Wäldern Kautschuk als Tauschware gegen Feldgeräte. »Ich wende doch kein Serum an, das nicht erprobt ist!«

»Du hast mit deinem unerprobten Serum Sapolàna und dann dir selbst das Leben gerettet!« rief Cartogeno. »Deine Heimat schickt dir doch kein Gift!«

»Das Paket war anonym. Das genügt mir. Warum nennt der Absender nicht seinen Namen? Warum verbirgt er sich? Ist es ein Chemiker, so könnte er mit diesem Mittel, wenn es hilft, Millionen verdienen. Ist es ein Arzt, so befiehlt es sogar sein Berufsethos, seinen Namen für ein selbstgefundenes Mittel herzugeben. Ist es aber ein Laie, so können wir es getrost als ein Produkt des Größenwahns wegwerfen.«

»Genauso sprach man über Pasteur! Erinnerst du dich?« Dr. Cartogeno sah noch einmal auf den Deckel des Päckchens. »Kennst du Erlangen?«

»Ja. Es hat eine alte Universität, doch das will nichts besagen. Es gibt auch Richter und Staatsanwälte, die morden.« Peter schüttelte den Kopf. »Es wird ein Scherz sein, Fernando. Ein schlechter, ein bitterer Scherz . . .«

Er blickte aus dem Fenster. Fleißig luden die Indios den Rohgummi aus und stapelten ihn auf dem Ufersand. Schon kamen die weißen Händler aus den Hütten und begannen mit den Verhandlungen. Ein Fischerboot kam herein, gefüllt mit frischen Fischen. Ihre Schuppen schillerten bunt in der Sonne.

Dr. Cartogeno legte das Paket auf den Tisch, und man sprach an diesem Vormittag nicht mehr darüber. Die letzte Hoffnung, die der kolumbianische Arzt beim Eintreffen des Paketes gehabt hatte, schwand jetzt, nachdem eine nüchterne Überlegung die erste Aufwallung der Freude überstieg. Ein anonymes Paket, zehn laienhaft verschlossene Ampullen, eine milchige Flüssigkeit darin, die mysteriöse Beschreibung . . .

Am Nachmittag ging Cartogeno zu seinem Boot und fuhr den Fluß hinab, um unterhalb der Siedlung die dort angelegte Schlangenfarm zu kontrollieren und neue Giftabstriche vorzunehmen.

Peter sah seinen Freund über den Fluß rudern. Aber außer Sichtweite war, rollte er sich zu dem Experimentiertisch und öffnete von neuem das geheimnisvolle Paket. Kurz entschlossen nahm er aus dem Sterilkasten eine Spritze, entblößte das linke Bein und stieß sich die Hohlnadel tief in die Muskeln. Langsam zog er das Blut ab, bis die Spritze gefüllt war. Es sah dunkel aus, krank, sauerstoffarm. Dann stillte er den Einstich mit Alkohol und beugte sich über das Mikroskop. Einen kleinen Spritzer seines Blutes brachte er auf die Glasscheibe und betrachtete – wohl zum ungezählten Mal! – die Veränderungen seiner Blutsubstanz. Mit verkniffenen Augen nahm er eine Ampulle aus der Watte, löste den Wachsstopfen und träufelte ein wenig von dem Ampulleninhalt in das verseuchte Blut.

Und das Unbegreifliche geschah: Das Blut veränderte sich, die Kristalle des Giftes lösten sich auf! Mit starrem Blick sah Peter durch das Okular. Er konnte es nicht begreifen, was er dort sah. Er konnte es einfach nicht verstehen. Immer und immer wieder schob er neue Objektträger unter den Tubus, spritzte sein Blut auf das Glas und gab von dem Serum dazu. Und immer wieder vollzog es sich vor seinen Augen: Das Blut wurde rein!

Ein Zittern überfiel Peter Perthes. Er starrte die neun noch gefüllten Ampullen an, riß den Deckel des Pakets an sich und suchte verzweifelt nach einem Zeichen des Absenders. Erlangen! Sonst nichts. Per Luftpost! Kein Name. Kein Hinweis . . .

Das erste Mittel gegen die »Schwarze Witwe«!

Als Dr. Cartogeno nach drei Stunden zurückkehrte, saß

Peter noch immer am Tisch und schrieb mit fliegenden Händen in sein Tagebuch. »Fernando!« rief er. »Fernando, es ist ein Wunder – wirklich, es ist ein Wunder!« Er winkte dem sprachlosen Freund, näher zu treten, und zeigte auf das Mikroskop. »Es frißt das Gift auf! Ich habe es versucht – mit meinem Blut! Und ich kann es nicht begreifen ... Ich kann es einfach nicht verstehen ... Das gewaltigste Mittel seit den Erfindungen Robert Kochs kommt anonym!«

Dr. Cartogeno starrte auf den hellen Kreis unter dem Mikroskop. Auch er begriff nicht, was er sah. Von dem Serum schienen Wirkstoffe auf das Gift überzugehen, die es völlig zersetzten und absorbierten. Es gab kein Gift der »Schwarzen Witwe« mehr ...

»Leg dich aufs Bett, Peter«, sagte der Kolumbianer leise, indem er sich vom Tisch erhob, »wir wollen es versuchen.«

Auf seinem Rollstuhl fuhr Perthes an das Feldbett. Dann hob ihn Dr. Cartogeno hinüber und legte ihn auf den gespannten Drillichbezug. Aus dem Sterilkasten nahm er eine Spritze, setzte die Nadel ein und ergriff eine der Ampullen. »Zehn Kubikzentimeter – ohne Zusatz«, sagte er wie fragend.

»So steht es auf dem Zettel.« Dr. Perthes nickte und rieb sich selbst den linken Arm mit Alkohol ein. Dann legte er sich ein wenig Watte zurecht, während Cartogeno die Spritze langsam aus der Ampulle aufzog.

Der dünne, milchige Saft füllte den gläsernen Leib. Es sieht aus wie Aquacillin, dachte Peter. Merkwürdig, wie stark das Vorurteil der Menschen gegen Dinge ist, die sich nicht in der altgewohnten Weise präsentieren. Aber ich habe es ja im Mikroskop gesehen – es frißt das Gift auf! Es ist meine letzte Hoffnung ...

Cartogeno beugte sich über Peters Arm. In seinem Innern war eine starke Erregung. Doch seine Hand, in allen Lagen gewohnt, den ärztlichen Dienst zu verrichten, war ruhig wie immer. Die Spitze der Nadel stieß durch die wie Leder gewordene Haut, traf die Vene, langsam zog Dr. Cartogeno ein wenig Blut auf, nickte leicht und spritzte dann das unbekannte Serum in Peters Blutbahn.

Angelas Serum . . .

Während Dr. Perthes auf den Einstich Watte preßte und sich auf sein Kissen zurückfallen ließ, nahm Dr. Cartogeno das Tagebuch vor sich auf die Knie und setzte sich zu Peter ans Bett. Genau beobachtete er die Wirkung der Spritze.

»Es wird heiß im Körper«, sagte Perthes nach einer Weile. »Es ist, als ob du Calcium injiziert hättest. Es brennt in den Adern.«

Dann schien ihn eine Schwäche zu überfallen. Er schloß die Augen. Sein Gesicht rötete sich, der Atem ging rasselnder . . .

Dr. Cartogeno rannte zum Impfschrank und zog eine Spritze zur Bekämpfung des Kollapses auf. Dann eilte er zu Peter zurück, der ihn mit fiebrigen Augen ansah. Schweiß trat auf die Stirn Peters.

»Das Herz . . .«, röchelte er. »Das Herz setzt aus . . . Die Dosis ist zu stark. In meinem Körper brennt alles . . .« Er schwieg erschöpft und schloß von neuem die Augen.

Nach einer Stunde war der Anfall, so rasch er gekommen war, vorüber. Die Merkwürdigkeit dieses Fieberschauers war, daß sich Peter danach nicht erschöpft fühlte, sondern – im Gegenteil – ein wenig erfrischt und von einem Druck befreit, der ihm die ganzen Wochen über in den Gliedern des Körpers gesessen hatte.

Er las mit Staunen das Tagebuch durch, das Dr. Cartogeno in dieser Stunde geführt hatte, und wunderte sich über die starken Reaktionen seines Blutes auf das neue Serum.

»In drei Tagen die nächste Spritze«, sagte Dr. Perthes und saß schon wieder vor seinem Mikroskop. Im Lichtfeld des Okulars lag der milchige Saft aus den fremden Ampullen. »Jetzt ein Labor haben«, stöhnte Peter. »Jetzt analysieren können, aus welchen Stoffen das Serum besteht. Fernando, dafür gäbe ich viel!«

In den drei Tagen bis zur neuen Injektion fuhren sie wieder die Flüsse hinauf und hinab und sammelten giftige Insekten. Am Braza Amanaveni trafen sie plötzlich in einer versteckt liegenden Bucht auf Umari, den Unterhäuptling der Taràpas. Er erwartete die beiden Ärzte in einem breiten Kriegskanu, das von acht Ruderern bewegt wurde. Einer davon war ein Dolmetscher.

»Du willst Zapuare verlassen?« fragte Umari über den Dolmetscher Peter Perthes.

Der sah verwundert seinen Freund an. Er schwieg einen Augenblick. Sie haben gute Späher, dichte er. Sie wissen mehr als meine nächste Umgebung. Nie habe ich darüber gesprochen, auch Fernando nicht, mit keinem der Indios. Ich habe mich nur einmal heimlich in Villavicencio erkundigt, wann der nächste Dampfer von Buenaventura aus nach New York fährt. Eine Antwort habe ich noch nicht – aber Sapolàna weiß es schon . . .

»Vielleicht«, antwortete er. »Ich weiß es noch nicht, Umari.«

»Du mußt bleiben!« entgegnete der Häuptling.

»Du liebst deine Heimat, Umari.« Peter zeigte auf den dichten Urwald. »Hier bist du geboren, und hier möchtest du sterben. Du würdest den Wald nie verlassen, wenn du nicht daraus vertrieben würdest. Auch ich habe Sehnsucht nach meiner Heimat, nach den Orten, wo ich als Kind spielte und glücklich war. Ich möchte diese Heimat noch einmal sehen – wenn auch nur für eine kurze Zeit. Dann komme ich zu euch zurück.«

Umari schüttelte den Kopf. Die Muscheln und Federn in seinen durchstochenen Ohrläppchen flatterten und klapperten. Grauenhaft anzusehen war es, wie die Schrumpfköpfe an dem Menschenhaargürtel um seinen nackten Leib schaukelten.

»Sapolàna und ich glauben dir nicht. Wenn du erst weg

bist von Zapuare, wirst du nie wiederkommen. Aber der Große Häuptling wird dich nicht gehen lassen ... Er braucht dich und deinen Zauber.« Er zeigte auf die Medikamentenkästen, die in dem Boot der Ärzte lagen.

»Ist Sapolàna wieder krank?« fragte Perthes.

»Nicht er, aber viele seiner Krieger. Sie haben Fieber, sie sind von giftigen Mücken gestochen worden, sie sterben schnell. Du mußt die Taràpas retten, weißer Zauberer.«

»Ich werde euch alle impfen!« Peter nickte. »Aber erst muß ich nach Deutschland, Umari.«

»Du kannst nicht gehen. Deine Beine sind dir genommen.«

»Ich werde wieder gehen können!« Zuversicht klang in Peters Stimme. Seine Augen glänzten. »Aus meiner Heimat kam ein Mittel, dieses Mal wirklich ein Zaubermittel, und ich werde meine Beine wieder gebrauchen können. Ich werde ohne Krücken und ohne Rollstuhl zu euch zurückkehren, Umari, und euren Stamm mit neuen Mitteln impfen, auch gegen das Gift der ›Schwarzen Witwe‹! Sage das Sapolàna!«

Umari nickte. Sein Speer, mit runenhaften Zeichen bedeckt, zeigte mit der Knochenspitze hinauf in den weißblauen Himmel. »Die Götter der Sonne werden bei dir sein. Der Große Häuptling wartet auf dich. Du wirst nicht fahren können. Du mußt in unseren Wäldern bleiben. Ich weiß, daß du nicht wiederkommst.«

Ein kurzer Schrei klang aus seiner Kehle. Die acht Ruderer warfen sich nach vorn und trieben das Kanu mit starken Schlägen in die Mitte des Stromes. Pfeilschnell glitt es die Strömung hinab, dem Cuno Supari entgegen, den undurchdringbaren Wäldern von Amorua.

Eine Baumtrommel am Ufer in den Büschen verkündete dumpf die Zusammenkunft.

Dr. Cartogeno saß Peter gegenüber im Boot und rauchte eines seiner widerlich riechenden langen Zigarillos. Sein Gesicht war ernst. »Willst du wirklich zurück nach

Deutschland?« fragte er nach einer ganzen Weile, in der sie langsam den Fluß abwärts trieben.

»Ja, Fernando, ich habe es dir noch nicht gesagt. Woher es Sapolàna weiß, ist mir ein Rätsel. Als ich das Paket erhielt mit den zehn Ampullen, als ich im Mikroskop feststellte, daß es ein Gegengift ist, das mir die Bewegung der Beine wiedergeben kann, da habe ich mir geschworen, nach Deutschland zurückzufahren und den Mann zu suchen, von dem dieses Serum stammt.« Er beugte sich vor. »Verstehe es doch, Fernando! Ich muß diesen Mann finden! Nicht mein Leben allein, das Leben Tausender hängt doch an diesem milchigen Wasser! Du bleibst in Zapuare, führst unsere Arbeit weiter fort und wartest. Ich werde wiederkommen, bestimmt! Das schwöre ich dir. Ich kann ohne die riesigen Wälder nicht mehr sein, ohne den Ruf des Tukans und den Gesang der Ruderer, wenn sie zurückkommen, die Boote von Kautschuk und Orchideen entladen. Aber ich muß wissen, wer sich hinter diesem anonymen Paket verbirgt. Es kann ein Jahr dauern, vielleicht auch zwei oder drei Jahre. Es wird vielleicht schwer sein, in Deutschland den Mann zu finden, aber ich weiß auch, daß ich zu dir nach Zapuare zurückkehre und zu dir sage: Fernando, hier bin ich wieder! Komm, rudere mich hinaus auf den, Rio Guaviare, den Cuno Supari hinauf in die Wälder von Amorua und zu den unbekannten Quellen des Cuno Mataveni.« Er starrte auf seine Füße und wischte sich über das verschwitzte Haar. »Aber erst muß ich wieder laufen können. Ich muß auf das Wunder warten, Fernando!«

Einen Tag später injizierte Dr. Cartogeno die zweite Ampulle. Der Körper reagierte nicht mehr so stark. Wohl stellte sich Atemnot ein, ein leichtes Fieber, aber der Verstand wurde nicht mehr getrübt. Auch das Brennen im Körper war weniger stark. Es war, als überflute eine plötzliche Hitzewelle das Blut. Dann war der Körper nach einer halben Stunde fieberfrei, und Perthes fühlte sich erfrischt.

In diesen Tagen beobachteten die beiden Ärzte, wie um sie ein Ring von Taràpas gelegt wurde. Sie kamen nicht bis Zapuare – aber unter- und oberhalb des Rio Guaviare, am Rio Uva in den Llanos de San Martin, am Rio Vichada, ja sogar in der Nähe von Villavicencio am Rio Moco hatte man die Krieger in den Wäldern beobachtet. Wohin die beiden in diesen Tagen in ihrem Boot auch fuhren – überall stießen sie auf Taràpas, die still und scheu in den Büschen und Sümpfen hockten und den Weg des Boots mit ihren Baumtrommeln anmeldeten.

Ein Ring schloß sich um Peter Perthes; Sapolàna bewachte ihn. Der geringste Versuch, nach Villavicencio durchzubrechen, würde von ihm vereitelt werden.

»Ich muß nach Deutschland, Fernando«, sagte Peter am zwölften Tag, nachdem er die vierte Spritze erhalten hatte. »Und wenn ich durchbrechen müßte ... es geht hier um mehr als um den Willen Sapolànas. Ich werde versuchen, ihn selbst zu sprechen.«

Doch dieses Vorhaben erwies sich als reine Utopie. Sosehr sich Peter auch bemühte und verschiedene Krieger ansprach, die an den Ufern der Flüsse saßen, oder gar Umari, als er ihn einmal wieder traf, um eine Unterredung mit dem Großen Häuptling bat – Sapolàna schwieg. Nur der Ring wurde immer enger gezogen, er wurde dichter, deutlicher ... die Warnung an den weißen Zauberer, die grüne Hölle nicht zu verlassen.

Am achtzehnten Tag nach Eintreffen des Paketes erhielt Dr. Perthes die letzte Injektion. Sechs Ampullen waren jetzt in seinem Blut. Der Körper reagierte ab der vierten Spritze nicht mehr auf das Serum. Kein Fieber mehr, keine Atembeschwerden, kein Brennen in den Adern. Es war, als spritze man aqua destillata. Und die Lähmung der Beine blieb ...

Achtzehn Tage voller Hoffen ... Wenn er allein war und Dr. Cartogeno die Schlangenfarm besuchte, versuchte Peter manchmal heimlich, aus dem Rollstuhl aufzustehen und einige Schritte zu gehen. Immer wieder knickten seine Beine ein – die Muskeln und Sehnen gehorchten ihm noch immer nicht. Das Serum schien sich doch als unwirksam zu erweisen. Unter dem Mikroskop vernichtete es zwar in kleinen Mengen die Gifte, aber im Körper, im großen Blutraum, wurde es anscheinend negativ aufgenommen, ohne seine heilende Kraft entfalten zu können.

Mutlos saß Peter dann am Tisch und starrte hinaus in den abendlichen Urwald. Das Leben am Ufer fesselte ihn immer von neuem. Jetzt kannte er schon jeden Indio, der sammelnd durch die Wälder kroch und jede Woche seine Beute nach Zapuare brachte. Er kannte genau die Gewohnheiten der weißen Händler, ihre Kniffe und Betrügereien, mit denen sie die Indios übervorteilten. Er kannte genau den Mister McKinney, der wertlosen Glasschmuck gegen wertvolle Orchideensamen eintauschte, er kannte den alten Fuchs Abraham Futcher, der einmal einen Karton Waschpulver an die Indios verkaufte. Die saßen dann am Ufer vor dem Lagerfeuer, kochten aus dem Waschpulver eine Suppe, freuten sich kindlich über den kesselüberquellenden Schaum und aßen die Waschlauge mit Todesverachtung als neue Delikatesse.

»Alle Indios sind Idioten!« Das war die Ansicht der weißen Händler. Nur manchmal wurden sie still, wenn einer von ihnen bei einer Fahrt in dem Sumpf verschwand und nie mehr auftauchte. Ein Opfer Sapolànas – hieß es dann meistens. Und man sah den weißen Arzt noch scheeler an, der das Leben dieses Ungeheuers der Urwälder gerettet hatte.

Auch Dr. Cartogeno meinte, sein Zigarillo rauchend: »Ein weißer Schrumpfkopf mehr! Vielleicht sähen wir die Mumien von Farley und Parker wieder, wenn wir Sapolàna noch einmal besuchen könnten.« Dann biß Peter die Lippen zusammen und starrte hinaus auf den Fluß . . .

Ein Gefangener seines mächtigen Freundes. Der lahme weiße Zauberer von Amorua.

Nach zehn Tagen injizierte Dr. Cartogeno streng nach Vorschrift die siebente Spritze mit zehn Kubikzentimeter des Serums. Gleichgültig ließ es Peter mit sich geschehen. Seine Hoffnung war geschwunden. Es war mehr ein Befolgen der Zeilen auf dem Zettel als ein ernsthafter Wille, das Serum siegen zu sehen.

»Dein Blut ist heller geworden«, meinte Cartogeno nach der Injektion. »Ich glaube, daß das Gegengift nur seine Zeit braucht, um wirksam zu werden.« Es war ein billiger Trost, den Peter auch mit lächelndem Nicken erwiderte, als wolle er sagen: Nett, mein Junge! Du willst mir Mut machen ... aber ich habe leider den Glauben völlig verloren.

Nach zwei Tagen folgte die letzte Spritze.

Dr. Cartogeno und Peter warteten. Einen Tag. Zwei ... fünf ... eine Woche ... zwei Wochen ...

Es geschah nichts. Die Beine blieben gelähmt. Nur das Blut war heller geworden. Unter dem Mikroskop sah es reiner aus, die Giftkristalle waren weniger geworden, und die Erythrozyten hatten sich vermehrt. Das war ein Fortschritt, den auch die Versuche unter dem Mikroskop zeigten ... aber der Organismus des Körpers, das angegriffene Nervensystem reagierte nicht darauf.

In der dritten Woche nach der letzten Injektion schlossen sie das Tagebuch mit dem resignierenden Satz ab:

»80 ccm neues Serum aus Erlangen, Deutschland, nach vorgegebener Anweisung injiziert, reinigte Blut, hob aber Lähmung nicht auf. Der Versuch kann als mißlungen betrachtet werden.«

Mißlungen! In diesem einen Wort lag die ganze Tragik Dr. Peter Perthes'. Er sprach nicht mehr über die kleinen, wachsverschlossenen Ampullen. In einem Schrank versteckt lag der schmale Karton – mit Watte ausgeschlagen.

Auf seinen Krücken humpelte Dr. Perthes weiter umher, fuhr wieder mit seinem Rollstuhl, in einem breiten Baumkanu sitzend, die Flüsse hinauf und hinab, sprach gelegentlich mit Umari, der in letzter Zeit öfters an einsamen Stellen auftauchte und die kleinen Exkursionen ins Innere der Wälder begleitete. Von Deutschland erwähnte er nichts mehr. Seine geplante Reise in die Heimat war gegenstandslos geworden. Er war einer Täuschung, vielleicht einer Scharlatanerie zum Opfer gefallen – der gute Glauben an die Möglichkeit einer Rettung war enttäuscht worden.

Durch den Urwald hämmerten wieder Baumtrommeln: Der weiße Zauberer ist weiter gelähmt. Die Götter haben entschieden: Das weiße Wasser aus der Ferne war nicht gut.

Am Lago Jiro, den sie über den Cuno Supari erreichten, gründete Peter eine Impfstation. Die Taràpas bauten nach seinen Angaben eine feste Blockhütte mit drei Räumen. Sie wurde mit hohen, angespitzten Palisaden umgeben und lag direkt am See.

So weit das Auge reichte, war das stille Wasser umgeben von einer turmhohen grünen Mauer. Hier blieben Peter und Cartogeno zwei Monate und ließen durch Umari die Krieger der Taràpas in Gruppen von zweihundert Mann pro Tag kommen. Untersuchungen ergaben, daß sehr viele an einem verschleppten Sumpffieber, einer Art von Malaria, litten, eine große Anzahl an Lungenkrankheiten, die Folge einer notdürftig geheilten Masern-Erkrankung.

Dr. Perthes saß, nur mit kurzen Hosen bekleidet, in seinem Rollstuhl und impfte seine Freunde, die Taràpas. Dr. Cartogeno bereitete die Impfungen vor, reichte das Impfmesser und übernahm die Untersuchungen von Männern, die Peter ihm bezeichnete, und die möglicherweise andere Krankheiten in sich trugen.

Über 3000 Krieger gingen durch die Hände der beiden Ärzte; selbst der alte Medizinmann Sapolàra kam, gestützt auf zwei junge Krieger, und verlangte eine Impfung. Sie kamen alle ohne Schmuck, ohne Bemalung, ohne die Tukanfedern in den Ohren und ohne Menschenhaargürtel um die Lenden. Nackt traten sie aus den Wäldern, braun, kräftig, mit Muskeln wie Stahl. Ohne Zuckungen ertrugen sie die Einritzungen und die Injektionen in die Brustmuskulatur. Es gab keine Ränge mehr – der Häuptling war dem kleinen Krieger gleich. Sie standen vor Peter, stumm, gaben den Arm und gingen grußlos wieder aus der Hütte.

Nach zwei Monaten kamen die letzten Krieger. Erstaunt sah Peter zu Umari, der die ganze Zeit über mit ihnen in der Blockhütte wohnte. »Und wo bleibt Sapolàna?« fragte Peter.

Über Umaris Gesicht zog ein Leuchten. »Der Große Häuptling war hier«, sagte Umari feierlich. »Du hast ihn in den Arm geritzt und in die Brust gestochen wie alle anderen. Du hast ihn nicht erkannt. Er befahl es so . . .«

»Ich wollte ihn doch sprechen.«

»Aber der Große Häuptling wollte dich nicht sprechen.« Umari beugte den Kopf. »Wir müssen ihm gehorchen, Herr.«

Und wieder ruderten die Boote über den Rio Guaviare, den Schicksalsstrom im Leben von Dr. Peter Perthes. Er saß in seinem Rollstuhl und blickte das Ufer entlang, das langsam an ihm vorbeiglitt. Hinter ihm saß Dr. Cartogeno und rechnete aus, was die Impfung an Medikamenten gekostet hatte. Es war eine hohe Summe.

»Ich werde dem kolumbianischen Staat eine Rechnung einreichen«, meinte er und klappte sein Taschenbuch zusammen. »Wir impfen seine Einwohner, und was tut er? Wozu haben sie in Bogota ein Gesundheitsministerium?«

Als sie in Zapuare anlegten, stand an dem Kanuhafen ein großer, in blendendes Weiß gekleideter Herr und schwenkte grüßend beide Arme. Er hatte den Tropenhelm tief in die Stirn gedrückt, wie es alle Reisenden tun, die zum erstenmal in den Tropen sind, weil sie denken, damit einem Sonnenstich zu entgehen; sie schwitzen nur noch mehr.

Dr. Cartogeno schüttelte den Kopf und kam dann zu Peter an den Rollstuhl. »Kennst du den kornischen Vogel dort vorn?«

Peter hatte die Hand über die Augen gelegt und spähte hinüber zum Ufer. »Von Zapuare ist er nicht. Vielleicht ein Zeitungsonkel aus den Staaten? Ein neues Inteview: ›Was halten Sie von einer Kultivierung des Urwaldes?‹ – Antwort: ›Nichts! Man soll den Wilden ihre Kultur lassen. Werden sie erst zivilisiert, hören sie auf, ein altes Kulturvolk zu sein!‹«

»Bravo!« Dr. Cartogeno klatschte in die Hände. »Gib es ihm, Peter! Der Urwalddoktor hält zu seinen Wilden! Eine Schlagzeile, die dich ehrt!«

Die Indios, die beim Anlegen halfen, rannten schon mit Tauen das Ufer entlang. Auch der fremde Herr in Weiß rannte und schwenkte noch immer die Arme.

»Hartnäckiger Bursche«, meinte Dr. Cartogeno. »Wir legen extra weiter unten an – und er rennt mit!«

Er wollte noch etwas sagen, verstummte aber mitten im Satz und starrte mit offenem Mund seinen Freund an. Peter hatte nämlich plötzlich beide Arme hochgerissen und winkte dem weißen Mann zurück. Sein Gesicht glänzte. Der Körper bäumte sich auf, als wolle er sich aufrichten. Dr. Cartogeno biß sich auf die Lippen.

»Hallo!« schrie Peter. »Hallo! Wir legen an! Willkommen in Zapuare!« Und zu Dr. Cartogeno sagte er: »Fernando, scharf an das Ufer! Es ist Herr von Barthey aus Köln!«

»Auch das noch!« Cartogeno gab den Ruderern einen Wink. »Der Geldgeber! Und wir haben an dreitausend Wilde sein Geld verimpft! Ein Unglück kommt wirklich selten allein . . .«

Als sie anlegten, stürzte Wolf von Barthey dem Boot entgegen. Schon beim Herausrollen des Fahrstuhls drückte er Peter die Hände und half mit, das Gefährt an Land zu bringen. »Viele Grüße aus Köln!« rief er. »Sie sehen gut aus, Doktor, blendend sehen Sie aus! Braun, frisch, kräftig – ich bin glücklich, Sie so zu sehen!«

»Bis auf die Beine.« Peter versuchte ein Lächeln. »Die wollen nicht.«

»Die Beine!« Von Barthey winkte ab. »Pfeifen Sie auf die Beine – Sie haben Ihr Lächeln, Sie haben Ihren Mut, Ihren Geist, Ihren Frohsinn ... Was haben da die Beine zu sagen!« Er schob den Rollstuhl auf das Ufer und atmete tief auf. »Endlich sind Sie da, Dr. Perthes! Seit drei Wochen sitze ich schon hier in diesem Wanzennest und warte auf Sie! Schauermärchen erzählt man sich von Ihnen, mein Bester! Sie sollen in den Urwäldern die Kopfjäger impfen, damit sie lange gesund bleiben und recht viele weiße Schrumpfköpfe sammeln können. Haha!« Er lachte dröhnend. »Und mit dem größten Satan der grünen Hölle stehen Sie auf du und du? Mensch, Doktor, wenn das die Kölner Kapazitäten in der Lindenburg wüßten!«

Seine Vitalität riß Peter Perthes und Dr. Cartogeno mit. Man ging ins Haus, und Peter humpelte auf seinen Krükken herum, während der Kolumbianer in kurzen Worten berichtete, woher sie kamen. »Kurzum ...«, meinte er am Schluß sarkastisch, »Sie haben es mit Ihrem Geld, Herr von Barthey, ermöglicht, daß dreitausend Wilde länger leben werden!«

»Wenn ich das meinen Bankdirektoren erzähle, zerreißen sie mich in der Luft!« Wolf von Barthey lachte schallend. »Also stimmt das alles, was man über Dr. Perthes erzählt? Bis Bogota – ach was, bis New York geht sein Ruf!« Er wandte sich an Peter, der aus seinem Kühlschrank eine flache Schale nahm. »Haben Sie mir einen Pudding kaltgestellt?« rief der Bankier lustig.

»Etwas Ähnliches.« Perthes winkte, und von Barthey trat an den Experimentiertisch. Er blickte in die Porzellanschale, auf deren flachem Boden ein Blutkuchen lag. Die geronnene kalte Masse sah braun und fleckig aus.

»Wenig appetitlich«, meinte der Bankier und wurde plötzlich ernst. »Ihr Blut?« fragte er Peter.

»Nein, das Blut eines Tapirs. Es enthält in konzentrierter Form so viel Curarin, daß man mit diesem Blutkuchen leicht zwanzigtausend Menschen umbringen könnte.«

Wolf von Barthey betrachtete die Schüssel voller Grauen. »Und was machen Sie damit?«

»Das folgende Experiment soll meine Begrüßung für Sie sein.« Er nahm mit der Pinzette einen kleinen Teil des geronnenen Blutes aus der Schüssel und löste es in Wasser auf. Dann zog er die tödliche Flüssigkeit in eine Spritze auf und hielt sie vor die Augen des Bankiers. »Diese Spritze enthält jetzt so viel Giftstoff, wie er sonst an hundert normalen vergifteten Pfeilen anzutreffen wäre.« Er ging damit zu einem Käfig im Nebenraum und holte einen kleinen Affen heraus. »Dieses Gift injiziere ich jetzt dem Tier.«

»Lassen Sie das Äffchen leben, Doktor!« rief von Barthey. Er blickte das zitternde Tier an und wandte sich dann ab.

Während Dr. Cartogeno den quiekenden Affen festhielt, stieß Peter die Spitze mit dem Giftstoff tief in den Schenkel des Tiers. Es fiel fast augenblicklich in Zuckungen.

»Sehen Sie es?« fragte Dr. Perthes laut. Der Bankier drehte sich um, seine Augen waren geweitet. »Das Äffchen liegt im Sterben. Das Curarin lähmt sofort die Muskeln und Organe.« Nun wandte sich Perthes zu Dr. Cartogeno um, der bereits eine andere Spritze in der Hand hielt.

»Antitoxikum, Fernando!« Perthes nahm die Spritze und stieß sie dem immer apathischer werdenden Affen in den gleichen Schenkel. »So«, sagte er dann zufrieden, und sah Herrn von Barthey groß an, »wenn der Affe jetzt noch stirbt, dürfen Sie mich einen Scharlatan nennen!«

Wolf von Barthey wischte sich über die Augen und lehnte gegen den Tisch. »Das ist ja unheimlich, Doktor

Perthes, das ist . . .« Ihm versagten die Worte. Der Affe hatte sich aufgerichtet, streichelte mit beleckten Fingern die beiden Einstichstellen und flüchtete dann auf einen der Schränke, wo er hocken blieb und zu den drei Menschen hinunterkeifte.

Wolf von Barthey aber stürzte auf Peter Perthes zu und schloß ihn überschwenglich in seine Arme. »Sie haben es geschafft! Ich wußte es ja, ich habe es allen gesagt, allen, die nicht daran glauben wollten! Der alte Miesmacher Window und der sachliche Dr. Sacher – sie zweifelten! Aber ich habe gesagt: Er schafft es! Er ist nicht umsonst in den Wäldern, habe ich gesagt, er bringt uns das Gegengift gegen Curare, das einzige Mittel, das hilft! Mensch, Doktor . . . Ach was, Peter nenne ich Sie jetzt, Peter, mein Junge . . .« Rührung überfiel ihn. Er ließ den Arzt los und setzte sich auf das Feldbett. »Ich erlebe ein Wunder . . .«, stotterte er. »Ist das Ihr neues Serum?«

»Ja. Es muß jetzt noch von tüchtigen Serologen erprobt und klinisch untersucht werden. Ich mußte Sie damit begrüßen, Herr von Barthey: Es ist das Serum, das Sie mit nach Deutschland nehmen! Der Stamm unserer pharmazeutischen Fabrik, ihre Grundlage sozusagen: die Herstellung eines bisher unbekannten Physostigmins, entwickelt aus der Phytotomie der Toxiferen.«

»Hören Sie auf! Hören Sie auf!« Der Bankier hielt sich die Ohren zu. »Ich ersticke an diesen schrecklichen Ausdrücken!«

Während Dr. Perthes sachlich und ein wenig stolz seine Erfolge mit dem Gegengift erläuterte, lief Dr. Cartogeno in die nächste Bar und erstand einige Flaschen Whisky und lauwarmes Sodawasser, das er sogleich in den Kühlschrank stellte. Ein Benzinmotor hielt ratternd das verzweigte Kühlsystem der Schränke in Betrieb und spendete Strom für die Lampen und alle Geräte.

Am Abend erzählte Wolf von Barthey von seiner Fahrt. Vor vier Wochen schon war er in Buenaventura angekommen, von da fuhr er nach Bogota. Dort hielt man seinen Besuch für geschäftlich und erklärte ihn für einen Selbstmörder, als er den Wunsch äußerte, nach Zapuare zu Dr. Perthes zu fahren. Zwei Herren des Ministeriums versicherten, daß der kolumbianische Staat für nichts haftbar zu machen sei, wenn er in die Hände der Taràpas fallen würde. Man erzählte ihm alle Geschichten von dem »Teufel Sapolàna« den Kopfjägern, man zeigte ihm im Museum die Schrumpfköpfe und die Giftpfeile, Blasrohre, Speere, Keulen und Beile der Indianer, ja, man führte ihm sogar in einer Klinik Versuche mit Curare vor und erklärte ihm, daß ein Ritz mit diesem Gift unheilbar sei.

Der Bankier aus Köln ließ sich nicht abhalten. Er hatte sich zum Ziel gesetzt, Dr. Perthes zu besuchen. Und wo der lebte – warum sollte er da nicht auch leben können? Achselzuckend brachte man ihn nach Villavicencio, wo man einen Führer mietete und Herrn von Barthey mit diesem in die Wälder schickte.

Zwei Männer im Land der Taràpas! Nach acht Tagen kamen sie in Zapuare an, ohne einem Wilden begegnet zu sein. Wohl hörten sie in ihrem Rücken und ringsherum in den undurchdringlichen Wäldern den Klang von Trommeln, aber sie maßen dem keinerlei Bedeutung zu. Daß es die Nachricht war, ein Freund des weißen Zauberers ziehe durch den Wald und stehe unter dem Schutz des Großen Häuptlings – das ahnte von Barthey nicht. Er hörte die Trommeln, und zog an seinem Tod vorbei, weil er zu Dr. Peter Perthes reiste . . .

»In Köln warten alle auf Sie«, sagte der Bankier weiter und trank Peter zu. »Wenn Sie hier fertig sind, bauen Sie ab und kommen zurück nach Deutschland, mein Lieber! Sie müssen Ihre Entdeckungen mit auswerten, und Ihr Freund Dr. Cartogeno auch.«

Peter schüttelte den Kopf. »Es wird nicht gehen«, sagte er langsam. Fernando Cartogeno stockte der Atem, und er starrte Peter ungläubig an. »Ich kann meine Hütte hier am

Rio Guaviare nicht allein lassen. Die Taràpas brauchen mich. Sie haben das Gegenmittel – Sie werten es aus und machen es groß und berühmt! Wir werden immer in Verbindung bleiben. Ich werde Ihnen vielleicht auch neue Sera schicken, Ratschläge geben und die Eroberungen Ihrer Forscher in der großen Praxis des Urwaldes bestätigen. Aber mit nach Deutschland ...« Er schüttelte den Kopf. »Es wird nicht gehen.« Er betrachtete seine gelähmten Beine. »Was sollte ich auch in Köln? Im Rollstuhl durch den Garten der Lindenburg fahren? Das Mitleid der Kollegen im Rücken? Nein, das könnte ich nicht.«

Wolf von Barthey wollte etwas sagen, aber er biß sich auf die Lippen und schwieg. Er starrte auf Peters Beine, die leblos vom Sitz des Rollstuhls herunterhingen. »Was ich schon bei der Begrüßung sagte: Ich soll Sie von allen grüßen«, fuhr er dann fort. »Professor Dr. Window übrigens ist vor einigen Wochen die erste operative Linderung der kaum erforschten multiplen Sklerose gelungen. Es war eine Sensation in der medizinischen Welt.«

»Der gute Professor!« Peter lachte vor sich hin. »Und Dr. Sacher?«

»Dr. Sacher war nach Erlangen gefahren, um ...«

Perthes und Cartogeno sprangen auf. »Nach Erlangen?« rief der Kolumbianer.

»Ja – ein Besuch bei Professor Dr. Purr ...« Herr von Barthey dachte gerade noch rechtzeitig daran, daß er nichts über Angela Bender sagen durfte und wand sich aus der heiklen Situation heraus. »Er war nur kurz dort. Sonst ist er der Alte geblieben ...«

Der Bankier lachte noch einmal ein wenig gequält. »Denken Sie nur! Er wollte doch tatsächlich mit nach Zapuare und Ihnen Gesellschaft leisten! Er wollte sogar hier bleiben! Wir haben es ihm lange ausreden müssen, bis er dann doch einsah, daß er an der Lindenburg als tüchtiger Chirurg mehr leisten kann als im Urwald beim Kampf gegen giftige Ameisen und Spinnen!«

Dr. Perthes nickte zögernd. Eine Frage würgte in seiner Kehle. Es schien schwer zu sein, sie auszusprechen. Er wollte einen Namen nennen, den er eigentlich aus seinem Gedächtnis längst gestrichen haben sollte. »Und – was macht Angela?« sagte er endlich.

»Dr. Bender?« Von Barthey stockte. »Sie wissen es nicht?«

»Nein! Was weiß ich nicht?«

»Ach . . .« Wolf von Barthey überlegte. Ich muß ihm etwas sagen, ohne zu verraten . . . »Dr. Bender ist doch weg aus Köln.«

»Ja, das weiß ich. Vorübergehend, nicht wahr? Auf Urlaub im Allgäu? Und dann?« Dr. Perthes betrachtete den Bankier aufmerksam.

»Nein, Peter, an dem Tag, als Sie von Bremerhaven aus in See stachen, löste sie alle Verträge in Köln. Sie gab ihre Praxis auf, fuhr dann ins Allgäu und ist nun schon seit Monaten verschwunden.«

»Verschwunden?« Dr. Perthes richtete sich im Sitzen auf. »Soll das heißen, daß niemand weiß, wo sich Angela jetzt befindet?«

Wolf von Barthey nickte. Die Lüge kam ihm nur stokkend über die Lippen. Peter deutete es gottlob als Erschütterung. »Ja, so ist es. Dr. Bender ist irgendwo untergetaucht . . .«

»Angela untergetaucht?« Peter sprang aus seinem Rollstuhl auf und schwankte an den Tisch. »Sie hat Köln ganz verlassen? So liebte sie mich . . .« Und leiser: »Ich war schlecht zu ihr, so schlecht . . .«

Mit offenem Mund starrte Dr. Cartogeno den Freund an. Blässe, Entsetzen im Gesicht, dachte er: Er ist aufgesprungen! Er ist doch ein paar Schritte gegangen! Die Beine! Mein Gott, Peters Beine – sie tragen ihn wieder. Er kann gehen . . . Die Beine . . .

Ein Aufschrei Dr. Cartogenos ließ Peter herumfahren. Er sah die ausgestreckte Hand Fernandos, sah den Zeigefinger zitternd auf seine Beine gerichtet . . . sah die starren Augen . . .

Dr. Perthes blickte an sich hinunter. Tastend ging er ein Paar Schritte. Die Beine bewegten sich! Die Beine trugen ihn . . .

Und er begriff das Wunder – es überfiel ihn wie ein Schlag.

Es schmetterte ihn zu Boden. Mit einem Aufschrei warf er die Arme empor und sank vornüber. »Fernando!« schrie er. »Fernando . . . ich . . . gehe . . .« Dann fiel er zu Boden und schüttelte sich wie in einem Krampf.

Doch ehe der Kolumbianer und der Bankier bei ihm waren, kniete er schon wieder und stand langsam, zitternd, auf. Frei stand er jetzt im Zimmer, die Arme weit ausgebreitet. Vorsichtig setzte er die Füße . . . Fuß nach Fuß . . . Er ging . . . ging dreimal durch den Raum . . . ein wenig schwankend noch, unsicher, hinkend . . . aber er ging mit seinen Beinen . . .

Dr. Cartogeno stürzten die Tränen übers Gesicht. Auch der Bankier wandte sich ab und mußte sich die Nase putzen. Er verließ das Zimmer. Dann stand er auf der Veranda und blickte über den Fluß. Seine Schultern zuckten.

»Das Serum, Fernando . . .« Peter ging auf Cartogeno zu, der ihn stumm umarmte. »Das Serum hat geholfen. Das anonyme Mittel aus Deutschland . . . aus Erlangen!« Und plötzlich fiel sein Kopf an Dr. Cartogenos Schulter, und Schluchzen durchzitterte den Körper. »Ich kann es noch nicht fassen, Fernando, sag mir, daß ich träume. Sag mir doch, daß ich wieder laufen kann . . . Ich glaube es nicht . . . Ich kann es nicht glauben! Sag es mir . . .«

»Du bist gesund, Peter.« Der Kolumbianer drückte den deutschen Freund an sich. »Du kannst wieder gehen! Hörst du – gehen . . . gehen . . .«

»Ja, Fernando, ja.« Peter umklammerte die Schultern seines Freundes. »Und ich werde meine Beine gebrauchen, um den Mann zu suchen, der mir das Serum geschickt hat.

Ich werde gehen, wenn es sein muß, rund um die Erde ...« Er richtete sich auf und schrie: »Ich fahre nach Deutschland! Ich fahre nach Deutschland!« Weithin gellte es durch den Garten.

Draußen stand der Bankier von Barthey aus Köln und faltete die Hände. Er konnte sich nicht besinnen, wann er das letztemal gebetet hatte ...

14

Die plötzliche Heilung des weißen Zauberers wurde in den Urwäldern Kolumbiens rasch bekannt. Tag und Nacht dröhnten die Baumtrommeln und riefen das Wunder in alle Winde. Die Taràpas starrten auf ihre Arme, viele hatten Narben, aufgequollen und groß. Sie waren stolz darauf und verachteten diejenigen, bei denen die Impfung keine Zeichen hinterlassen hatte. Ihre Freude war groß, daß er seine Beine von den Göttern wiedergeschenkt bekommen hatte. Vier Tage lang loderten die Feuer an den geheimen Lagerplätzen mitten im Urwald.

Dann dröhnte aber die Trommel Sapolànas. Und der Kreis schloß sich wieder um Peter Perthes.

Er durfte Zapuare nicht verlassen.

Die Medizinmänner umtanzten die Fetischsäulen. Ihre wunderlich bemalten Körper glänzten im Feuerschein.

Einmal, in der Nacht, ließ der alte Sapolàna vor Peters Haus den mit Muscheln und Tukanfedern geschmückten Balg eines riesenhaften Trompetervogels legen.

Ein Symbol des besiegten Dämons.

Aber der Ring wurde immer enger. Selbst der Bankier merkte es, als er mit Peter und Cartogeno den Rio Guaviare hinabfuhr, um sich das Tor zu den unerforschten Wäldern zeigen zu lassen, die Mündung des Cuno Supari.

Wo sie auch immer anlegten, überall staken in den Uferbäumen die langen, gefiederten Pfeile – die roten Pfeile! Sie warnten stumm. Im Holz der Bäume zitterten sie leicht.

Von Barthey sah sie mit Grausen an und wandte sich an Peter: »Ich fahre wohl doch lieber allein nach Deutschland zurück«, sagte er leise. »Ich möchte ja nicht Ihr Leben in Gefahr bringen. Kommen Sie nach, wenn man Sie fahren läßt.«

Perthes schüttelte nur den Kopf und schwieg. Er riß die Pfeile aus den Bäumen und warf sie weit hinaus in den Fluß. Sie trieben den Strom hinab, wurden von den Taràpas aufgefischt und zitterten, noch naß und triefend, wieder an den Baumstämmen, wenn das Boot in kleinen Buchten anlegte.

Dem Bankier wurde das unheimlich. Er weigerte sich am Schluß, überhaupt noch an Land zu gehen, und atmete erst auf, als sie wieder in Zapuare anlegten, unterhalb des Hauses, wo die Indios einige Bootsstege in den Fluß gezimmert hatten.

Peter kniff die Augen zusammen; auch Dr. Cartogeno war wütend.

In dem Holz des Stegs stak ein langer, mit geheimnisvollen Runen verzierter Speer. Unter seiner langen, vergifteten Knochenspitze hing an einem Faden aus Menschenhaar ein kleiner weißer Schrumpfkopf.

Wolf von Barthey verfärbte sich. Sein Gesicht wurde grün. Er wandte sich ab und verspürte den Drang, zu erbrechen. Mit abgewandtem Gesicht stieg er aus dem Boot und rannte, an dem Speer vorbei, durch den Garten ins Haus. Dr. Cartogeno riß den Speer aus dem Bootssteg und schleuderte ihn mitsamt dem Schrumpfkopf weit in den Fluß hinaus.

»Das bedeutet bereits Kampf«, sagte er leise zu Peter, der in das strömende Wasser schaute. »Sapolànas letzte, eindringliche Warnung! Du wirst hierbleiben müssen.«

»Ich lasse mich von einem Wilden nicht zwingen!«

»Er ist stärker als du. Er hat alle Vorteile auf seiner Seite. Die Wälder, die Flüsse, das Gift, zweitausend Krieger, die Angst der Menschen in diesem Gebiet. Du hättest ihn damals nicht retten dürfen!«

»Dann lebten wir auch nicht mehr!« Perthes ging zum Haus zurück und stieß auf der Veranda zu Herrn von Barthey, der bereits seine Sachen zusammenpackte.

»Keine Stunde bleibe ich in dieser Hölle!« rief er. »Man hatte recht in Bogota: Hier leben keine Menschen, hier leben Teufel!« Keuchend lehnte er sich an die Wand. »Haben Sie das gesehen, Dr. Perthes? Der Kopf eines Weißen! Grauenhaft!«

»Sapolàna hat davon eine ganze Sammlung.«

»Und so ein Untier retten Sie vorm Tod? Ich hätte ihm noch Gift dazu in die Adern gespritzt!«

»Das meinte Fernando auch. Aber ich bin Arzt. Ich bin zu ihm gerufen worden. Wir sehen nicht darauf, wer unser Patient ist. Wir heilen Heilige genauso wie Sünder und Mörder! Wir kennen da keinen Unterschied . . . Für uns ist jeder Kranke nur ein Mensch, ohne Namen, ohne Rang, ohne das Schuldbuch seines Lebens! Er kommt zu uns in seiner Not, und wir nehmen sie ihm, wenn wir die Kraft und die Mittel dazu haben. Ein Mörder, Herr von Barthey, empfindet genauso Schmerzen wie ein Bankier, um einmal diesen Vergleich zu gebrauchen. Sein Vertrauen zu unserem ärztlichen Ethos verpflichtet uns, ihm zu helfen. Wie der Priester seine Absolution erteilt, den Gerechten und Ungerechten, das Geheimnis jener Seelen in seiner eigenen Seele vergräbt, so stehen wir am Bett eines jeden Kranken und tun die Pflicht, die uns Gott auferlegte.«

»Und der Geheilte, der Ihnen Verpflichtete, warnt Sie dann mit einem weißen Schrumpfkopf, sein Land nicht zu verlassen! Eine billige Logik – meinen Sie nicht?«

Der Bankier packte erregt weiter. »Ich bleibe nicht eine

Stunde länger! Ich bewundere Ihren Mut, Dr. Perthes, und noch mehr bewundere ich Ihre reine, idealistische ärztliche Berufsmoral – aber ich glaube, daß sie in diesem Fall übersteigert ist!«

Peter schwieg. Er ging ins Haus und packte in eine Tropenkiste aus Leichtmetall die bisher gewonnenen Präparate, den Blutkuchen aus konzentriertem Gift, seine Tagebücher und die genauen Arbeitsangaben seiner Versuche. Er schrieb noch auf der kleinen Kofferschreibmaschine seine Ansichten über die Fortentwicklung des Serums nieder und gab theoretische Anweisungen zur Erforschung einer Giftart, die eine Suffusion verursacht, den Blutaustritt unter die Haut.

Wolf von Barthey trat in das Zimmer. Draußen warteten schon vier Träger, die Dr. Cartogeno in aller Eile gemietet hatte.

»Sie kommen nicht mit?« fragte der Bankier kurz.

»Heute nicht.« Peter erhob sich und überreichte dem Bankier die blinkende Kiste und den dicken Brief. »Wenn ich mit Ihnen fahren würde, so würde das meinen und höchstwahrscheinlich auch Ihren Tod bedeuten. Sie allein kommen durch – meine Reise wird eine weniger gemütliche sein. Auf jeden Fall treffen wir uns im Hafen von Buenaventura, vielleicht auch noch in Bogota. Und geben Sie acht auf die Kiste und auf dieses Schreiben. Mit dem Inhalt der Kiste können Sie halb Deutschland vergiften, in dem Brief ist der Grundstock Ihrer chemischen Fabriken begründet!« Er drückte Wolf von Barthey die Hand. »Ihr Besuch hat mir wieder Lebensmut gegeben. Ich bekenne es, unter uns, Herr von Barthey: Ich hatte keine Lust mehr. Ich wollte einfach nicht mehr. Gelähmt, verurteilt, mein Leben unter giftigen Blüten zu beenden. Nein! Oft stand ich abends am Ufer und sah den Pyranhas zu, wie sie mit ihren messerscharfen Zähnen einen Körper in wenigen Sekunden bis zum Gerippe abnagen. Ein wenig Schlafpulver, am Ufer eingenommen, und sich betäubt in den Fluß fallen lassen . . . Man hätte nie gewußt, wo Dr. Perthes geblieben ist . . .«

»Das ist doch Irrsinn!« Herr von Barthey starrte Peter an. »Wie konnten Sie nur so denken?«

»Sie können wohl nicht nachempfinden, was es heißt, durch den Biß einer lächerlichen Spinne nicht nur gelähmt, sondern innerlich vollkommen verseucht zu sein. Wir wissen doch nicht, wie das Blut reagiert – in einem Jahr, in zwei oder drei Jahren . . . Vielleicht erst in zwanzig? Es war ein ständiges Warten, ein quälendes, tägliches Selbstbeobachten: Breche ich zusammen? Ist es jetzt vorbei? Oder läßt mich das Gift noch gnädigst die morgige Sonne sehen? Ich war einfach am Ende! – Und da kam dieses geheimnisvolle Päckchen! Es kam aus Deutschland. Anonym! Und die zehn Ampullen mit der milchigweißen Flüssigkeit, mit diesem Serum aller Sera, brachten die Wende! Mein Blut wurde gereinigt, das Serum gab mir mein Leben zurück. Sie haben es ja selbst gesehen ... meine ersten Schritte . . . das neue kindliche Tasten meiner Beine. Und ich begriff es nicht . . .«

»Es war wie ein Wunder«, sagte Wolf von Barthey leise und erschüttert.

»Und es war ein Triumph der Wissenschaft! Der einmalige Sieg eines Forschers, der sich im Hintergrund hält, den keiner noch kennt. Darum muß ich nach Deutschland, nur darum! Ich muß diesen Mann finden! Ich will ihm danken, und ich werde keine Ruhe haben, bis ich vor ihm stehe! Sie verlassen nun Zapuare – und mich werden dreitausend Taràpas jagen, wenn ich Ihnen folgte! Ich habe aber wieder neuen Mut, ich habe in Ihnen die Heimat wiedergesehen . . . und ich werde Ihnen folgen!« Er hielt Wolf von Bartheys Hand fest. »Warten Sie auf mich in Bogota – ich komme bestimmt!«

»Ich warte, Dr. Perthes«, sagte der Bankier fest.

Sie gaben sich noch einmal die Hand und blickten sich in die Augen. Es war ein Versprechen unter Männern, das nie gebrochen werden würde. Dann wandte sich der Bankier ab, ging hinaus auf die Veranda, verabschiedete sich von Dr. Cartogeno und bestieg sein Pferd.

Ohne sich umzublicken, ritt er die enge Straße zwischen den Blockhütten entlang, die sich später im Wald verlor und nur in einem schmalen Pfad weiterführte.

Peter Perthes stand am Fenster und blickte der weißen Gestalt nach, bis sie sich im dunklen Grün der Ferne auflöste. Der Kolumbianer stand hinter ihm und legte ihm die Hand auf die Schulter.

»Du bleibst, Peter?« fragte er.

Der Freund schwieg. Dr. Cartogeno verstand diese Antwort und wandte sich ab. Er packte das Nötigste zusammen, Konserven, Hartkekse, zwei Revolver, Munition, Feldnaschen mit Tee, Spritzenkästen mit Gegengiften, ein Arztbesteck, einen leichten Regenmantel aus Ölhaut . . .

»Ich werde in der Nacht den Rio Guaviare hinabrudern«, sagte Cartogeno, während Peter noch immer am Fenster stand und hinausblickte auf den Wald, in dem Wolf von Barthey verschwunden war. Dort liegt meine Heimat, dachte er wehmütig. Deutschland! Er lehnte den Kopf an den Fensterrahmen . . .

Ich habe Heimweh, dachte er. Plötzlich habe ich Heimweh nach dem Rhein, nach den duftenden Tannenwäldern, den alten Eichen mit den breiten Kronen, den schlanken, zierlichen Birken und den flimmernden Sternen am dunkelblauen Himmel. In wenigen Monaten wird es schneien . . .

Weiß ich denn überhaupt noch, so gingen seine Gedanken weiter, wie Schnee aussieht? Weiße, leichte Flocken schweben aus dem blaugrauen Himmel, man fängt sie auf, und in der Hand werden sie zu wunderlichen Kristallen, die dann zu Wasser schmelzen. Rosen des Himmels sind es, weiß und so zart, daß sie die menschliche Berührung nicht ertragen.

Die Heimat! Die Heide, weit, unendlich fast, ein violetter Teppich! Die Berge, Felsenspitzen, die in den ziehenden Wolken verschwinden... Die See. Weißer, weicher Sand, an den die Wellen rollen und die Füße umspülen, als wollten sie ein Kuß der Ewigkeit sein...

Mein Gott, habe ich Heimweh...

Die Stimme des Freundes riß ihn aus seinen Gedanken.

»Vor mich ins Boot werde ich eine Puppe setzen, in einem deiner Anzüge. Der Dolmetscher will sie mir aus Lianen flechten. In der Nacht kann man das nicht so genau erkennen. So werden wir die Taràpas täuschen. Ich fahre den Rio hinab... Und du kannst versuchen, entgegengesetzt nach San Pablo zu gelangen und durch die Llanos de San Martin nach Villavicencio. Ich werde fünf Tage unterwegs sein, immer mitten im Strom, damit niemand die Puppe erkennen kann. Dieser Vorsprung muß dir genügen!«

Peter drehte sich dem Freund zu. »Das geht nicht, Fernando. Wenn Sapolàna den Betrug merkt, bist du ein toter Mann.«

»Und du bist gerettet, Peter.«

»Nein! Dieses Opfer nehme ich nie und nimmer an! Wir müssen einen anderen Weg finden.«

An diesem Tag sprachen sie nicht mehr davon. Heimlich ließ Dr. Cartogeno die Puppe anfertigen und versteckte sie in den folgenden zwei Tagen in einem Schuppen in der Nähe des Hauses.

Wieder einmal erklang von fern das dumpfe Dröhnen der Baumtrommeln. Sie begleiteten den Weg Herrn von Bartheys, der unangefochten die Wälder passierte und ziemlich erschöpft von der ausgestandenen Angst in Villavicencio eintraf.

Er gönnte sich nur wenige Stunden Erholung. Dann suchte er den Polizeichef auf, führte Blitzgespräche mit der Regierung in Bogota und bat um Hilfe.

Hilfe für Dr. Peter Perthes.

Dreitausend Taràpas bewachten ihn. Der Mann, der das Mittel gegen das Curare gefunden hatte, mußte aus den Urwäldern befreit werden.

In Bogota rasselten die Telefone. Curare ist heilbar! Der deutsche Arzt hat das Gegengift gefunden! Aber er ist in den Händen Sapolànas, des Teufels von Amorua. Die Regierung Kolumbiens hat die Pflicht, den Arzt und sein Serum zu retten! Es geht jetzt nicht um den Mann allein, es geht um das Ansehen eines Staates in der Welt!

Von Bogota, von Neiva, von Tunja aus rückten die Regierungstruppen nach Villavicencio. Wieder erschienen auf den staubigen Straßen die Raupenschlepper, die Panzerwagen, die Flammenwerfer . . . Drei Hubschrauber kreisten darüber. Motorisierte Truppen sammelten sich am Rande der Llanos de San Martin. Die kleine Stadt Villavicencio glich einem mittelalterlichen Heerlager. Überall sah man nur Uniformen und Waffen, Wagen und Geräte, Feldgeschütze und Zeltstädte.

Wolf von Barthey saß bei dem Oberst, der die Truppen befehligte. Die ersten Bildberichter der amerikanischen Zeitungen und Illustrierten tauchten auf.

Kampf den Taràpas!

Ein Mann muß aus der grünen Hölle geholt werden!

Tag und Nacht dröhnten jetzt in den riesigen Wäldern die Baumtrommeln. Von Amorua bis Cobeuo, von Churrues bis Macueni an der bolivianischen Grenze hämmerten die braunen Finger auf den ausgehöhlten Stämmen.

Sapolàna ruft euch! Die Weißen greifen an!

Schützt die Wälder! Umstellt den weißen Zauberer, der für uns Leben bedeutet. Er darf unsere Wälder nicht verlassen, wenn ihr weiterleben wollt. In seiner Hand ist das Wundermittel, das alle Feinde des Körpers besiegt! Nehmt die Speere und die giftigen Blasrohre, klettert auf die Bäume und legt einen Gürtel von Giften um Zapuare!

Die Trommeln dröhnten. Tag und Nacht.

Dreitausend Taràpas saßen in den Büschen.

Zweitausend Tucanos zogen vom Amazonas nach Norden zu Sapolàna.

Eintausend Gadupinapos ruderten auf Kriegskanus vom Orinoko nach dem Süden.

Um die Fetischsäule tanzten wie besessen die Medizinmänner. Die Schrumpfköpfe hüpften um die nackten Lenden, und die schrillen, tierischen Schreie erschütterten die Wälder . . .

Sapolàna trat zum erstenmal seit vielen Jahren unter seine Krieger.

»Rettet euer Leben!« rief er grell. »Behaltet den weißen Zauberer hier!« Er zeigte auf seine Impfnarben. »Hier hat er uns in das Leben hineingeschnitten! Unsere Kinder sollen es auch haben! Vernichtet die anderen Weißen! Wir lassen uns den weißen Zauberer nicht nehmen!«

An einem frühen Morgen, bei strömendem Regen, setzten sich die Panzerwagen von Villavicencio aus in Marsch. Ihnen folgten die Raupenschlepper, die die Straße, die die Panzer in den Wald gebrochen hatten, erweiterten. Dicht aufgeschlossen ratterten die Maschinen der motorisierten Truppe. Der Spitze voraus kreisten die Helikopter und warfen Markierungszeichen und Bomben in die dichten Wälder.

Auf den Bäumen, in der Erde, hinter den Büschen, im Schlamm der Sümpfe warteten die Krieger Sapolànas. Sie bildeten eine Kette rund um Zapuare bis nach Guacamo hinein. Stumm sahen sie der auf sie zurollenden Vernichtung entgegen.

Namenlose braune Helden – mit Tukanfedern in den gespaltenen Ohren und Muschelketten auf der Brust . . .

Bei Sabana am Rio Cada flammte der Urwald auf. Die Flammenwerfer spritzten den Tod mit brennendem Öl in die Büsche. In ihnen verbrannten die ersten Taràpas – still, ohne Schreie, verbissen. Sie verkohlten in ihren Erdlöchern, die Giftpfeile noch in der Hand. Sapolàna ballte die Faust, als die Trommel ihm das meldete . . .

Er schickte neue Krieger an den Rio Cada. Sie liefen in die Maschinengewehre der Weißen.

Langsam bewegte sich die Truppensäule durch den Urwald, dem Rio Uva entgegen.

In einem Panzerwagen an der Spitze saß der Kölner Bankier von Barthey.

Nacht lag über Zapuare. Der Rio Guaviare rauschte durch die Stille. An dem dünnen Draht, der, auf einen Rahmen gespannt, vor den Fenstern stand, klebten Schwärme von Moskitos und Mücken. Es war kühl. Starker Blumenduft durchzog das Zimmer.

Mit offenen Augen lag Peter Perthes unter seiner Decke auf dem Feldbett. Er hatte seinen Anzug anbehalten und schaute in längeren Abständen auf seine schwach in der Dunkelheit blinkende Armbanduhr mit den Phosphorzeigern.

Zwei Uhr morgens!

Leise richtete er sich auf und blickte hinüber zu Dr. Cartogeno, der auf der Seite lag und ruhig atmete. Sein Bett war in der Dunkelheit nicht zu sehen, nur sein tiefer Atem füllte die Ecke aus, in der sein Lager stand.

Vorsichtig, jedes Geräusch vermeidend, erhob sich Peter. Er tastete sich durch den Raum, auf Zehenspitzen, sogar den Atem anhaltend. Auf einem kleinen Tisch neben der Tür lag der Rucksack, den ihm Dr. Cartogeno vor einigen Tagen gepackt hatte. Man hatte seitdem nicht wieder von einer Abreise gesprochen. Es war, als bliebe Peter wirklich in Zapuare und ließe Herrn von Barthey allein nach Deutschland fahren. Im Inneren aber wußten die Freunde, daß die Stunde der Trennung greifbar nahe gekommen war. Daß sie nicht darüber sprachen, bewies nur, wie schwer ihnen der Abschied wurde – wenn auch ein klein wenig Hoffnung auf ein Wiedersehen immer da war . . .

Leise nahm Peter den Rucksack vom Tisch und schlich

zur Tür. Zentimeter um Zentimeter öffnete er sie, damit sie nicht knarre, schlüpfte dann auf die Veranda und eilte die Holzstufen hinab in den Garten.

Dort blieb er stehen und umfaßte noch einmal mit dem Blick die wie ein schwarzer Fleck in der Dunkelheit liegende Blockhütte. In seinem Rücken wiegten sich die Kanus im Fluß. Die Taue knarrten. An die Bootswände klatschten die trägen Wellen. Vom Wald herüber tönte das Greinen eines aus dem Schlaf aufgeschreckten Affen.

Peter setzte sich auf einen Baumstamm und packte aus dem Rucksack die beiden Revolver aus. In jede Tasche steckte er eine Waffe, eine zusammengefaltete Karte schob er unter das Hemd auf die nackte Brust. Dann wechselte er die Schuhe, warf die leichten Schuhe fort und zog die schweren, dicken Lederschuhe an, die allen Schlangenbissen trotzten.

Er lächelte wehmütig. Fernando hatte an alles gedacht. Er wollte ihm den Abschied schwer machen ...

Noch einmal trat er an die Veranda heran. Abschiednehmend grüßte er das Haus mit der erhobenen Hand – das Haus mit dem schlafenden Freund.

Dann wandte er sich rasch ab und rannte, so gut es seine noch immer ungelenken Beine vermochten, das Ufer entlang, dem schweigenden schwarzen Wald zu.

Hinter dem Moskitodraht stand Dr. Fernando Cartogeno am Fenster. Er blickte Peter nach. Er sah ihn auch zurückkommen, das Haus grüßen – und ihn dann fortrennen. Ein Stich ging durch seine Brust, ein Schmerz, den er noch nie empfunden hatte ...

»Gute Reise«, murmelte er und starrte in das Dunkel, das Peter aufgesaugt hatte. »Ich warte auf dich, Peter. Ich werde die Station im Urwald ausbauen. Komm bald zurück ...«

Und er wußte schon, als er es noch leise aussprach, daß es ein Selbstbetrug war. Ein Betrug, um sich zu beruhigen. Er riß sich vom Fenster los, warf sich auf das Feldbett, rollte sich in eine Ecke und zwang sich zu schlafen. Da sein Wille allein dafür nicht ausreichte, nahm er ein Schlafpulver und kroch dann unter die Decke.

Jetzt werde ich erfahren, was Einsamkeit ist, dachte er noch. Und ich hatte doch immer solche Angst, allein zu sein . . .

Dr. Peter Perthes ging durch den Wald. Zapuare lag knapp hinter ihm. Im Schatten der Bäume ging er die Straße entlang bis zu der Stelle, wo sie in den Urwald mündete. Dort zweigte er ab und kroch auf allen vieren in das Unterholz, durch zentimeterhohe, verfaulte Blätter und über morsche, von Lianen erdrückte und gefällte Bäume.

Nach einer knappen Stunde traf er auf einen Tierpfad und lief die enge Gasse durch die grüne, wogende Schlucht hinab. Der Leuchtkompaß zeigte ihm die Richtung. Der Pfad lief auf Raya zu, einer Siedlung östlich des Rio Cada.

Noch hatte er keinen Taràpa gesehen.

Zwei Tage lang hatten die Trommeln in den Wäldern ununterbrochen getönt. Die alten Sammler und Händler von Zapuare machten ernste Mienen. Krieg sollte das bedeuten, meinte man. Die Taràpas sammelten sich. Irgend etwas mußte geschehen sein. Eine Stammesfehde oder ein Angriff von außen? Selbst die Indios weigerten sich, zum Kautschukstamm in die Wildplantagen zu gehen.

Jetzt schwieg der Wald. Stolpernd ging Perthes über den Pfad. Seine Beine wurden rasch müde, sie zitterten wieder, wurden weich in den Knien. Er rastete ein wenig, schnitt sich mit der Machete einen dicken Ast ab und gebrauchte ihn als Stock. Auf ihn gestützt ging er weiter . . . schwankend, mehr tastend als gehend. Schweiß brach trotz der Nachtkühle aus seinen Poren – er achtete nicht darauf, sondern riß sich das Hemd über der Brust auf. Die Karte, naß von Schweiß, knüllte er in die Hosentasche neben einen von seinen Revolvern.

Gegen Morgen, seine Uhr zeigte gerade auf fünf, brach die Sonne plötzlich durch die Wolken, fast ohne Dämmerung. Er stand in einer Schneise, überragt von turmhohen Bäumen, deren Kronen sich wie ein Domdach über ihm wölbten. Unter ihm schwappte fauliger Boden.

Eine Baumtrommel, ganz in der Nähe, dröhnte auf. Mit einem Ruck warf er sich seitwärts in die Lianen, kroch durch schimmeligen, mit Pilzen überwucherten Boden in die Tiefe des Waldes und legte sich hinter einen dicken Baumstamm auf die Blätter. Über ihm lärmten lustige Kolibris und wunderliche, kleine grellbunte Papageie. Kreischend umflatterten sie ihn und retteten sich dann ängstlich auf einen Wipfel.

Den ganzen Tag über lag Peter Perthes hinter dem Baumstamm. Mit zitterndem Herzen hörte er die Kehlkopflaute der Taràpas. Sie liefen kaum hörbar über den schmalen Pfad, den er die Nacht hindurch entlanggegangen war. Auf der Schneise blieben sie stehen, unterhielten sich laut und liefen dann den Pfad weiter, auf Raya zu. Es mußten über 50 Krieger sein. Das Klappern der Pfeile in den Köchern war sehr deutlich zu hören.

Hinter ihm, irgendwo im Dickicht, klang wieder eine Trommel auf. Ihr dumpfer Ton schwang über ihn hinweg. Eng preßte er sich in seinem Versteck an den Boden und wartete, den Revolver in der Hand.

Es geschah nichts. Offenbar hatten sie seine Spur nicht entdeckt. Sie dachten gar nicht daran, ihn zu suchen, weil sie glaubten, er sei noch in Zapuare. Er wußte nicht, daß in dem letzten Abschnitt der Nacht Dr. Cartogeno noch einmal aufgestanden war, die Puppe aus dem Schuppen geholt und mit Peters Anzug bekleidet hatte. Dann war er, mit der Puppe vorn im Boot, hinaus auf den Fluß gerudert.

Wie erwartet, meldeten die Trommeln die Abfahrt des weißen Zauberers, den Rio Guaviare hinunter. Befriedigt beorderte Sapolàna die Mehrzahl seiner Krieger an den

Rio Uva, um die Weißen aufzuhalten. Solange der weiße Zauberer auf dem Strom war, war er dem Großen Häuptling sicher.

Der Tag ging langsam vorüber.

Gegen vier Uhr nachmittags hörte Perthes über dem Blätterdom ein Rauschen und Brummen – ein Flugzeug! Verwundert blickte er empor. Durch die Blätter und Äste konnte er nur ein kleines Stück Himmel sehen. Das Motorendonnern verklang schnell. Über den Pfad rannten andere Taràpas. Die Trommel in seinem Rücken dröhnte wieder.

Krieg! Sie hatten recht in Zapuare. Das Flugzeug, die Trommeln, Tag und Nacht die rennenden Krieger ... Sollten Regierungstruppen die Urwälder durchkämmen? War Wolf von Barthey vermißt oder gar erschlagen worden? Eine heiße Angst kroch in Peter Perthes hoch.

Krieg der Regierungstruppen gegen die Taràpas? Und er allein mitten unter ihnen, gehetzt wie ein Wild, eingekreist, mit versagenden Beinen, ohne Kenntnis der Wälder, durch die er flüchten wollte, ausgeliefert den Gefahren der grünen Hölle.

So lag er und lauschte.

Wieder das Flugzeug! Es kreiste. Ein unheimliches Krachen erschütterte plötzlich den Urwaldboden. Die Kolibris und Papageie schwirrten kreischend davon. Affenherden flüchteten mit lautem Schreien. Durch das Unterholz brach schnaubend ein Tapir.

Bomben! Bomben auf den Urwald! Bomben auf die Taràpas!

Peter Perthes drückte sich an den schützenden Baumstamm. Das Flugzeug kreiste wieder. Sein Motorengeräusch war lauter, surrender geworden. Es flog jetzt tiefer und schwebte dicht über den Baumkronen. Maschinengewehrfeuer erfüllte den grünen Dom.

Über den Pfad liefen wieder Taràpas. Perthes hörte nur ihre Rufe. Die Trommeln in seinem Rücken schlugen wie toll. Weit weg, es war schwer zu schätzen, hörte er die Abschüsse und Einschläge von Artillerie.

Dort schossen die Panzer mit ihren Langrohrgeschützen in die Schneisen und in die Baumkronen, auf denen die Taràpas mit ihren Blasrohren saßen. Krachend zerplatzten die Granaten in den Wipfeln und rissen die Krieger auseinander.

Sapolàna war am Cuno Managuare eingetroffen. Sein Gesicht war verschlossen, seelenlos. Er ließ durch seine Trommeln verkünden: Jeder, der mir einen weißen Kopf bringt, erhält von Sapolàra, dem Medizinmann, einen Fetisch gegen die nächtlichen Dämonen.

Jubelnd stürzten die Krieger vor, verblutend im rasenden Feuer der Maschinengewehre. Hundert – zweihundert – fünfhundert Taràpas fielen.

Der Bankier sah durch den Sehschlitz seines Panzers auf das Morden. »Sie sind wahnsinnig«, sagte er erschüttert. »Ein ganzer Stamm opfert sich für einen einzigen weißen Arzt.«

Und wieder brachen die Panzer vor, und das Feuer der Flammenwerfer schob sich vor ihnen her.

Peter Perthes lag den ganzen Tag über, ohne sich zu rühren. Er trank aus seinen Feldflaschen, aß die harten Kekse und wartete auf die Nacht.

In der Ferne ebbte das Feuer ab. Die Taràpas und die verbündeten Stämme zogen sich zurück. In der Nacht kämpften sie nicht. Die Dämonen der Dunkelheit würden sie vernichten. Wie alle Naturvölker hatten sie eine heilige Scheu vor dem Dunkel. Sie schlugen sich seitwärts in die Wälder und zogen sich an geschützten Stellen in kleinen Lagern zusammen. Kein Feuer verriet sie. Sie schliefen auf der Erde oder in den Bäumen wie Jaguare.

Gegen zwölf Uhr nachts brach Peter auf. Er schlich auf den Pfad zurück und humpelte ihn, auf seinen Stock gestützt, weiter. In seinen Gliedern lag es wie Blei. Sein Puls klopfte, als wollten die Adern zerreißen.

Weiter, nur weiter! Dem Schießen entgegen! Den Leuchtkugeln, die über den Bäumen standen.

In der Rechten den Stock, in der Linken einen Revolver, so stolperte er durch den Wald. Hinter einer Biegung des Pfades hörte er Gemurmel. Er warf sich zu Boden und kroch in das Unterholz, unter armdicken Lianen hindurch. So umging er ein kleines Lager, und so traf er nach drei Stunden mühseliger Kriecherei, zerschunden, zerkratzt, am Ende seiner Kräfte, wieder auf den schmalen Pfad.

Die Trommeln im weiten Umkreis begannen von neuem ihr dumpfes, schauriges Konzert. Sie verkündeten Sapolàna und den kämpfenden Taràpas die Freudenbotschaft: Der weiße Zauberer ist in der Nacht den Rio Inirida hinaufgefahren. Umari hat ihn gesehen. Er saß vorn im Boot und fing giftige Nachtfische. Der weiße Zauberer wird in den Wäldern bleiben. Haltet nun die Weißen auf . . .

Peter hetzte durch den Wald. Im Rücken wußte er die Lager der Taràpas. Vor sich sah er die Leuchtkugeln der Regierungstruppen. Ein Hubschrauber warf Leuchtschirme, die langsam zur Erde schwebten und zischend in den feuchten Kronen der Urwaldriesen verlöschten.

Die Beine wurden schwerer und schwerer. Sie schleppten beim Gehen nach. Der dicke Stock wurde erneut zur Krücke. Ächzend blieb Perthes in kürzeren Abständen stehen und lehnte sich haltsuchend an die glatten, harzigen Stämme. Seine Brust hob sich in schweren Stößen auf und nieder.

Durchhalten! rief er sich zu. Nur jetzt nicht liegen bleiben. Dort kommen sie . . . die Freunde, die Befreier, die Retter . . . Nicht hinlegen, Peter, nicht schlafen . . . es würde dein Tod sein.

Weiter, nur weiter . . . wenn auch die Beine brennen, wenn das Blut auch kocht, wenn es vor den Augen flimmert . . . Morgen oder übermorgen kannst du schlafen . . . eine Woche lang, zwei Wochen . . . solange du willst! In einem weißen Bett unter weichen Federn, die sich an die gequälte Haut schmiegen werden. Kühl und doch wärmend . . .

Weiter . . .

Er kroch auf allen vieren durch den Wald. Er fiel in vermodernde Blätterberge, wälzte sich über Baumstämme und mannsdicke Lianen. Luftwurzeln hemmten seinen Weg, tückische Querwurzeln, nach und kaum sichtbar über dem Boden liegend, stellten ihm ein Bein.

Er fiel aufs Gesicht, schlug sich die rechte Wange auf, das Blut rann den Hals hinunter über die keuchende Brust . . .

Weiter . . . weiter . . .

Wie ein Tier kroch er, vorwärts schnellend, Raum gewinnend, kräftesparend. Den dicken Stock schleifte er hinter sich her. Wenn er dann wieder gehen konnte, richtete er sich an ihm auf und taumelte weiter über den schmalen Weg, verbissen, mit glasigen Augen, die beinahe schon leblos geradeaus starrten.

Plötzlich stellte sich ihm eine Schlange in den Weg. Auf ihrem Schwanzstück sitzend, züngelte sie und wiegte mordlustig den Kopf hin und her. Er wagte nicht zu schießen . . . Er griff seinen Knüppel fester und hieb auf den flachen, scheußlichen Kopf . . .

Er hieb noch, als die Schlange zermalmt am Boden lag und der Leib sich sterbend aufbäumte. Tot! schrie es in ihm. Tot – alles, was sich mir entgegenstellt. Und er hieb und hieb auf die Schlange, bis sie unkenntlich am Urwaldboden lag.

Dann taumelte er weiter, den Stock mit dem Schlangenblut in der Hand. Die aufgerissene Wange schmerzte, der Rucksack auf dem Rücken wurde zentnerschwer. Nicht wegwerfen, sagte er sich vor, und wenn er noch so schwer wird – nicht wegwerfen! Die Medikamente sind darin, das Essen, die Feldflaschen. Er lehnte wieder an den Bäumen und verschnaufte. Seine Beine waren gefühllos. Blut tropfte jetzt auch aus den aufgesprungenen Wunden beider Füße . . .

Weiter . . . weiter . . . weiter . . .

Wieder ein Lager der Taràpas. Von neuem mußte er auf dem Bauch durch den dichten Busch kriechen, durch faulige Blätter und das Aas krepierter Tiere. Seine Handflächen riß er an den Dornen wund, sein Körper wurde zu einem Brand blutender Haut. Er riß sich das Hemd von der Brust und umwickelte seine Hände mit den Fetzen. Dann packte er wieder den Knüppel fest und hetzte vorwärts.

Die Leuchtkugeln kommen näher. Das Gewehrfeuer wird lauter.

Nicht anhalten – nicht müde werden!

Im Rücken folgt dir der Tod!

So kam der Morgen. Peter Perthes lag in einer Erdmulde unter Lianen und Blättern, zugedeckt mit den Rinden verschimmelnder Bäume. Er war der Erde gleich geworden. Erschöpft, am Ende aller Kräfte, schlief er ein.

Geweckt wurde er durch die Dunkelheit. Um ihn war wieder einmal das rasende Konzert der Baumtrommeln. Er achtete schon nicht mehr darauf, kroch aus seinem Versteck und schwankte an seinem Stock weiter.

Ein Fluß trennte seinen Weg. Er warf einen leichten Baumstamm ins Wasser, zerrte ihn mit der Kraft der Verzweiflung ans Ufer und klammerte sich daran fest. Er dachte nicht an die Pyranhas, an die Giftrochen. Er schwamm, an den Stamm geklammert, durch den schmalen Fluß,

Unverletzt kam er am anderen Ufer an und kletterte die Böschung hinauf. Er wusch sich das Gesicht, die Hände umwickelte sie von neuem mit den Hemdfetzen und stolperte weiter.

Es geht nicht mehr! schrie es in ihm. Wirklich, es geht nicht mehr. Mein Gott, hab Erbarmen mit mir . . . Hilf mir . . . hilf mir . . .

Nun versagten seine Beine endgültig. Der Stock war eben doch keine Krücke, er konnte den Körper nicht aufrecht halten. Da warf er ihn fort und kroch auf allen vieren durch den Wald. Tierhaft stemmte er sich vorwärts, seine Kraftreserven waren unheimlich, sein Lebenswille stark wie je.

Und er kam vorwärts ... Meter um Meter ... jeder krallende Griff in den feuchten Boden brachte ihn der Freiheit, der Erlösung näher.

Immer noch dröhnten um ihn die Trommeln. Er lag seitlich in dem Lianengestrüpp, wenn die Taràpas vorüberliefen. Er hielt den Atem an, den Revolver immer noch in den blutenden, umwickelten Händen.

Man entdeckte ihn nicht. Die Krieger liefen jetzt in entgegengesetzter Richtung. Sie kamen ihm entgegen. Dann war es still um ihn ... er war allein im Wald mit Kolibris, Tukanen, Trompetervögeln, Papageien und Affen.

Und wieder ging es weiter. Kriechend, keuchend, an den Boden gedrückt, als fände er bei jedem Tasten neue Kraft. Urkraft, das Ziel zu erreichen ...

Der Tag kam. Er sah die Sonne durch die hohen Baumkronen brechen, und er kroch weiter. Ein kleiner Mensch in dem riesigen Wald – im Rücken die Taràpas, vor sich die Freunde –, ein kleiner Mensch an der Grenze seines Willens, seiner Kraft.

Die Uferstraße des Rio Cada, ein Pfad nur, lag plötzlich vor ihm. Mit einem Aufschrei erreichte er den Weg und kroch ihn entlang. Die Heimat! hämmerte es in ihm. Die Straße nach Deutschland! Helft mir, Freunde, helft mir ... ich kann nicht mehr ...

Weinend preßte er das Gesicht in das dichte Gras. Die Nerven versagten, Schluchzen schüttelte ihn ... aber der Körper kroch weiter. Kroch weiter ... ein blutendes Tier, das Rettung wittert ...

Den Rio Cada entlang donnerten die Panzer. Sie zermalmten die Sperren der Natur, schossen Störfeuer voraus, um die Wilden zu verjagen.

Wolf von Barthey, am Sehschlitz des Turmes, hatte die

Taràpas tapfer sterben sehen, und jetzt zitterte er um den Freund, der allein der Rache der Wilden ausgeliefert war.

»Halt!« rief da der Panzerführer durch das Kehlkopfmikrofon. Das Maschinengewehrfeuer schwenkte ein, vor ihnen auf dem Weg lag ein Mensch!

Er rührte sich nicht. Langsam fuhr der Panzer näher. Und plötzlich schrie der Bankier auf, riß die Luke auf und sprang, alle Vorsicht vergessend, auf die Erde. Er stürzte auf den liegenden Körper zu, nahm ihn in seine Arme und trug ihn den Soldaten zu, die ihm entgegengerannt kamen.

»Dr. Perthes!« schrie er. »Er ist es! Peter, mein Junge.«

Wolf von Barthey drückte den Kopf des Ohnmächtigen fest an sich, den blutenden, menschenunkenntlichen Kopf.

Schon raste ein Sanitätswagen heran; Ärzte, in weißen Kitteln über den Uniformen, beugten sich über den zerschundenen Körper.

Auf weißen Tüchern, über das hohe Ufergras gebreitet, zogen sie Dr. Perthes die zerfetzten Kleidungsstücke aus und wuschen die Wunden. Sie gaben Spritzen und legten Verbände an. Dann wurde der deutsche Kollege auf eine Bahre gebettet und in den Wagen geschoben.

Wolf von Barthey wich nicht von seiner Seite – er kletterte mit in den Wagen und hielt die verbundene Hand des Ohnmächtigen.

Die Panzerwagen drehten um und deckten den Rückzug der anderen Truppen – ihre Aufgabe war erfüllt.

Fern, ganz fern, dröhnten die Trommeln.

Dr. Cartogeno ruderte nach Zapuare zurück, vor sich im Kanu noch immer die Puppe.

Und Umari meldete seinem Häuptling: Der weiße Zauberer kehrt nach Zapuare zurück! Wir haben unseren Kampf gewonnen! Er bleibt bei uns.

Als Sapolàna die Wahrheit erfuhr, war Peter Perthes schon in Bogota und lag in einem weißen Klinikbett.

Grell schrie der Große Häuptling auf und riß sich die Fetische vom Körper.

In einer hellen Nacht starb stumm, an einem Pfahl lebendig über einem Feuer röstend, Umari für seinen Irrtum.

Dann schwieg der Urwald. Riesenhaft, unerforscht, ein Meer von wogenden Wipfeln lag er unter der sengenden Sonne.

Die Tukane pfiffen, Kolibris gaukelten graziös über die Flüsse. Der Tapir brach in die Ufer und trank das klare Wasser. Orchideen öffneten ihre Kelche und zeigten die Wunderpracht der eingefangenen Sonnenstrahlen.

Die Urzeit lebte wieder. Wie eine Sage wob es um den Wald: die Sage von der Erdenmutter Nungüi.

In seinem Haus in Zapuare saß Dr. Cartogeno und wartete auf die Rache Sapolànas. Die Gewehre lagen schußbereit unter den Fenstern des Hauses.

Aber der kolumbianische Arzt hörte nie mehr etwas von dem Großen Häuptling . . .

15

Die Rückkehr des Dr. Perthes aus der grünen Hölle Kolumbiens löste in Köln große Freude aus. Professor Window fuhr selbst nach Bremerhaven, um den Freund zu empfangen. Die Kunde seiner wundersamen Errettung und Heilung flog ihm voraus.

Vertreter von Presse und Rundfunk standen am Hafen, um den berühmten Arzt zu interviewen. Eine Abordnung des Hamburger Tropeninstituts war erschienen, um ihm die Ehrendoktorwürde zu verleihen.

Sie alle wurden sehr enttäuscht. Sosehr Wolf von Barthey auch bettelte, den Beleidigten spielte und mit dem Entzug seiner Freundschaft drohte, Dr. Perthes ließ sich nicht davon abhalten, bereits in Southampton an Land zu gehen und das Schiff mit dem Bankier allein nach Deutschland fahren zu lassen.

Er wollte nur Stille. Keine Ehrungen, keine Reden, keine Preisverleihungen und sonstiges, selbst nicht ein Wiedersehen mit alten Freunden konnten ihn reizen. Allein, im Zwiegespräch mit sich selbst, wollte er den Heimatboden betreten. Ganz wollte er für sich das herrliche Gefühl auskosten, wieder zu Hause zu sein.

Aber es sollte keine besinnliche Ruhe werden, die Suche nach dem Unbekannten, der das heilende Serum entdeckt und nach Zapuare geschickt hatte, stand im Mittelpunkt allen Denkens.

An einem regnerischen Abend landete er in Hamburg. Unbekannt, unerkannt, einer der vielen Menschen, die jede Woche von England herüberkommen. Er ging, trotz des Regens, zu Fuß durch den dunklen, naßglänzenden Hafen, vorbei an den alten Fischerkneipen und modernen Bars, in denen rasch verdientes Geld noch rascher ausgegeben wurde. Er ging, seinen Koffer in der Hand, auf einen Stock gestützt, langsam die Reeperbahn entlang, den Jungfernstieg, das Alsterufer . . .

In tiefen Atemzügen trank er die Luft. Deutsche Luft, dachte er. Herb, kühl und rein. Er dachte an die heißen feuchten Tage von Amorua, an die brennende Sonne und den faulenden Urwald. Während er an einer der Brücken lehnte, die die Seitenarme des Hafens miteinander verbinden, mußte er plötzlich an Dr. Cartogeno denken.

Allein fuhr der jetzt den Rio Guaviare hinab zur Impfstation am Lago Jiro. Ihm mußte der Abschied besonders schwer geworden sein. Er war zu einem Freund geworden, wie er selten zu finden ist. Ein Wort des Aristoteles fiel Dr. Perthes ein: Ein Freund ist eine Seele in zwei Körpern. Ob ihm Fernando seine Rückkehr in die Heimat verübelt hatte?

Im Hafen gellten die Sirenen. Das Tuten der Schleppkähne durchriß die Nacht. Hellerleuchtete Boote furchten durch das brackige, ölige Wasser. Wie Totenfinger stachen die Stahlleiber der Riesenkräne in den sternlosen Himmel.

Zu Hause! Und ihn fröstelte . . .

Er zog seinen Wettermantel fester um die Schultern und knöpfte den obersten Knopf zu. Dann wandte er sich ab und stieg in eine Straßenbahn, die ihn zum Hauptbahnhof brachte.

Er studierte die Fahrpläne nach Süddeutschland: Hannover – Kassel – Frankfurt/Main – Würzburg – Bamberg – Erlangen!

Eine Fahrt durch ganz Deutschland, von Norden nach Süden, lag vor ihm.

In einem kleinen Stundenhotel in einer Nebengasse des Hauptbahnhofs übernachtete er. Mit dem Fernschnellzug – um sieben Uhr morgens ab Hamburg – fuhr er mitten hinein ins deutsche Land.

Er saß am Fenster und las in Illustrierten, die er gekauft hatte. Nach einem Jahr wieder deutsche Zeitungen! Berichte über die Sorgen, über die Freuden seiner Landsleute . . .

Er las über Politik, die ihm ganz fremd geworden war. Ihn kümmerte das Bonner Parlament nicht, nicht die kleinlichen Streitigkeiten über Ausschüsse und Gesetze . . . Im Urwald galt als einziges Gesetz die Kraft des eigenen Willens. Hier galt noch der Mann – und nicht ein Fetzen monatelang durchgekauten, beschriebenen Papiers.

Er blätterte die Seiten um – Schönheitskonkurrenzen!

Miß Badestrand wird gewählt . . . Miß Rheinwein . . . Miß Ferienfreude . . . Mädchen mit gefrorenem Lächeln, in knappen Bikinis. Fleischschau unter dem Motto der Schönheit.

Er schüttelte den Kopf und dachte an die nackten Taràpasfrauen, die er gesehen hatte. Bunt bemalt, mit durchstochener Unterlippe und Federn in den entstandenen Löchern – groß, kräftig, gesund, natürlich! Wenn sie lachten, war es, als ob der uralte Wald mitkichere. Es waren noch

Kinder Gottes – hier auf den Fotos lachten Kinder eines zivilisierten Geschäfts.

Er blätterte um. Butterpreise steigen. Trinkt mehr Milch! Warum sind die Eier noch so teuer? Er mußte lächeln. Die alten Sorgen, es änderte sich nichts. Sie bleiben immer die gleichen, die deutschen Brüder. Einigkeit und Recht und Freiheit ...

Er legte die Blätter beiseite und sah aus dem Fenster. Die Sonne brach durch die Regenwolken, in langen Streifen irrte das Licht über die Felder.

Bauern, mit Ochsen an holzachsigen Wagen, fuhren durch die aufgeweichten Wege. Auf einer glatten Autostraße rasten Kolonnen von chromblitzenden, eleganten Wagen mit dem Zug um die Wette.

Als sich Schiene und Straße näherten, winkten sie Peter zu – frohe, gesunde Menschen, in Lederpolstern sitzend, umgaukelt von den Klängen aus dem Autoradio.

Das ist meine neue Welt, dachte Peter Perthes. Er winkte nur zaghaft zurück. Ich lebte auch einmal in ihr – damals! Ich habe selbst ein Auto besessen und bin so wie sie durch die Welt gefahren.

Dann aber kam der Urwald, und ich wurde wieder zu nichts als einem Menschen, der sein nacktes Leben beschützen muß. Und ich fühlte mich freier, wohler, menschlicher ...

Hannover: ein Babel aus Trümmern und weißen Neubauten! Der Bahnhof ein Riesengerippe aus Stahl. Servicewagen wurden den Bahnsteig entlanggefahren und Erfrischungen angeboten.

Dr. Perthes trank eine Tasse Kaffee. Vor den Zugtüren stauten sich die Menschen. Sie hatten keine Zeit, sie stießen sich, traten, schimpften, schoben, boxten und drängten. Eine Frauenstimme schrie. Eine laute Männerstimme bewies einen erklecklichen Wortschatz an unflätigen Ausdrücken ...

Deutsche Brüder, deutsche Schwestern ...

Im Urwald hätten sie Zeit, dachte Peter. Wenn die Regenzeit kommt, könnten sie wochenlang unter einem Blätterdach sitzen und von Wurzeln leben. Sie würden das Regenwasser in Zeltplanen auffangen und es durstig trinken.

Zeit? Eine Uhr? Wer achtet darauf?

Es regnet – tagelang, wochenlang ... und man kann warten, man hat Zeit.

Der Zug ruckte wieder an. Keuchend rollte er aus Hannover hinaus. Er fuhr Göttingen, der alten Universitätsstadt, entgegen. Saubere schmucke Bauernhäuser flogen vorbei, gepflegte Felder, kräftiges buntes Vieh. Durch kleine verschlafene Bahnhöfe raste der Schnellzug. Ab und zu winkte ein Mann in der blauen Uniform der Bundesbahn.

Durch die Gänge des Wagens lief ein Kellner der Mitropa und bot Reiselektüre und Sprudel an. Die Sonne schien jetzt grell in den Wagen. Es wurde warm.

Göttingen. Der Zug hielt hier nur kurz. Auch hier Trümmer ...

Mein Gott, dachte Peter Perthes, ich habe gar nicht mehr gewußt, wie zerstört meine Heimat ist. Ich habe drüben in Kolumbien in Bogota nur weiße Paläste gesehen. Und in Zapuare Blockhütten unter Riesenbäumen, strotzend von Kraft und Gesundheit. Aber Trümmer?

Er preßte den Kopf an die Scheibe, während der Zug weiterrollte.

Die Dörfer wurden lichter, auch hier sah man wiederaufgebaute Häuser.

Dann Kassel: eine einzige Anklage. Schwarze, ausgebrannte Hausruinen. Straßen und ganze Stadtteile eingeebnet. Überwuchert von Unkraut, von Brennesseln, wilden Möhren und struppigem Gras.

Durch den Staub der Straßen liefen die Menschen, und sie sahen die Ruinen nicht mehr. Der Blick eines Menschen gewöhnt sich schnell an seine Umgebung.

Aber er kam von draußen wieder, er sah die Trümmer der Heimat überscharf. Und das Herz krampfte sich ihm zusammen . . .

Hinter Kassel schlief er ein, übermüdet, niedergedrückt vom Schauen. Erst in Frankfurt schrak er wieder hoch.

Der Zug fuhr in den Sackbahnhof ein und wurde in Kurswagen eingeteilt. Perthes stieg aus und bummelte an den Läden in der Bahnhofshalle vorbei. Er bestaunte die bunte, reichhaltige Auslage. Ein Jahr kann einen Menschen völlig entwöhnen, dachte er plötzlich erschreckt. Er stand vor einem Parfümerieladen und starrte die verschiedenen Cremes, Seifen und Parfüms an. Lavendel, Kölnisch Wasser, Juchten . . .

Mit Suprana rasiert – der halbe Tag gewonnen. Am Rio Guaviare trug er einen langen, blonden Vollbart – dann rasierte ihn Fernando mit einem alten Rasiermesser, eingeseift mit einfacher Kernseife. Wunde Haut? Ach was, sie mußte sich daran gewöhnen! Im Urwald gab es keine Rasiercreme . . .

Ich gehöre ja gar nicht mehr hierher, durchzuckte es ihn. Bei allem, was ich sehe, was ich lese, muß ich an den Urwald denken! Alles hier kommt mir so fad, so dumm, so hochgezüchtet vor. Ist das denn noch der Mensch, von dem Gott sagte, er solle nach seinem Ebenbild sein? So verweichlicht, so im Treibhaus lebend, so bar aller Natur . . .?

Perthes setzte sich in den Wartesaal zweiter Klasse und trank ein Pilsner. Auf den Gleisen rangierten lärmend die Wagen. Er hatte noch eine Stunde Aufenthalt.

Mit einem Spaziergang durch die Geschäftsstraßen Frankfurts füllte er sie aus. Im letzten Augenblick erreichte er noch seinen Zug. Dann ratterte er weiter.

Am späten Abend traf er in Erlangen ein. In einem Hotel am Bahnhof mietete er sich ein und ließ sich vom Kellner einen genauen Stadtplan geben. Auf ihm kreuzte er die Straßen und Gebäude an, die er besuchen wollte:

Universität – Universitätsklinik – die Laboratorien – Polizeipräsidium – Einwohnermeldeamt – die Privatwohnung des Rektors der Universität.

Er legte sich dann sofort ins Bett und schlief traumlos bis in den nächsten Morgen hinein.

Mit dieser Reise begann der große Fehler von Dr. Perthes' Rückkehr in die Heimat.

Durch seine heimliche Einreise von England aus verpaßte er eine Aussprache mit Professor Window und Dr. Paul Sacher in Köln. Da hätte er erfahren, daß Angela nicht mehr in Erlangen war. Er wußte ja überhaupt nicht, daß sie einmal in dieser Stadt gelebt hatte. Er kannte ja Erlangen vor allem von dem Deckel eines kleinen Paketes.

Wolf von Barthey hatte ihm gesagt, daß er und die Kölner Freunde nicht wüßten, wohin Dr. Angela Bender gegangen sei – und diese Auskunft war für Peter maßgebend.

Angela Bender aber war, nach der Ausheilung ihres Nervenfiebers, zu einer kleinen Nachkur in die Alpen gefahren und hatte von Schöllang aus ihren Dienst in der Erlanger Klinik gekündigt.

Als Professor Purr, außer sich und vor neuen Rätseln stehend, mit dem nächsten Zug am Nebelhorn eintraf, war Angela bereits aus ihrer Pension ausgezogen und hatte nicht hinterlassen, wohin sie gefahren war. Die kleine Wohnung in Erlangen hatte sie mit allem Mobiliar verkauft. Den kleinen Peter hatte sie überall mitgenommen.

Nun stand Professor Purr verwirrt auf dem Marktplatz von Schöllang. Wieder breitete sich ein Dunkel um Angela Bender. Auch Dr. Sacher in Köln, dem Purr sofort diese neue Situation mitteilte, schüttelte den Kopf. Zu Professor Window meinte er: »Seit Peter fort ist, stimmt etwas mit Angela nicht mehr. Ich mache mir große Sorgen um sie. Sie scheint nicht zu wissen, was sie eigentlich will. Sie ist nirgends mehr so recht zu Hause. Sie irrt umher und sucht sich selbst. Sie scheint völlig aus der Bahn des täglichen Lebens geworfen worden zu sein. Ein armes Mädchen, das man nicht allein lassen sollte . . .«

Aber die Tatsachen sprachen eine andere Sprache. Angela Bender wußte sehr wohl, was sie wollte. Sie tauchte unter, entzog sich den Blicken und Nachfragen ihrer Freunde und lebte in der Stille ein Leben der Beschränkung – nur für das Kind und sich.

Und diese Stille suchte sie nicht auf dem Land, wie man hätte meinen können, sondern mitten in der Großstadt, wo der einzelne Mensch einsamer ist als auf einer Insel im Meer. In einem großen, hohen Haus, in einer Enge von wenigen Zimmern, grau in der Grauheit der Masse Mensch ist er nichts als ein Punkt unter der Sonne.

Angela Bender zog nach München.

Zuerst wohnte sie in der Kaufinger Straße, mit einem Blick auf die hohen Zwiebeltürme der Frauenkirche, und Tag und Nacht brandete der Großstadtverkehr vor ihren Fenstern, vorbei.

Autokolonnen von der Sendlinger zur Theatinerstraße, vom Marienplatz zum Karlsplatz. Eingebaut in Türme, starrte sie aus dem Fenster. Die Türme der Frauenkirche, der Turm des alten Rathauses, der Turm der Peterskirche, der hohe Giebel der Michaelskirche . . . Steine, Asphalt, Teer, Lärm, Staub, Gedränge von schwitzenden Menschen, Auspuffgase, Schreien, Hupen, johlen . . .

Nach einem Monat zog sie um, nach Gauting, in ein schönes, mitten im Garten liegendes Häuschen, zu dessen Tür drei breite Stufen hinaufführten. Ein Weg durch Blumenbeete und weißen, schillernden Kies . . .

Hier fand sie drei Zimmer; die Besitzerin des Hauses war eine Landgerichtsratswitwe, die glücklich war, daß junges Leben in ihre stillen Räume zog, und die lange gesucht hatte, bis sie eine ihr angenehme Mieterin gefunden hatte.

Wenn auch der Atem der Großstadt bis hierhin wehte, Angela lag im Garten im Liegestuhl, Blumen rings um sich, und las in einem Buch, den Kinderwagen mit dem krähenden Peter neben sich. Hier atmete sie nur den Blütenduft und den Geruch der in der Sonne schwitzenden Bäume und dachte nicht an die Autos, die vor dem weißen Tor brummend über den Asphalt rollten.

Hier, in Gauting vor München, am Rande der brodelnden Großstadt, begründete sie eine neue Praxis. Da im Umkreis noch eine Kollegin praktizierte, bekam sie keine Krankenkassenzulassung, sondern war nur auf den recht spärlichen Besuch von Privatpatienten angewiesen.

Aber es reichte fürs tägliche Leben, sie ernährte sich und das Kind und war es zufrieden, daß sie manchmal an einem Tag nur zwei oder drei Kinder zu behandeln hatte, meist leichte Fälle von Mandelentzündung oder Windpocken.

So erholte sich Angela, blühte von neuem auf, bekam vollere Wangen, und die Blässe ihres Gesichts wich einer zarten Röte der Gesundung.

Das Leben ging weiter. Ohne Köln. Ohne Erlangen.

Und auch ohne Peter Perthes . . .

Und der konnte das alles nicht wissen, als er in seinem Hotelzimmer in Erlangen saß und seine Pläne zur Auffindung des geheimnisvollen Absenders der zehn rettenden Ampullen entwickelte.

Seine Besuche in der Universität, bei dem Rektor, in der Klinik waren ergebnislos. Mit Professor Dr. Purr sprach er gar nicht, weil der als Chef einer Kinderklinik außerhalb des Personenkreises lag, den Peter vorgesehen hatte. So machte er Fehler über Fehler – Unterlassungen über Unterlassungen, die er aber nicht verbessern konnte, weil er in Unkenntnis handelte.

Notgedrungen traf er bei seinen Rundreisen durch die alte Universitätsstadt auch auf den Diener der Laboratorien, auf Fritz Benischek.

Dieser wiederholte sein Spiel der bis 18 Uhr gebundenen Pflichterfüllung – wie seinerzeit bei Dr. Paul Sacher.

Nur mit dem Unterschied, daß Perthes sich nicht abwimmeln ließ, sondern einen Ausweis des Rektors vorzeigte. Benischek kniff die Augen zusammen, setzte umständlich seine Brille auf und las den Ausweis langsam durch. »Herrn Dr. Perthes ist jede Unterstützung bei der Erforschung eines dringenden Falles zu gewähren . . .«

So stand da zu lesen. »Hm!« machte Benischek und gab den Ausweis zurück. »Denn kommse mal rin!«

Er tappte voraus in das Zimmer, in dem Angela das Serum entwickelt hatte. Peter Perthes setzte sich auf das Sofa. Er war am Ziel seiner Suche – und ahnte es nicht!

Dr. Perthes blickte sich um, es war ein Wohnzimmer wie alle Wohnzimmer eines alten Junggesellen, ein wenig staubig, durcheinander, unpersönlich.

»Ich möchte gern von Ihnen wissen, Herr Benischek«, sagte er, jedes Wort betonend, »ob hier in den Labors von einem der Herren ein Serum entwickelt worden ist, das den Biß der ›Schwarzen Witwe‹, einer südamerikanischen, sehr giftigen Spinnenart, heilt.«

Siedend heiß schoß es in Benischek hoch. So direkt war er lange nicht gefragt worden. Dr. Bender! dachte er. Und ich darf nichts verraten. Was will der fremde Arzt von ihr? Will man ihr etwas? Hat sie vielleicht einen Mißerfolg mit dem Serum gehabt?

Er kapselte sich innerlich ab und sah Dr. Perthes dumm an.

»Wat?« fragte er, »'ne schwarze Witwe?« Er lachte affektiert. »Seit wann sin denn Witwen jiftig?«

Peter Perthes sah an die Decke. Ruhig, sagte er sich, nur ruhig bleiben. Nicht die Geduld verlieren. Fehlschlag auf Fehlschlag hast du heute einstecken müssen, nun mußt du hart bleiben.

»Es ist, ich sagte es schon, eine giftige Spinne der Tropen. Ihr Gift ist absolut tödlich. Nun kam aus Erlangen nach Südamerika ein Päckchen mit zehn Ampullen eines Serums, das dieses Gift unwirksam macht. Aber das Päckchen war anonym. Ich möchte gern, verstehen Sie, Herr Benischek, den Absender wissen, um ihm zu danken.«

Det is gelogen, dachte Benischek im Berliner Dialekt. Da is wat schief jeloofen. Der will mir fangen, aber so dumm is der olle Fritze nich, dat er uff den süßen Leim kriecht wie ne Flieje!

»Nee«, meinte er dann nach einer Pause und schüttelte den greisen Kopf. »Nee, bei uns? Nee! Da müssen. Se mal den ollen Professor Kratz fragen. Der is hier Hausherr.«

»Ich war schon bei Professor Dr. Kratz! Er weiß von nichts. Seine Chemiker, seine Physiker, die Serologen und Toxikologen haben ganz andere Versuchsreihen in den Labors. Es muß sich bei meinem Serum um heimliche Versuche gehandelt haben, um Versuche, die vielleicht nach der Dienstzeit stattfanden. Und von den müßten Sie, Herr Benischek, eigentlich wissen, denn ohne Ihr Wissen und ohne Ihre Erlaubnis arbeitet doch nach Feierabend niemand hier in den Sälen.«

»Ick weeß aber nischt!« Benischek wurde lauter. »Ick lasse mir ooch nich an de Ehre packen! Ooch nich von nem Doktor med.«

Dr. Perthes erhob sich und zuckte mit den Schultern.

»Dann eben nicht! Es gibt in Erlangen kein Privatlabor, das die Möglichkeiten hätte, ein solches Serum zu entwikkeln. Vor allem haben sie nicht die Gifte vorrätig — und erhalten sie auch nicht. Diese tropischen Gifte stehen unter staatlicher Kontrolle, müssen Sie wissen. Es muß also unbedingt hier gewesen sein!«

»Himmel, Kreuz und Wolkenbruch!« Benischek wurde rot im Gesicht. »Ick bin seit dreißig Jahren Labordiener! Ick habe imma meine Pflicht jetan! Ick habe nie jekohlt! Ick habe als Anjestellter des Staates imma jewußt, wat ick zu tun hatte! Wenn ick nun sage: Nee — dann is det nee! Vastanden?« Er sah Peter beinahe lauernd an. »Vielleicht hat eener det Mittel woanders erfunden, aber zur Irreführung der Behörden in Erlangen uff de Post jejeben?«

»Möglich!« Peter nahm seinen Hut und verließ die Universitätslaboratorien. Auf der Straße schüttelte er den Kopf, ging dann durch die Stadt, ziellos, in Gedanken versunken, und nun mußte er sich eingestehen, daß er geschlagen war.

Die Polizei benachrichtigen?

Ein Detektivbüro einschalten?

Er schüttelte wieder den Kopf, ging zurück zum Bahnhof und betrat sein Hotelzimmer.

Es hat keinen Zweck, gestand er sich. Ich laufe mich tot dabei.

In dieser Nacht schrieb er an den Bankier von Barthey einen Brief:

»In vierzehn Tagen werde ich in Köln sein. Noch will ich mich ein wenig erholen von den Abenteuern meiner fremden Welt, die ich jetzt erst in ihrem ganzen Ausmaß zu begreifen beginne. In Köln werde ich dann mit Ihrer freundlichen Unterstützung an die Auswertung meiner Forschungen gehen. Ich hoffe sehr, daß alle Schmerzen nicht umsonst waren und wir ein neues Serum serienmäßig produzieren können.

Wenn ich Sie, verehrter Herr von Barthey, der mir bald zum zweiten Vater geworden ist, um etwas bitten dürfte – so ist es die Bitte um Diskretion. Wenn ich zu Ihnen zurückkehre, so möchte ich keine Presse sehen, keine Modenschau – nur die alten, vertrauten Freunde. Denken Sie bitte nicht, ich sei in der Hölle des Urwaldes menschenscheu geworden oder mein Leid wäre so groß, daß ich mich schämen müßte, mit ihm unter Menschen zu gehen. Nein, so ist es nicht! Aber ich will in Köln keine Sensation sein, sondern ich möchte mich still in meine Aufgaben zurückziehen – ich will arbeiten, nichts als arbeiten! Ich habe eine große Verpflichtung übernommen, als ich ein völlig unbekanntes Serum in einem Selbstversuch erprobte und meine Beine mir wieder gehorchten. Ich habe mir damals geschworen, dieses Serum der ganzen Menschheit zugänglich zu machen, wenn ich auch immer noch nicht weiß, wer der geniale Forscher war, der es fand. Es ist ein Wunder, dieses Serum, das zunächst nur in meine Hand gegeben wurde – durch ein unbekanntes, anonymes Paket!

Ich glaube, daß Sie mich verstehen, verehrter Herr von Barthey, und ich weiß, daß mir Ihre liebenswürdige Fürsorge und die Mithilfe meiner Kölner Freunde die Kraft geben werden, dieses große Werk zu vollbringen.«

Als er dieses Schreiben noch einmal überlas, kamen ihm die Worte hohl und dumm vor.

Die Tatsache, daß das Serum in Erlangen entstanden war, aber keiner wußte, wer es entwickelt und hergestellt hatte, war für ihn niederschmetternder als die Ergebnislosigkeit einer ganzen Versuchsreihe. Hier, in Deutschland, gab es einen Mann, der den Schlüssel zu vielen Krankheiten in der Hand hielt, der mehr konnte als er, Dr. Peter Perthes der Toxikologe. Einen Mann, der die »Schwarze Witwe« besiegte mit einer lächerlich laienhaften Ampulle, mit Wachs verschlossen ...

Aber er ließ den Brief so, wie er war. Er faltete ihn, steckte ihn in einen Umschlag und trug ihn zur Post.

Dann stand er auf dem Bahnhofsvorplatz und ließ die Haare im Wind flattern, die Haare, die in Zapuare weiß geworden waren, ein Opfer der sengenden Hitze.

Arbeiten, dachte er. Nur noch arbeiten!

Ich werde nach Köln fahren, noch bevor die vierzehn Tage um sind ... Ich habe keine Ruhe mehr ...

Und wieder hatte es das Schicksal anders bestimmt.

Vier Tage später erhielt Dr. Perthes einen Brief aus München.

Der Rektor der Erlanger Universität hatte seinem Kollegen und Freund, dem Rektor der Münchener Universität, berichtet, daß der bekannte Toxikologe Dr. Perthes, der Entdecker eines Curare-Serums, zur Zeit in Erlangen sei und nicht an eine Klinik gebunden wäre. Er wolle den Münchenern einen Wink geben, sich diesen Mann, der zu den größten Hoffnungen berechtigte, zu sichern.

Am nächsten Tag reiste Dr. Perthes von Erlangen ab. In München empfing man ihn wie ein Weltwunder. Man stellte ihm alle Labors zur Verfügung, geldliche Mittel nach Belieben, eine Klinik für Versuche, die Poliklinik, die Chirurgische Abteilung. Es gab kein Wenn und Aber mehr – es gab nur Zusicherungen in einem Umfang, wie sie ein Wissenschaftler bisher kaum erhalten hatte.

Und man gab ihm die Möglichkeit, seine Pläne sofort in die Tat umzusetzen. In der Nacht noch unterschrieb er den Vertrag.

16

Im Juni 1952 lebte Dr. Peter Perthes in München. Er forschte, kannte keine Ruhe, schlief in den Laboratorien, wo man ihm ein Feldbett aufgeschlagen hatte.

Die kleine Ampulle, die letzte der zehn, war nach wenigen Versuchen verbraucht – nach Versuchen, die zu keinem Ergebnis geführt hatten. Dieses Serum erwies sich als widerspenstig.

So war Dr. Perthes jetzt, nach Monaten, zu einer eigenen Versuchsreihe gekommen, zu der er sich das Gift der »Schwarzen Witwe« vom Tropeninstitut hatte kommen lassen. Nun forschte er, ganze Ställe voller Affen und Kaninchen um sich herum, mit weniger Glück als Angela vor einem Jahr.

Er kam nicht weiter.

Teilerfolge freuten ihn, bis er einsehen mußte, daß das Gift stärker war und nach einer gewissen Zeit, genährt durch die Körperwärme, wieder durchschlug.

Er saß in den Kliniken an den Betten der Kranken, er hatte Zutritt zu allen Stationen der Universitäts-Krankenhäuser, er hockte in der serologischen Abteilung und ließ sich von Professor Dr. Donath die Erfolge und Mißerfolge der Münchener Wissenschaftler erklären . . .

Und dann ging er wieder durch die langen Gänge der Kliniken, arbeitete mit Gummihandschuhen in den Isolierstationen, stand die Nächte über im Keller der Anatomie und nahm selbst die Autopsie der Toten vor, die dem Ansturm der Viren und Bakterien erlegen waren.

Am Morgen stieg er dann von neuem ans Tageslicht, fahl, eingefallen, unrasiert, mit glänzenden Augen, wusch sich schnell in seinem Zimmer, nahm ein Bad, rasierte sich, trank hastig seinen Morgenkaffee, schlang ein Brötchen hinunter oder verzehrte ein Ei.

Dann eilte er schon wieder zu seinen Stationen und saß an den Betten der Kranken, beobachtete ihre Herztätigkeit oder impfte im Keller die Kaninchen und die Meerschweinchen mit neuen Präparaten.

Mit Präparaten, die wieder versagten . . .

Der Gedanke, laufend selbst zu versagen, machte ihn hart gegen sich. Er hatte es erlebt, daß ein infizierter Affe nach drei Injektionen mit dem unbekannten Serum genas . . . diese drei Injektionen aber waren von dem letzten Impfstoff gemacht worden, den er besaß . . . und er stand vor dem Wunder, daß ein todkranker Körper sich erholte . . .

Er hatte es doch selbst gesehen, daß es einen Weg gab, daß das Dunkel nicht undurchdringlich war!

Dann war es wieder einmal, als habe er Erfolg. Er hatte eine Ratte mit dem Messer in den Rücken geritzt – und die Messerspitze war mit dem Gift der »Schwarzen Witwe«, das er aus Hamburg bekommen hatte, getränkt.

Nach zehn Minuten zeigten sich Krämpfe, die Ratte legte sich auf den Rücken, die Beine erlahmten, der Atem war pfeifend.

In diesem Stadium, kurz vor der Atemlähmung, injizierte Dr. Perthes sein Serum 365, das Ergebnis des 365. Versuchs in der Retorte. Die Ratte erholte sich, sie stellte sich auf die Beine. Starr saß der Forscher vor dem kleinen Käfig und betrachtete diese Wandlung. Er dachte daran, daß sein letzter Versuch kurz vor dem Gelingen deshalb versagte, weil die Körperwärme das Gift über das Antitoxin brachte.

So nahm er jetzt die Ratte aus dem Käfig, setzte sie in einen Eisbehälter und packte das Tier in Eisstückchen, bis nur noch die spitze Schnauze mit den langen Barthaaren heraussah.

Dort blieb die Ratte, bis sie fast steif gefroren war, und in diesen vereisten Körper injizierte er noch einmal sein Serum. Er dachte an die neuen Kälteschlaf-Operationen, die von sich reden machten, an die neuen Methoden, das Herz und den Blutkreislauf durch Kälte so einzudämmen, daß man das Herz in aller Ruhe mit dem Skalpell angehen konnte . . . und die Ratte lebte weiter, bis man sie aus dem Eis befreite.

Dann ging sie ein.

Das Gift war stärker! Es hatte auch die Eiseskälte überstanden.

Der Versuch 365 war mißlungen – kurz bevor er zu einem Triumph wurde!

An diesem Abend blieb Peter Perthes auf seinem Zimmer. Er ging nicht zum Essen, er nahm den Hörer nicht ab, als man vom Kasino aus anrief. Er verkroch sich und starrte vor sich hin . . .

Er brauchte in diesem Zustand keinen Trost . . . er konnte ihn nicht ertragen. Schmerzhafter als je zuvor hatte er heute eingesehen, daß er nur ein Mensch war, ein kleiner, armseliger, nichtswissender Mensch, den die Natur nach jedem neuen Versuch ins Gesicht schlug . . .

Aber er blieb in München, und er gab nicht auf.

Mit Herrn von Barthey hatte er sich geeinigt. Seine Forschungen an der Münchner Universität stellte er der langsam anlaufenden pharmazeutischen Fabrik in Köln zur Verfügung, nachdem er es fertiggebracht hatte, zwischen dem Bankhaus von Barthey und dem bayerischen Staat als Vertreter der Universität einen Vertrag zu lancieren, der dem Kölner Bankier die Auswertung aller Forschungen des Dr. Perthes in München übertrug – selbstredend bei entsprechender Beteiligung des Staates.

Mit Professor Window und Dr. Paul Sacher stand er in regem Briefwechsel. Einmal sogar besuchte Paul Sacher den Freund. Er freute sich über dessen Gesundheit, und wenn auch die Gehkraft der Beine nicht vollständig wiedergekommen war, so konnte Peter Perthes doch, auf einen Stock gestützt, rüstig gehen. Von einer Behinderung jedenfalls war nicht zu sprechen.

Aber der Inhalt der zehn Ampullen, jenes wunderbare Serum, das ihn anonym erreicht hatte, ließ ihm keine Ruhe. Wer war der Unbekannte, der sich nicht in die Karten schauen ließ und dem er, Dr. Perthes, nicht das Wasser reichen konnte, weil ihm, wie er jetzt fest glaubte, einfach der geniale Blick ins Geheimnisvolle versagt war . . .?

Angela Bender lebte in Gauting still und zufrieden. Der kleine Peter gedieh prächtig. Er war ein kräftiger, blonder Junge, der mit seinen dicken Beinen durch den Garten stolperte und mit seinem lauten Krähen das ganze Haus erfüllte.

Wenn Angela jetzt abends ihre Praxis zuschloß und sich ganz dem Kind widmen konnte, so wünschte sie sich nichts weiter vom Leben als das lange dauernde Glück, diese Tage mit ihrem Kind recht intensiv erleben zu dürfen.

In zwei oder drei Jahren, wenn alles gut weiterging, wollte sie sich in Gauting ein Häuschen bauen, mit einem weiten Garten, mit Liegewiese und Obstbäumen, und Peter sollte eine Jugendzeit verleben, die sie in diesem Alter nie gekannt hatte. Er sollte niemals den Vater vermissen – sie wollte ihm beides sein, Vater und Mutter.

Dafür arbeitete sie, dafür war sie nachts oft unterwegs, dafür assistierte sie in einer Kinderklinik und saß, wenn es die Praxis erlaubte, wenn Peter schlief oder mit dem neuerdings engagierten Hausmädchen ausgegangen war, in einem kleinen Labor, das sie sich in einer vorher unbenutzten Dachkammer mit Erlaubnis der Frau Landgerichtsratswitwe eingerichtet hatte.

Dort baute sie neue Versuche auf ihr in Erlangen gelungenes Antitoxikum auf, konzentrierte die Wirkstoffe auf ein Maß, daß eine Injizierung von 4 ccm genügte, wo Peter damals noch 10 spritzen mußte, und entwickelte ein Mittel, das neben dem Gift der »Schwarzen Witwe« auch eine Heilung bei anderen tierischen Giften versprach.

Sie dachte daran, nach der völligen Durchforschung des Komplexes ihr neues Serum der Öffentlichkeit vorzustellen und Peters Zukunft damit für alle Zeiten zu sichern.

Von Dr. Perthes hatte sie nichts mehr gehört.

Sie hatte damals das Serum ohne Absender an Dr. Cartogeno geschickt, der ihr nach dem einen Brief nicht wieder geschrieben hatte. Daß Peter Perthes aus Kolumbien zurückgekommen war, daß er jetzt ganz in ihrer Nahe in München lebte, davon wußte sie nichts. Sie hatte im Mikroskop gesehen, daß ihr Serum half, und das Bewußtsein, Peter von seiner Lähmung gerettet zu haben, erfüllte sie mit Freude – aber auch mit der Gewißheit, daß hiermit die letzte Verbindung zu ihm abgebrochen sei. Sie hatte ihm den Glauben an sich selbst wiedergegeben, einen Glauben, den er dazu ausnützen würde, um zu bleiben und weiterhin in den riesigen Urwäldern den giftigen Reptilien nachzujagen und seine Forschungen zu betreiben.

Für Dr. Angela Bender war mit diesen zehn Ampullen der Mensch Peter Perthes abgeschrieben. Sie selbst hatte es ihm ermöglicht, in den Tropen zu bleiben ... und sie zwang sich nun, nicht mehr daran zu denken.

In diesem Juni 1952 aber flammte in Bayern, vor allem

in München, eine Geißel der Menschheit von neuem auf: die spinale Kinderlähmung.

Die Kliniken hatten Großalarm. Die Ärzte standen vor einem Rätsel. Dr. Perthes wurde als Experte für Serologie von Konferenz zu Konferenz, von Krankenbett zu Krankenbett gejagt.

Die Kinderlähmung forderte bereits die ersten Opfer . . .

Das Virus griff um sich. Niemand wußte, woher es kam; keiner ahnte, wo es auftrat. Man stand vor einem Überfall durch diese Krankheit, die aus dem Dunkel zu kommen schien und dort auch endete . . .

Dr. Perthes arbeitete wieder einmal wie ein Besessener.

Die bisher angewandte Rekonvaleszenz-Serum-Therapie versagte. Die anderen Sera hatten nur aufhaltende Wirkung. Und in der Stadt München, besonders bei den Müttern von kleineren Kindern, schien eine Panik auszubrechen . . .

Vierzehn Fälle von spinaler Kinderlähmung allein in der Universitätsklinik, davon bisher fünf tödlich.

Dr. Perthes saß an den Bettchen der Kinder, an den isolierten Lagern der Erwachsenen und wußte keinen Rat mehr. Daß einige Stationen weiter Dr. Bender auf einer Station für Scharlach arbeitete, ahnte er nicht. Drei dünne Wände trennten sie . . .

Einige Zimmer nur, die mit den großen Türen auf einen gemeinsamen Balkon hinausliefen. Aber das Schicksal wollte diese Türen nicht öffnen . . . Es spielte weiter mit den beiden Menschen mit einer Unergründlichkeit, die wir nicht begreifen können . . .

Schon schlich das Gespenst der Hilflosigkeit durch die Krankenhausflure, durch die Säle, durch die Isolierstationen, durch die Ärztezimmer. Der Leiter der serologischen Abteilung, Professor Dr. Panzer, saß mit seinen Mitarbeitern Nacht für Nacht über den Mikroskopen – am Tag besuchten sie die Kranken und gingen meistens achselzuckend aus den Zimmern hinaus.

Dr. Perthes hatte alle Freiheiten. Er verfügte über das riesenhafte Elektronenmikroskop, und es gab nichts, was ihm verschlossen war. Umsonst!

Die Fälle acht, neun und zehn starben. Fünf neue Lähmungen, bereits im sekundären Stadium, wurden eingeliefert.

Als Dr. Perthes sie untersuchte, konnte er nicht ahnen, daß die einliefernde Ärztin Frau Dr. Bender war. Er achtete einfach nicht darauf. Er las die bisherigen Anamnesen und verfluchte das Gleichmaß dieser satanischen Krankheit: Leichtes Fieber ohne Grund, Unruhe, eine Art von Erkältung, Schlaflosigkeit . . . Und plötzlich das Versagen der Nerven – die unheilbare Lähmung der Beine und – im schlimmsten Fall – ein grauenhaftes Ersticken.

Die Münchner standen vor den Krankenhäusern Schlange, um Schutzimpfungen machen zu lassen. Serumspritzen wurden jeden Tag gegeben, aber die Angst blieb – und neue Fälle wurden eingeliefert . . .

An einem Abend – es war der 24. Juni 1952, ein Dienstag – wurde in die Universitätsklinik auch ein Junge namens Peter Bender, eindreiviertel Jahre alt, eingeliefert.

Die Mutter, Dr. med. Angela Bender aus Gauting, brachte ihn selbst, gefaßt, bleich, mit einem Gesicht wie aus Eisen. Ihre Diagnose war klar, so klar wie bei allen ihren Einweisungen: Primäre Anzeichen einer Kinderlähmung sowie eine deutliche Agglutination im Blutbild. Sofortige Rekonvaleszenz-Serum-Therapie . . .

Die Ärztin spritzte selbst ihrem kleinen Peter das Gegenmittel. Dann saß sie die ganze Nacht an dem Bett, in dem sich ein fieberheißes Köpfchen hin und her warf. Sie weinte nicht – sie hatte mit starren Augen das Kind angesehen, dann schloß sie sie und ließ ihr ganzes Leben vor ihren inneren Augen vorbeiziehen.

Da war Köln, die Lindenburg, ihre Praxis. Da war plötzlich der große, lachende Dr. Perthes, der ihr ein verunglücktes Kind zur Behandlung brachte. Man ging durch den Stadtwald, man tanzte bei dem Bankier von Barthey, man küßte sich bei einem Tango in ihrer Wohnung, und man war so glücklich, wie es zwei Menschen nur sein können, die sich ganz gehören ...

Sie erschrak. Professor Panzer war leise in das Zimmer getreten.

»Etwas Neues, Frau Kollegin?« fragte er.

Sie schüttelte den Kopf und fühlte den Puls ihres Kindes. »Nein, Herr Professor. Ich hoffe auf diese Nacht. Ich bete, daß das Fieber zurückgeht.« Sie senkte den Kopf auf die heiße, schweißige Hand des Kindes, auf die Hand, die klein und wie leblos auf der Bettdecke lag. »Ich weiß, ich bin hier machtlos ...«

»Wir sind Tag und Nacht an der Arbeit«, versuchte Professor Panzer einen Trost. »Wir haben einen Weg in Sicht ... Haben Sie Hoffnung, Frau Kollegin. Kämpfen Sie um Ihr Kind ...«

»Das haben die anderen Mütter auch getan. Und trotzdem liegen die Kinder dort drüben ...« Sie nickte aus dem Fenster in die Richtung, wo in der Dunkelheit der Nacht am Rande des Klinikgartens die flache Leichenhalle stand.

»Sie sehen zu schwarz«, meinte der Professor begütigend.

Die Stunden der Nacht gingen langsam dahin. Nie kann eine Stunde länger dauern, dachte Angela Bender, als wenn man erwartet, daß sie bald vorübergeht.

Gegen vier Uhr morgens wurde der kleine Peter stiller. Sein Atem ging ruhiger, aber das Fieber blieb.

Ein fahler, regnerischer Tag senkte sich über die große Stadt.

Dr. Bender war am Bett ihres Kindes ein wenig eingenickt. Mit geschlossenen Augen saß sie aber trotzdem aufrecht neben dem Bettchen. Die Müdigkeit übermannte sie. Die Angst um ihr Kind schwächte sie. Verzweiflung wich der Ohnmacht.

Wieder klappte die Tür in Angela Benders Rücken. Sie schreckte hoch, aber sie drehte sich nicht um. Es wird Professor Panzer sein, dachte sie.

»Das Kind wurde gestern eingeliefert?« fragte eine Stimme hinter ihr.

Sie zuckte zusammen wie unter einem harten Schlag. Diese Stimme... dieser Klang... Nein, das ist nicht wahr... Das kann nicht sein... Habe ich jetzt schon selbst das Fieber? Ich träume wohl noch...

Sie stand langsam auf und nickte, aber sie wagte es nicht, sich umzudrehen. Sie hörte weiter, wie hinter ihr auf dem Tisch ein Papier raschelte, wie ein Kasten klapperte, wie mit leisem Klirren eine Ampulle aufgezogen wurde.

Ein Zittern überlief sie. Warum hat er eine Spritze aufgezogen? Gleich wird er an das Bett kommen... Und er wird es nicht sein... Er kann es ja nicht sein... Er ist doch in Kolumbien, in den Urwäldern, bei seinen Wilden...

Das Hantieren hinter ihr hörte auf. Sie vernahm, wie die Seite eines Buches umgeblättert wurde. Dann wieder die Stimme:

»Sie kennen die Eltern, Frau Kollegin?«

Sie nickte verkrampft vor sich hin. Ja, ich kenne sie! schrie es in ihr. Ich bin die Mutter, und du – du hinter meinem Rücken – du mit der ruhigen ärztlichen Stimme – du Mann mit der Spritze in der Hand – du bist...

Du stehst vor deinem Kind, Peter Perthes! rief es in ihr weiter. Es trägt die Kinderlähmung in sich, die furchtbare Kinderlähmung, und du stehst wieder vor einer Station deines unruhigen Lebens... Komm doch endlich... Was zögerst du denn noch? So komm doch! Rette mein Kind, rette es doch! Unser Kind...

Sie hörte seine harten Schritte. Ein weißer, langer Mantel tauchte vor ihr auf... Dann ein Kopf, hager, umrahmt von beinahe weißem Haar.

Da wollte sie aufschreien, aber ihr Mund blieb im Schrei offen, schlaff sanken ihre Arme an den Körper.

Auch Peter starrte sie an. Fassungslos, wortlos, versteinert.

So standen sie sich gegenüber und sahen sich an. Der große, durch Krankheit und Erleben weiß gewordene Mann – und die schmale, blasse, zitternde Frau.

Er senkte den Blick und betrachtete die Spritze, die er in der aufrechten Hand hielt.

»Angela!« sagte er leise. Es war wie ein Gruß, aber in der Zaghaftigkeit des Wortes lag alles Weh dieser Welt . . .

»Ja, Peter.«

»Ich kann es nicht fassen . . .« Er schüttelte den Kopf.

»Ich glaube es auch so lange nicht, bis du mir deine Hand gegeben hast.«

Er gab sie ihr und fühlte ihren leichten Druck. Dann blickte er wieder verlegen seine Spritze an.

»Erst das Kind«, sagte er und trat näher. »Ich habe heute nacht ein Serum entwickelt, aufbauend auf den Erkenntnissen des Rekonvaleszenz-Serums. Nur habe ich versucht, durch bisher unbekannte Sulfoverbindungen die Wirkung zu konzentrieren, verstehst du? Ob es hilft . . .«

Er zuckte mit den Schultern. »Ich möchte aber doch erst die Eltern des Kindes fragen, immerhin ist es ein Versuch. Sie müssen damit einverstanden sein.«

»Ja, Peter. Ich spreche täglich mit ihnen, stündlich . . .«, sagte sie fest.

»Du hast also mit ihnen schon gesprochen?«

»Sie sind einverstanden.« Angela sah Peter groß an. »Immer! Auch jetzt, Peter . . .«

Da zuckte er zurück.

»Angela . . .«, stammelte er »dieser Junge . . . ist . . .«

»Mein Kind, ja, Peter. Und er heißt – Peter.« Sie mußte sich abwenden. »Er ist jetzt eindreiviertel Jahre alt . . .«

Er stürzte auf sie zu, umfing ihre Schultern und drehte sie zu sich herum.

Ganz nah war ihr Gesicht, und er sah, daß Tränen in ihren geröteten Augen standen. Angelas Mund zuckte. Da preßte er den Kopf an seine Brust und streichelte ihn langsam.

»Angela«, sagte er leise, »Angela ... Ich kann nichts mehr sagen ... Nur noch eins, Angela: Ich schäme mich – ich schäme mich ...«

Sie löste sich aus seinen Armen und wischte die Tränen mit einer schnellen Handbewegung aus den Augen. »Erst das Kind!« sagte nun auch sie stockend. »Rette es, Peter. Der Himmel hat dich zurückkommen lassen, um dein Kind zu retten, unser Kind ...«

Dr. Perthes wandte sich ab, griff von neuem nach der Spritze und trat an das Bettchen. Der kleine Peter lag in den Kissen wie ein Wesen, das man verloren hatte. Noch schlief er, aber im Schlaf tastete seine Hand an den Hals, an den Nacken, als fühle er dort einen Schmerz.

»Typisch!« sagte Peter leise und setzte sich auf den Stuhl, den Angela herangeschoben hatte. »Schmerzen im Nacken nach einem Fieberanfall.« Er blickte zur Seite, wo Angela stand. »Fühlst du dich stark genug, um zu assistieren?«

»Ja, Peter.« Sie setzte sich ihm gegenüber, sie hielt den Arm ihres Kindes fest, rieb die Haut mit Alkohol ab und blickte dann den Arzt fest an.

Der saß vorgebeugt, die Spritze in der Hand, und starrte sein Kind an. Die blonden Haare waren voller Schweiß, die Haut auf dem kleinen Näschen zitterte. Der Mund war verkniffen ...

»Mein Junge!« sagte er leise. »Mein Peter!« Dann legte er die Spritze weg. »Ich kann es nicht, Angela.«

»Peter!« Sie sah ihn entsetzt an. »Soll er denn sterben?«

»Das Serum ist nicht erprobt, Angela. Heute nacht habe ich es erst entwickelt. Aus der Retorte habe ich es in die Ampulle umgefüllt. Ich weiß doch nicht, ob es hilft ... ich habe große Hoffnungen, natürlich, aber ...« Er stockte.

Dann fuhr er leise fort: »Es kann auch der Tod sein, den ich unserem Jungen spritze ...«

»Wage es, Peter!« Angela tastete mit ihrer Hand zu seiner Hand. »Wir sind nur Menschen, Peter ... Hier muß Gott helfen ...«

Mit starrem Gesicht setzte Dr. Peter Perthes die Nadel an, stieß in die Vene und drückte das neue Serum langsam in die Blutbahn des Kindes. Es zuckte bei jedem Stich zusammen, wollte mit der anderen Hand den Arm fassen, aber da beugte sich Angela über den Jungen und hielt seinen Arm fest.

Mit einem Ruck zog Perthes die Nadel heraus. Schweiß stand in dicken Tropfen auf seiner Stirn. Seine weißen Haare hingen unordentlich in die Stirn.

»In zwölf Stunden müssen die ersten Reaktionen kommen«, sagte er müde. Er blickte auf seine Armbanduhr. »Es ist jetzt sieben Uhr morgens. Bleibst du bei Peter?«

»Ja.«

»Das ist gut.« Er schellte und bestellte bei der hereinschauenden Schwester starken Kaffee.

Dann saßen sie bis gegen Mittag am Bett des Kindes. Wortlos. Nur ihre Hände hielten sich fest, als wollten sie sich aneinanderklammern, festklammern in ihrer Not und Hoffnung ...

Der kleine Peter schlief weiter. Einmal drehte er sich auf die Seite, ohne aufzuwachen, und murmelte ein paar Worte, die man nicht verstehen konnte.

»Wann bist du denn zurückgekommen?« fragte sie leise.

»Voriges Jahr. Ich fuhr für ein paar Tage nach Erlangen ...«

»Nach Erlangen?« Sie sah ihn ungläubig an. »Was wolltest du denn ausgerechnet in Erlangen?«

»Einen Mann suchen!« Er winkte ab. »Das ist eine lange Geschichte, Angela. Ich muß sie dir erzählen, wenn Peter gesund ist und wir lange Abende Zeit haben, die Abenteuer des verlorenen Peter Perthes anzuhören. Ich könnte auch beginnen: Es war einmal ... Es war auch ein Märchen, ein Lebensmärchen, das sich nun der Erfüllung zuneigt ...«

»Ich weiß es.« Angela Bender lächelte leicht. Sie lehnte den Kopf an seine Schulter und blickte hinaus auf die langen Regenfäden, die trommelnd die Fenster hinunterliefen.

Bleigrau hing der Himmel über München. »Da geht ein Mann in den Urwald hinaus und rettet mit einem neuen Serum einen bösen Indianerhäuptling. Monatelang lebt er unter den Wilden, streift durch die Wälder, die noch kein Mensch betreten hat, er wird zum, Weißen Zauberer« den alle Wilden gläubig verehren. Da wird er plötzlich von einer »Schwarzen Witwe« der berüchtigten Giftspinne, gebissen und ist selbst todkrank . . .

»Angela!« Peter wollte aufspringen, aber sie hielt ihn fest. Mit der rechten Hand verschloß sie seinen Mund und erzählte weiter:

»Mit dem gleichen Serum rettete sein Freund, Dr. Cartogeno, sein Leben, aber die Beine blieben gelähmt. Das Leben des großen weißen Urwalddoktors schien vernichtet. Auf Krücken humpelte er durch den Wald. Er wurde lebensmüde. Da schrieb Dr. Cartogeno in seiner Not nach Deutschland. Er schrieb auch an eine gewisse Angela Bender . . .«

»Fernando? Er hat an dich geschrieben?«

»Pst! Ich erzähle ein Märchen.«

Sie drückte ihn wieder auf den Stuhl zurück. »Wenn man ein Märchen hört, muß man ganz, still sein, sonst spürt man nicht den Zauber, der durch den Raum geht . . . Diese Angela Bender war in Erlangen, nachdem sie ihren Sohn geboren hatte. Sie arbeitete an der Klinik. Heimlich aber forschte sie nach einem Serum. In langen nächtlichen Versuchen fand sie es, schickte zehn Ampullen nach Zapuare, wurde dann sehr krank und zog nach München, um für sich und ihren jungen ein neues Leben aufzubauen. Sie verwischte alle Spuren hinter sich, sie nahm dem Laboratoriumsdiener Benischek das Ehrenwort ab, nie zu verraten, wer da nachts in den Labors gearbeitet und geforscht hatte, und sie wollte auch nie mehr ihre alten Kölner Freunde wiedersehen . . . zuallerletzt einen gewissen Dr. Peter Perthes . . .«

»Das ist doch alles ein Traum!« Peter fuhr sich mit beiden Händen durch die Haare. »Das kann doch nicht Wirklichkeit sein! Angela, du – das Serum – die zehn Ampullen – meine Rettung . . .«

Er riß sie zu sich empor. Klein, schmächtig, aber mit leuchtenden Augen lag sie an seiner Brust. Sie nickte nur.

»Ich habe dir also mein Leben, alle meine Erfolge zu verdanken, alles! Und ich? Ich verließ dich. Ich habe dich hintergangen, belogen, in der größten Not allein gelassen! Du hast dieses Kind geboren, du hast für es bis zum Zusammenbrechen gearbeitet . . . und ich . . .« Er schüttelte den Kopf. »Wie schuftig habe ich gehandelt . . . wie gemein!« Er drehte sich um und wollte zur Tür gehen.

»Wohin willst du gehen?« fragte Angela, am Bett stehend.

»Fort. Irgendwohin!«

Er drückte die Türklinke herunter. »Leb wohl, Angela . . . Ich muß jetzt mit meiner Schuld allein sein.«

»Und dein Kind?«

Sie rührte sich nicht vom Bett des Jungen. »In ein paar Stunden werden die Reaktionen deines Serums auftreten. Willst du Peter damit allein lassen?«

»Du rufst mich noch, Angela?«

»Mein ganzes Leben war doch ein einziger Ruf nach dir, Peter. Du hast ihn nur nie gehört . . . Auch heute nicht, Peter?«

Er drehte sich von der Tür ab und ließ die Klinke los. Langsam kam er zurück ans Bett, beugte sich über die Kissen und küßte den kleinen Peter auf die schweißnasse Stirn.

Dann nahm er beinahe ehrfürchtig Angelas Hand und küßte auch sie.

In dieser Gebärde lag Demut, Dank und . . . ein Versprechen.

»Wenn ihr mich noch haben wollt, ihr beide . . . dann bleibe ich . . . für immer . . .«, flüsterte er stockend.

Und sie blieben zusammen. Nach vier Tagen war die

Krisis des kleinen Peter vorüber, er genas zusehends. Mit hoffnungsvollen Gesichtern begann man in den Labors, das neue Serum Dr. Perthes' herzustellen und im großen zu erproben.

Fünf Wochen nach der Heimkehr des kleinen Peter heiraten Peter Perthes und Angela Bender. Eine lange Irrfahrt zweier Herzen endete im Hafen gleichgestimmter Seelen.

In Köln begann die große pharmazeutische Fabrik mit der serienmäßigen Herstellung der neuen Medikamente.

Professor Window, Dr. Sacher und der Bankier von Barthey – auch Professor Dr. Purr aus Erlangen gratulierten persönlich bei der Hochzeitsfeier.

Und auf dem Tisch lag ein Telegramm aus Zapuare: »Endlich, mein Junge! Fernando.«

»Fernando«, sagte er sinnend und schaute dann Angela an. »Ich habe ihn unter dreitausend Wilden zurückgelassen. Dort sitzt er jetzt – allein und abgeschnitten – und wartet.«

Peter umarmte seine junge Frau und gab ihr das Telegramm.

»Angela, ich bin und bleibe ein ruheloser Mensch! Ich muß ein Versprechen einlösen. Nicht dieses Jahr – aber im nächsten fahre ich zurück nach Zapuare.«

»Peter!« Sie sah ihn ungläubig an.

»Und du fährst mit – du und Peterle! Wir drei wollen meinen Fernando besuchen. Er hat es verdient, daß er mit uns glücklich ist!« Er drehte ihr Gesicht zu sich empor. »Bist du mir jetzt sehr böse?«

Angela lächelte und schüttelte den Kopf. »Aber nein, Peter. Wie kann ich dir nach alledem böse sein?« Sie strich ihm über die Haare. »Wir sind nur Menschen, Peter . . .«

KONSALIK zählt zu den erfolgreichsten deutschen Autoren der Gegenwart. Seine Romane, inzwischen mehr als 140, sind alle Bestseller. Eine Gesamtauflage von über 75 Millionen, Übersetzungen in viele Sprachen und mehr als 850 Auslandsausgaben unterstreichen die Weltgeltung des Autors.

Im BASTEI-LÜBBE-Programm erschienen: